Der nächstferne Ort

Hayley Long

Der nächstferne Ort

Aus dem Englischen von Josefine Haubold

MIX
Papier aus verantwortungsvollen Quellen
FSC® C014496
FSC
www.fsc.org

www.koenigskinder-verlag.de

Originalverlag: Hot Key Books, an imprint of
Bonnier Zaffre Limited, London
Originaltitel: The Nearest Faraway Place
Umschlaggestaltung und -typografie: Suse Kopp
Umschlagfotografie: © plainpictures
Aus dem Englischen von Josefine Haubold
Lektorat: Maya Geis
Herstellung: Björn Liebchen
Satz: Pinkuin Satz und Datentechnik in
der Prinzessinnenstraße in Berlin
Druck: GGP Media GmbH, Pößneck
ISBN: 978-3-551-56040-7
Printed in Germany

Für alle, die schon einmal jemanden geliebt und verloren haben

»Wer wie wir an die Physik glaubt, weiß, dass die Unterscheidung zwischen Vergangenheit, Gegenwart und Zukunft nichts als eine besonders hartnäckige Illusion ist.«

Albert Einstein

0

Ich und mein Bruder Griff sind aus Koffern aufgewachsen.

In London waren wir Babys, in München Kleinkinder, in Shanghai waren wir immer noch ziemlich klein und in Barcelona schon etwas größer. Als wir schließlich in Brooklyn lebten, hielten wir uns für die coolsten britischen Jungs im ganzen Block. Und vielleicht waren wir das auch – es gab nämlich keine anderen.

Unterwegs fanden wir Freunde, die Matilda und Maxim, Ibrahim und Li, Emilio und Lester hießen und die wir wie eine Spur aus verstreuten Brotkrumen hinter uns zurückließen.

Unsere Reisepässe waren voller Stempel und wir besaßen Coladosen voller ausländischer Münzen. Wir kannten viele Wörter für »Hallo« und ebenso viele für »Tschüss«.

Und das Beste war: Wir hatten Eltern, die einfach immer in Bewegung sein mussten. Sie waren Lehrer. Sie unterrichteten sich kreuz und quer durch die Welt, von Schule zu Schule, von Stadt zu Stadt, und uns nahmen sie immer mit. Und mir und Griff war das nur recht.

Bis eines Tages alles anders wurde.

Erster Teil

Weder hier noch dort

1

An dem Tag, als Griff dreizehn wurde, war es heiß.

Richtig heiß.

Wahrscheinlich heißer als in der Hölle.

Es herrschte eine derartige Affenhitze, dass ganz New York davonzufließen drohte. Wir waren auf dem Rückweg aus dem Sommerurlaub – oder besser gesagt aus unserem Kurzurlaub –, und während unser Mietauto immer näher auf Brooklyn zukroch, kam in der Ferne schon die Skyline von Manhattan in Sicht, deren hohe Wolkenkratzer in der Hitze flimmerten.

Das Autoradio dudelte vor sich hin, aber nur ganz leise. Es liefen irgendwelche Popsongs und zwischendurch Geplapper. Die meiste Zeit achtete ich gar nicht richtig darauf. Bis ich einen Moderator sagen hörte *Es ist aber auch verdammt heiß heute, Leute.*

Schlaumeier, sagte ich. Eigentlich war es bloß ein Wort in meinem Kopf. Ich sprach es nicht wirklich laut aus. Dafür fehlte mir die Kraft.

Und für alle, die aus New York City zuhören: Die Temperatur geht steil auf 40 Grad zu! V-i-e-r-z-i-g Grad! Also, Leute, bleibt cool und passt auf euch auf. Cremt euch ordentlich ein und vergesst eure Hüte und Sonnenbrillen nicht.

Ich bewegte meine steifen Beine und seufzte. Und dann beschloss ich, dass ich nicht mehr länger an mich halten konnte. Ich musste einfach stöhnen. Richtig laut.

Doch ich war nicht schnell genug.

»Oh Maaaann!«, kam es von meinem Bruder Griff. »Was ist denn das für ein Geburtstag? Ich schwitze mir den Arsch ab.«

»Meine Güte, Griff«, sagte Mum vom Beifahrersitz aus. »Was sind denn das für Ausdrücke? Vergiss bitte nicht, dass du Brite bist.«

»Sorry«, murmelte Griff und wurde ein bisschen rot. Nach einem kurzen betretenen Schweigen bat er: »Könnt ihr vielleicht die Klimaanlage ein bisschen höher stellen?«

»Ja bitte«, sagte ich, »dreht sie noch ein bisschen auf.«

Mum schob den Spiegel in ihrer Sonnenblende auf und sah zu uns nach hinten. »Ach, du bist wach?«

»Ich war die ganze verdammte Zeit wach«, schimpfte Griff.

»Das war auch nicht zu überhören«, mischte sich Dad in das Gespräch ein. »Wir hatten das Vergnügen, der bezaubernden Melodie deines Computerspiels zu lauschen. Es hat mich kein bisschen verrückt gemacht.«

»Das ist *Temple Run 2*«, erklärte Griff. »Und es ist kein Computerspiel. Es ist eine App.« Trotz allem lächelte er plötzlich und schwenkte seine rechte Hand, in der er ein nagelneues Telefon hielt.

Ich verkniff mir ein Grinsen. Es war ein großer Tag für meinen kleinen Bruder. Sein dreizehnter Geburtstag *und* sein erstes anständiges Telefon.

»Das ist toll, Griff«, freute sich Mum. »Aber ich meinte eigentlich *ihn.*« Sie winkte mir über ihre Schulter zu.

»Ich bin schon seit Massachusetts wach«, sagte ich.

Mum musterte mich in ihrem Spiegel. »Gesprächig wie immer, Dylan.«

Ich zuckte mit meinen verschwitzten Schultern. »Man muss doch nicht immer reden, nur damit man etwas sagt, oder?«

Mum verdrehte die Augen. »Es kostet dich nichts, ein wenig mit deiner Familie zu plaudern, Dyl. Oder zumindest wird es dich nicht ruinieren.« Sie schüttelte den Kopf zum Spiegel hin und lachte.

Mir fiel keine passende Antwort ein. Also verschränkte ich einfach nur die Finger, streckte die Arme aus und ließ meine Knöchel knacken. Jeden einzeln. *Knack. Knack. Knack. Knack.* Das konnte ich schon immer ganz gut.

»Lass das.« Griff stieß mir seinen Ellbogen in die Rippen. »Ich krieg immer eine Gänsehaut, wenn du das machst.«

Ich boxte ihn zurück.

»Hey, hört auf damit«, sagte Dad.

Schnell schlug Griff mir noch einmal aufs Bein, bevor er die Arme verschränkte und aus dem Fenster schaute. Als könne er keiner Fliege etwas zuleide tun. In Gedanken packte ich Griffs Handgelenk und drehte ihm den Arm auf den Rücken, bis er quiekte wie ein Meerschweinchen. Aber ich tat es nicht wirklich. Auch dafür fehlte mir die Kraft. Stattdessen bettelte ich: »Dad, kannst du bitte die Klimaanlage aufdrehen? Hier drin ist es wie in der Sauna, und Griff mutiert zu einem richtigen Arsch.«

»Halt die Klappe!«, rief Griff. »So darfst du nicht mit mir reden – ich habe heute *Geburtstag*!« Er schob sein Gesicht durch die Nackenstütze des Vordersitzes. »Habt ihr das gehört?«

»Was gehört?«, fragte Dad.

Ich grinste Griff ins Gesicht, weil ich damit durchgekommen war, dann rutschte ich ihm noch ein Stück dichter auf die Pelle und fing zu allem Überfluss auch noch an zu singen. »Happy Birthday to you … happy Birrrrrthday!« Auf einmal musste ich an meinen eigenen Geburtstag vor ein paar Wochen denken – wie ich Matilda Sommer zu einer Party mitgenommen und sie – endlich – geküsst hatte. Ich näherte meinen Mund Griffs Ohr und flüsterte: »Dreizehn Jahre alt und noch nie geknutscht, oder, Arschilein?«

»Lass mich!«, rief Griff. »Und ich bin *kein* Arsch!«

»Können wir *bitte* alle aufhören, ›Arsch‹ zu sagen?«, fragte Mum.

Dads Sonnenbrille blitzte im Rückspiegel auf, als er meinen Bruder ins Visier nahm. »Wir hätten dich in Barcelona lassen sollen. Warum haben wir das eigentlich nicht gemacht?«

»Haha«, maulte Griff. »Wenn du nicht so geizig mit der Klimaanlage wärst, dann hätten wir diese Diskussion überhaupt nicht.«

»Hey«, verteidigte sich Dad. »Wieso bin ich denn bitte schön geizig? Ich habe uns gerade eine Zehn-Tage-Tour durch Neuengland spendiert. Meine ganzen Ersparnisse sind dabei draufgegangen. Und überhaupt: Es geht mir nicht ums *Geld*, sondern um unseren *Planeten*. Ich sehe überhaupt nicht ein, warum wir noch mehr Benzin verschwenden sollten als ohnehin schon.«

»Ist das dämlich«, schimpfte Griff.

Ich hob mein Bein und trat nach ihm. »Es ist nicht dämlich, du Idiot.« Dann fragte ich Dads Hinterkopf: »Können wir wenigstens die Fenster aufmachen?«

»Von mir aus«, sagte Dad. »Wie ihr wollt. Aber dann mache ich die Klimaanlage ganz aus. Wir müssen sie ja nicht bei offenem Fenster laufen lassen.«

Griff und ich stöhnten. Abgesehen von ein paar kleineren Schwankungen hatten mein Bruder und ich schon immer eine Verbindung von der Stärke einer kosmischen Energie. Und jetzt war sie wieder da. Wir beide gegen Dad.

Dads Hand schwebte über dem Armaturenbrett. »An oder aus?«

»An«, murmelte ich.

»Lass sie an«, sagte Griff.

Ich drehte mich zur Seite und lehnte die Stirn gegen die geschlossene Scheibe. Draußen drängten sich immer mehr Autos auf den Highway. Wie eine fiese fette Erinnerung daran, dass unser Urlaub vorbei war.

Ein Hammer-Urlaub!

Wir hatten einen grünen Mini Cooper mit weißen Rennstreifen gemietet – Dad zufolge das coolste Auto überhaupt. Wir sind (auf Dads Wunsch) in den Catskill Mountains gewesen und dort (auf Mums Wunsch) in einem echten Schwanensee geschwommen. Dann haben wir eine Eiscremefabrik in Vermont besichtigt, wo wir Honig-Jalapeño-Eis probierten. Als Nächstes sind wir nach Massachusetts gefahren, haben im Boston Common Park Fußball gespielt, uns ein Basketballspiel der Red Sox angesehen und am Atlantik Donuts gegessen. Es war eine richtig tolle Zeit.

Nun aber waren wir weder hier noch dort. Nicht mehr im Urlaub, aber auch noch nicht richtig zu Hause. Und links und rechts von uns nichts als undurchdringlicher, zäh fließender Verkehr.

Ich schwitzte sogar an den Ellbogen. Gerade wollte ich den Mund zu einem erneuten Stöhnen öffnen, doch wie immer kam Griff mir zuvor. Er warf den Kopf gegen seine Nackenstütze und ächzte: »Ich schwöre es euch: Ich sterbe. Gib mir doch wenigstens jemand ein kaltes Bier.«

Mum drehte sich in ihrem Sitz um. »Wahrscheinlich. Du bist *dreizehn*.«

Dads Sonnenbrille blitzte wieder im Spiegel auf. »Du kriegst eins, wenn wir zu Hause sind.« Er sah Mum an. »Ach komm, Meg. Er hat doch *Geburtstag*.«

»Ha!«, triumphierte Griff.

Mum warf Dad einen ihrer tödlichen Blick zu, sagte jedoch nichts. Ich sagte ebenfalls nichts. Es war einfach zu heiß, und außerdem war ich sowieso nicht besonders wild auf Bier. Ich hatte mal welches auf einer Party probiert. Es hatte nach Popelwasser geschmeckt.

Auf der Außenspur überholte uns ein Auto von der Größe eines Panzers. Ich stellte mir vor, wie es da drin wohl sein musste: kilometerweite Beinfreiheit und eine angenehme Eiseskühle. Ich schob meine Füße auf einer Fläche von der Größe einer Erdnuss umher und versuchte mich daran zu erinnern, wie cool unser Auto war. Doch es fiel mir zunehmend schwerer. Wenn du fünfzehn bist und deine Beine so steif sind, dass sie sich anfühlen, als würden sie gleich abfallen, dann verliert so ein geliehener Mini Cooper erstaunlich schnell an Reiz. Und wenn meine Beine schon wehtaten, dann war es um Griffs bestimmt nicht besser bestellt. Denn mein sogenannter kleiner Bruder war jetzt schon größer als ich. Zwar nur ein kleines Stückchen, aber immerhin.

Griff schleuderte seine Flipflops von den Füßen, zog die Beine auf den Sitz und saß dann da wie eine Heuschrecke, mit den Ohren zwischen den Knien. »Ich will nach Hause und nachsehen, was ich für Geburtstagskarten bekommen habe.«

»Wir sind bald da«, sagte Dad. »Das hier ist schon Queens. Als Nächstes kommt Brooklyn.«

Ich schnappte mir Griffs Zeh und quetschte ihn. »Du weißt doch schon, was du für Karten bekommst. Die gleichen wie immer. Eine von Matilda –«

»– deiner FREUNDIN!«, fiel mir Griff ins Wort. »Du LIEBST sie – *aaaahhh, lass mich!*«

Ich quetschte weiter seinen Zeh und fuhr ungerührt fort,

als hätte er mich nicht unterbrochen. »… und Sven und Silke, eine aus Spanien von Emilio, eine von Opa und eine Karte von Mums Cousine Dee.«

Griff schlug meine Hand weg und flüsterte: »Mit einem Büchergutschein drin, den wir nicht mal einlösen können.«

»Das habe ich gehört«, sagte Mum von vorne. »Es ist doch lieb von Dee, dass sie überhaupt an euch denkt.«

Griff gähnte und verdrehte die Augen. »Dieser Highway ist so was von arschig.«

»Motorway«, verbesserte ich ihn. »Wir sind Briten, schon vergessen?« Doch er hatte recht. Wir krochen so langsam voran, dass ich schneller gelaufen wäre. Unser Mini klemmte hinter einem staubigen, dicken Autotransporter voller nagelneuer Kompaktwagen, und sogar die Kriechspur kam schneller voran als wir. »Man sieht ja die Welt vor lauter Verkehr nicht mehr«, sagte ich zu mir selbst. Zu niemandem.

Doch meine Mum hatte mich gehört. Sie drehte sich in ihrem Sitz um und musterte mich. Und während unser Auto uns immer näher nach Hause brachte, fragte sie: »Wann bist du bloß plötzlich so erwachsen geworden, Dylan Thomas Taylor?«

»Irgendjemand in dieser Familie muss ja schließlich den Erwachsenen spielen«, gab ich zurück. Mit einem Schlag vergaß ich, wie verschwitzt und frustriert ich war, und lächelte sie an. Ich konnte nichts dagegen tun. Sie sah so jung und hübsch aus, wie sie da neben meinem Dad auf dem Beifahrersitz saß. Außerdem war sie auch ziemlich cool – mit ihrem langen Haar, ihrem ungewöhnlichen walisischen Akzent und ihrem kleinen, silbern glänzenden Nasenstecker. Dad war ehrlich gesagt auch nicht übel. Mit seinen Koteletten und seinem Poloshirt und seiner auf teuer gemachten Sonnenbrille sah er aus wie einer der Jungs von Blur oder Oasis.

Also ja: Sie waren nicht wie die meisten anderen Eltern. Sie waren nicht verheiratet und hatten kein eigenes Auto, keine Nachbarn, die sie seit Jahren kannten, und keine Familie, die sie besuchen kam. Na und? Das brauchten sie auch alles nicht. Sie hatten schließlich uns. Mich und Griff.

Mum streckte die Hand aus und strich mir über mein verschwitztes Haar. »Ich habe dich nach einem berühmten Dichter benannt, Dyl – und manchmal glaube ich, du hast mehr von ihm als nur seinen Namen.«

Dad wandte den Blick von der Straße und sah sie mit gespieltem Entsetzen an. »Was soll das denn heißen, Meg? Willst du mir vielleicht etwas beichten?«

»Sei nicht albern, Steve«, lachte Mum. »Du musst ihn dir doch nur anschauen, dann weißt du, dass er dein Sohn ist. Aber er ist so ganz anders als du. So tiefsinnig … wie ein Dichter. Und außerdem hat er die gleichen roten Haare wie Dylan Thomas.« Zärtlich zupfte sie an einer meiner Haarsträhnen. »Manchmal wüsste ich nur zu gern, was in diesem hübschen Kopf vor sich geht.«

Neben mir zog Griff Rhys Taylor eine Grimasse und machte ein furzendes Geräusch. Mein Bruder hieß nicht nach einem Dichter. Sondern nach Gruff Rhys, dem Sänger einer

Band namens Super Furry Animals. Oder zumindest fast. Auf die Rechtschreibung hatten meine Eltern nicht so geachtet.

»Also eigentlich dachte ich gerade, dass ich am liebsten für immer in New York bleiben würde«, sagte ich. »Ich habe genug vom Umziehen.«

Mum überlegte kurz, bevor sie lächelte. »Na, dann machen wir das vielleicht.« Sie sah Dad an. »Was meinst du, Steve? Haben wir genug von der großen weiten Welt gesehen? Ist es Zeit, dass wir sesshaft werden?«

Dad zuckte die Schultern. »Das überlasse ich dir, Meg. Wenn du bleiben willst, bleiben wir. Wenn du umziehen willst, ziehen wir um. Ich bin da, wo du bist.« Damit wandte er wieder den Blick von der Straße und küsste unsere Mutter direkt auf den Mund.

Griff und ich hielten uns die Augen zu und protestierten laut.

»Hört auf!«, rief Griff. »Mir wird schlecht!«

»Schon gut«, sagte Dad. »Ihr könnt die Augen wieder aufmachen – es ist vorbei.« An Mum gewandt fügte er hinzu: »Wir machen weiter, wenn die nicht dabei sind, ja?«

Griff und ich kotzten fast los.

Mum und Dad brachen in Lachen aus. Und obwohl es so heiß und öde war, fielen wir in ihr Lachen ein. Manchmal ist es eben leichter, einfach mitzumachen.

Ich sah wieder auf die Straße. Der Verkehr bewegte sich mittlerweile etwas schneller. Wir klebten immer noch hinter dem riesigen Autotransporter, doch die Lücke zwischen uns war ein wenig größer geworden. Ich weiß nicht, warum, aber ich war erleichtert darüber. Über uns verkündete ein Schild an einem Metallgerüst BROOKLYN und STATEN ISLAND. Ich lächelte. Wenn der Verkehr so weiterfloss, dann wären wir in einer halben Stunde zu Hause.

Zu meiner Überraschung hörte ich auf einmal Musik. Wie die Klimaanlage lief das Radio so leise, dass ich es ganz vergessen hatte. Mum drehte es lauter. »Das liebe ich!«

One Direction.

Ich schüttelte den Kopf. »Das darf doch nicht wahr sein.«

»Das darf doch nicht wahr sein«, schimpfte Griff.

Mum streckte die Hände in die Luft und fing an, auf ihrem Sitz herumzutanzen. Und als wäre das noch nicht peinlich genug, fing sie auch noch an mitzusingen.

Griff beugte sich nach vorne. »Muss das sein?«

Mum warf den Kopf in den Nacken, schloss die Augen und sang lauter.

»Dad, muss das sein?«, wiederholte Griff.

Dad lachte. »Denkst du etwa, ich kann sie aufhalten? Und überhaupt, das ist doch ganz nett. *The Story of My Wife.*« Dann fiel er in Mums Gesang mit ein.

Griff hielt sich die Ohren zu und begann, den Text von »Smells Like Teen Spirit« zu brüllen. Mein Bruder ist ein richtiger Musikfreak. Er steht total auf Grunge und Garage Punk und Indie Rock und mag sogar alte Sachen wie Oasis und Blur und die Beatles und die Beach Boys. Die mögen wir beide. Das haben wir von unserem Dad.

»Mach doch bitte jemand, dass das aufhört«, murmelte ich. Dann blickte ich um mich – ich weiß nicht, warum. Auf der Spur neben uns saß ein dicker Glatzkopf in einem weißen Lieferwagen und hielt den Ellbogen aus dem Fenster. Er fuhr noch langsamer als wir, obwohl er nicht hinter einem Autotransporter feststeckte. Als wir ihn überholten, wandte er den Kopf und sah uns an. Ich glaube, er lachte.

»Könnt ihr mal aufhören«, sagte ich. »Die Leute schauen schon.«

Mein Dad unterbrach seine Harry-Styles-Performance nur kurz, um lachend etwas zu erwidern – aber was auch immer es war, ich bekam es nicht mit, denn etwas vor uns hatte meine Aufmerksamkeit erregt. Irgendetwas Glänzendes blitzte in der Sonne auf. Ein Bolzen oder eine Schraube, ein Rohr oder ein Nagel. Irgendein winziges Ding, das sich so schnell bewegte, dass ich es nicht verstand.

Und gleich darauf passierte etwas Seltsames. Mein Kopf teilte sich, wie bei einem Split-Screen oder als hätte ich zwei Gehirne oder so. Während das eine Gehirn dachte *Das sieht aber nicht gut aus*, hing das andere noch ein Stück hinterher und versuchte, alles zu begreifen. Ich wollte gerade etwas sagen. Das wollte ich wirklich. Ich wollte sagen: Passt auf!, oder: Guckt mal da!, oder: Was zum Teufel war das denn? Aber wie immer brachte ich die Worte nicht schnell genug heraus.

Griff sagte noch: »ICH WILL *RAUS* AUS DIESER PEINLICHEN FAMILIE!«

Dann schrie er.

Wir alle schrien.

Und dann versank die ganze Welt im Dunklen, als der Autotransporter seine Ladung verlor und ein nagelneuer Kompaktwagen auf uns draufkrachte.

Und das wars dann.

Alles bleibt stehen, als würde man bei einem Film die Pausentaste drücken, und nichts wird mehr so sein, wie es war. Und alles nur wegen eines losen Bolzens am Heck eines Autotransporters.

Ich werde nicht ins Detail gehen, und ich will auch gar nichts überanalysieren. Es war einfach eine irre Wendung des Schicksals. Die Wahrscheinlichkeit, dass so etwas passiert, lag bei eins zu einer Milliarde. Und trotzdem ist es passiert. Statistisch gesehen wäre es wahrscheinlicher gewesen, dass wir von Haien angefallen oder von herabfallenden Kokosnüssen plattgemacht werden.

Falsche Zeit.

Falscher Ort.

Schluss, aus.

Weiter.

Es tut mir leid, falls das jetzt so klingt, als wäre ich ein total herzloser Freak. Aber ich weiß ehrlich gesagt nicht, wie ich sonst damit umgehen soll. Entweder komme ich so damit klar oder ich setze mich in eine Ecke und flenne bis in alle Ewigkeit. Werfe vielleicht mit Sachen um mich und zerhaue irgendwas. Und am Ende bleibe ich dann in einem Augenblick stecken, in dem ich ganz und gar nicht feststecken will. Und wem würde das bitte schön nützen? Wozu sollte das gut sein? Nichts würde davon besser, und es würde auch nichts so, wie es vorher war.

Also, um es kurzzumachen:

Unser Auto wurde komplett geschrottet, mit uns allen drin. Es war, als würde einem mitten in einem total kranken Film plötzlich bewusst, dass man eine Hauptrolle darin spielt.

Und natürlich wollte ich nicht dort sein. Natürlich wollte ich nicht, dass das alles echt ist. Wenn ich gekonnt hätte, hätte ich mir die Fernbedienung geschnappt und diese ganze schreckliche Geschichte einfach weggezappt. Und dann wäre ich losgerannt zum nächstfernen Ort und für immer dort geblieben.

Doch das ging nun mal nicht.

Weil da noch andere Leute mit mir in diesem Film waren. In diesem Auto.

Und einer von ihnen brauchte mich.

2

Ich rieb mir benommen die trockenen Augen und sah mich ungläubig im Zimmer um. Beigefarbene Wände. Fliesenfußboden. Ein Fenster, halb verdeckt von einem Vorhang. Dazu irgendwelche medizinischen Geräte. Es war schwer, das alles zu verarbeiten. Kaum zu glauben, dass das alles uns passierte. Dass es mir passierte.

Griff schlief in einem schmalen Bett. Sein Oberkörper war hochgelagert, sodass es aussah, als würde er sitzen. Sein Kopf war bandagiert, ebenso seine linke Hand. Aus dem Verband an der Hand schlängelte sich ein schmaler Schlauch zu einem durchsichtigen Plastikbeutel, der an einem Metallgestell neben seinem Bett hing. Darin war irgendeine Flüssigkeit.

»Das ist ja wohl hoffentlich kaltes Bier«, sagte ich. Zu Griff. Zu niemandem. Ich weiß nicht, warum ich flüsterte, denn es war niemand da, der mich hören konnte. Aber so ist es nun mal in Krankenhäusern. Man will immer flüstern, auch wenn es gar nicht sein muss.

Ich zog die Füße auf die Sitzfläche meines Plastikstuhls und saß dann da, die Ohren zwischen den Knien. Wie eine Heuschrecke. Genau wie Griff in dem Augenblick dagesessen hatte, als die Welt eine andere wurde. Nur um überhaupt etwas zu sagen, fügte ich hinzu: »Das ist bestimmt das Bier in dem Beutel, Griff. Geburtstagsbier. Bestimmt wachst du nachher sturzbetrunken auf und schwitzt dir den Arsch ab.«

Kurz hätte ich fast losgelacht. Doch dann sah ich mir den Beutel noch mal genauer an und wurde wieder ernst. Natürlich war mir klar, dass das kein Bier war. Nicht mal eine Kollision mit einem Autotransporter konnte mich das glauben lassen. Überhaupt hatte das Zeug nicht mal die richtige Farbe. Genau genommen hatte es überhaupt keine Farbe. Und auch Griffs Gesicht schien keine Farbe zu haben. Oder zumindest fast keine. Trotz seiner Urlaubsbräune war er beunruhigend blass. Auf der Stirn, auf den Wangen und am Kinn hatte er ein paar Schrammen und Kratzer und auf den Armen ein paar wunde Stellen. Aber abgesehen davon sah er gar nicht so schlimm aus.

Wenn man bedenkt.

Andererseits kam ich ja auch von dort, wo er herkam, und irgendwie hatte ich kaum einen Kratzer abbekommen.

»Meine Güte«, sagte ich, und meine Stimme hallte seltsam in dem fremden Raum. Zitternd umschlang ich meine Knie. Es war kühl hier im Krankenhaus, fast schon zu kalt. Es kam mir vor wie ein schlechter Witz. Ich rieb mir die Gänsehaut an den Armen und flüsterte: »Komm schon, Griff. Wach auf.«

Aus dem Augenwinkel bemerkte ich eine blaue Uniform. Jemand war ins Zimmer gekommen. Jemand, der diese geräuschlosen Schuhe trug. Ich drehte mich um, und als ich Angelo erkannte, wurde mir etwas leichter zumute. Angelo war mein Pfleger. Oder mein Betreuer? Ich wusste nicht mehr genau, wie er es genannt hatte. Jedenfalls trug er Krankenhaustracht wie alle anderen – nur dass seine Kleidung irgendwie ein bisschen retro aussah. Wahrscheinlich war er an dem Tag, als sie die neuen Uniformen verteilt hatten, gerade irgendwo anders unterwegs gewesen. Angelo war ein junger Schwarzer mit einem strichdünnen Schnurrbart, einer rasierten Doppelkerbe in der Augenbraue und einem Fusselbart am Kinn. Obwohl ich kein bisschen in der Stimmung für neue Bekanntschaften war, mochte ich ihn. Irgendetwas an ihm nahm mir ein klein wenig meiner Angst. Er war von Anfang an da gewesen, hatte mir seinen Namen genannt und mich beruhigt, und jetzt steckte er den Kopf in Griffs Zimmer, nur um nachzusehen, wie es mir ging. Man könnte wohl sagen, dass er mich unter seine Fittiche genommen hat. Ich war froh, dass diese Aufgabe jemandem so Nettem zugefallen war.

Angelo sah auf eine kleine Uhr, die verkehrt herum an sein blaues Baumwollhemd geheftet war, und runzelte die Stirn. Als er mich dann wieder ansah, war sein Blick so eindringlich, dass er fast bis in meine Seele zu reichen schien. »Er wird schon wieder aufwachen«, sagte er. »Das verspreche ich dir. Er muss nur die Medikamente verarbeiten, die ihm die Rettungssanitäter gegeben haben.«

Vor meinem inneren Auge tauchte ein verschwommenes Bild auf: Griff, umringt von Rettern. Er war benommen und verwirrt, wollte aber um keinen Preis in den Krankenwagen einsteigen. Zwischendurch war er so aufgebracht, dass ich schon dachte, er geht gleich jemandem an die Gurgel. Wann war das noch mal gewesen? Vor ein paar Stunden? Drei? Vier? Obwohl ich mich völlig taub fühlte, durchfuhr mich ein Schmerz. Ich kniff die Augen zusammen und versuchte, das Bild zu verdrängen. Zitternd umschlang ich meine Beine fester.

»Hey, Dylan.« Angelo ging neben meinem Stuhl in die Hocke. »Sieh mich an.«

Ich riss den Blick von meinem Bruder los.

Angelos braune Augen sahen geradewegs in meine. »Ich verspreche dir, Kleiner, dein Bruder … er wird schon wieder. Er hat wahrscheinlich eine Gehirnerschütterung, und ja, er wird bestimmt verwirrt und unglücklich sein und unter Schock stehen. Genau wie du gerade, weißt du? Aber ansonsten kommt er wieder in Ordnung. Seine Untersuchungsergebnisse waren alle in Ordnung. Sie haben ein CT gemacht und alles sieht gut aus. Du musst jetzt einfach nur ein bisschen Geduld haben und ihm etwas Zeit geben, damit er sich ausschlafen kann.« Er sah noch einmal auf seine Uhr und tippte stirnrunzelnd auf das Zifferblatt.

Ich drehte Angelos Worte im Kopf hin und her, ohne jedoch dahinterzukommen, was sie bedeuteten.

Zeh-Tee? Einen Tee für den Zeh?

Alles kam mir so surreal vor. Ich ließ den Kopf in die Hände sinken, kniff die Augen zu und schloss die Welt aus.

»Hey«, sagte Angelo. »Hey, Dylan … Kannst du mir bitte zuhören? Du bist nicht allein. Das darfst du nie vergessen: Du bist nicht allein. Jetzt gerade hast du zum Beispiel erst mal mich. Und dein Bruder … er wacht bestimmt gleich auf. Sie haben ihm nur ein Beruhigungsmittel gegeben, damit er schlafen kann. Mehr nicht.«

»Ich weiß.« Wieder klangen meine Worte seltsam, doch diesmal lag es daran, dass ich noch immer den Kopf in den Händen vergraben hielt. Es tat gut, ehrlich zu sein. Das Licht hier im Krankenzimmer war so grell, dass es sich anfühlte, als würde es direkt durch mich hindurchscheinen. Das konnte ich gerade wirklich nicht gebrauchen. Ich fühlte mich so schon durchlässig genug.

In diesem Augenblick stöhnte Griff.

»Na also!«, freute sich Angelo. »Was habe ich gesagt? Sieht aus, als würde er aufwachen.«

Vielleicht sagte er auch etwas anderes, doch ich hörte gar nicht hin. Ich war schon von meinem Stuhl aufgesprungen und hatte mich neben Griff an den Bettrand gekauert. Griffs Lider flatterten, als würden sie versuchen wegzufliegen. »Schon gut«, beruhigte ich ihn.

Griff stöhnte noch einmal und fing an, irgendetwas vor sich hin zu murmeln. Ich beugte mich näher zu ihm. Und da hörte ich es ganz deutlich: »Dylan.«

»Ich bin hier.« Ich schrie es fast. »Alles gut, Griff, ich bin hier.« Einen Augenblick lang schwebte meine Hand über dem Teil seines Kopfes, der nicht bandagiert war, doch dann zog ich sie weg, verschränkte die Arme und klemmte mir die Hände unter die Achseln.

»Hallo, Griff«, sagte Angelo fröhlich. »Du bist wohl noch in einer anderen Welt, was, Kumpel?« Er wandte sich wieder an mich. »Du kannst ihn ruhig anfassen. Na mach schon. Das ist gut. Es wird dir helfen, eine Verbindung herzustellen.«

Stirnrunzelnd sah ich erst zu ihm, dann zu meinem Bruder. »Schon o. k., Griff«, sagte ich leise. »Wir haben es nicht so mit Anfassen, oder?«

Griff starrte mich mit leerem Gesichtsausdruck an. Dann ließ er den Blick an mir vorbei durch das Zimmer wandern. Über die beigefarbenen Wände. Den Fliesenfußboden. Das Fenster mit dem Vorhang. Die ganzen medizinischen Geräte. Und mit einem Mal sah er völlig entsetzt aus.

»Schon gut, Griff«, wiederholte ich. »Ich bleibe bei dir.« Und weil ich mich so nutzlos fühlte, stampfte ich frustriert mit dem Fuß auf.

»Lieber nicht.« Angelo berührte mich an der Schulter und führte mich sanft von Griffs Bett weg. »Vielleicht gehst du besser mal kurz raus. Du bist ja ganz aufgebracht. Das ist ganz verständlich und normal. Aber hier ist nicht der richtige Ort, um deine Wut rauszulassen. So angespannt, wie du bist, machst du deinem Bruder bloß Angst. Mensch, du machst ja sogar mir Angst. Außerdem ist Eva wieder da. Sie kümmert sich jetzt um ihn. Siehst du?«

Ich ließ die Arme sinken und sah auf.

Meine Augen blickten in die einer Krankenschwester. Sie

trug die gleiche blaue Uniform wie Angelo, bloß ein etwas neueres Modell. Ich hatte sie vorher schon öfter gesehen und kannte auch ihren Namen, denn er stand auf einem Schild, das an ihrem Oberteil befestigt war: Eva Garcia. Sie war jung und dunkelhäutig, und ihre Haare waren zu einer Hochsteckfrisur aufgetürmt. Obwohl sie eher klein war, sprach sie ziemlich laut und mit waschechtem New Yorker Akzent.

»Yo, yo, yo«, dröhnte sie. »Keine Sorge, Eva ist hier und alles wird gut. Eva kümmert sich um dich, Schätzchen.« Sie rauschte an mir vorbei, ließ sich auf den Stuhl fallen, auf dem ich gerade noch gesessen hatte, und nahm Griffs Hand. Ich drückte mich an die Wand. Eva war so quirlig, dass mir ganz schwindelig wurde. Trotzdem lächelte ich. Ich wusste, dass sie hier ein und aus ging und nach meinem Bruder sah, seit wir im Krankenhaus angekommen waren. Fast hatte ich das Gefühl, als würde ich sie kennen. So wie ich fast das Gefühl hatte, als würde ich Angelo kennen.

Angelo und Eva. Die beiden ersten Menschen in einer neuen Welt.

»Griff«, säuselte Eva. »Griff, mach die Äuglein auf, Hase. Na komm, wach auf. Ich weiß, dass du da bist. Ich habe dich doch gerade noch plappern gehört wie ein Äffchen. Du wirst langsam wach, Schätzchen.«

Griff hob die schweren Lider, während ich mich mucksmäuschenstill in meine Ecke drückte und hoffte, dass sie mich nicht rausschicken würden. Sogar von dort, wo ich stand, konnte ich die Fragezeichen in Griffs Augen sehen.

Wer ist diese Frau?
Woher weiß sie meinen Namen?
Wo bin ich?
WAS zum Teufel ist hier los?

Dafür musste ich kein Hellseher sein oder so. Ich konnte seine Gedanken deutlicher lesen als meine eigenen.

Eva hielt noch immer Griffs Hand und strahlte ihn an. »Also, Liebling, wie soll ich dich denn nun nennen? Griff Rhys Taylor oder Griff Rhys, oder einfach nur Griff?«

»Griff.«

Eva lächelte aufmunternd. »Es wird alles gut, mein Liebling. Wir sind hier alle für dich da.« Sie unterbrach sich kurz, bevor sie fortfuhr: »Ich bin Eva, deine Krankenschwester. Ich klemme dir jetzt nur kurz dieses kleine Dingelchen an den Finger und messe deinen Puls. Es tut nicht weh, versprochen.«

Und wahrscheinlich tat es wirklich nicht weh, denn Griff beschwerte sich nicht. Er beschwerte sich auch nicht, als sie ihm als Nächstes irgendein aufblasbares Armbanddings umlegte und es aufpumpte.

Ich blieb währenddessen einfach an meinem Platz stehen. Wie angewurzelt stand ich da, ohne auch nur ein Wort herauszubringen oder die Augen abwenden zu können. Als würde ich wieder einen Film sehen.

Dann spürte ich Angelos Hand auf meiner Schulter. »Na komm, Dylan. Zeit für eine Pause«, sagte er. »Du musst nicht hierbleiben.« Unsicher lächelnd fügte er hinzu: »Genau genommen solltest du eigentlich überhaupt nicht hier sein.«

Ich wollte darauf irgendetwas antworten – wirklich. Doch wie so häufig verpasste ich die Gelegenheit, weil Griff wieder einmal schneller war. Verloren sah er sich um und flüsterte: »Was ist denn passiert?«

Wir waren alle überrascht. Er hatte so leise gesprochen, dass ich mir gar nicht sicher bin, ob er nicht nur laut gedacht hat.

Angelo und ich sahen uns an, bevor wir Hilfe suchend zu Eva blickten, die wiederum panisch in unsere Richtung sah und sich auf die Lippe biss. Ausnahmsweise schienen ihr die Worte zu fehlen. Doch sie hatte sich schnell wieder in der Gewalt. »Immer schön der Reihe nach, mein kleiner Spatz«, beschwichtigte sie Griff. »Immer schön eins nach dem anderen. Jetzt ist erst einmal deine Untersuchung dran.«

Griff ließ den Kopf zurück auf sein Kissen sinken und fragte nicht weiter. Ich glaube, er war vielleicht sogar froh, dass er keine Antwort bekommen hatte.

Ungefähr eine Minute lang herrschte Schweigen im Raum. Ich hielt ebenfalls still und nahm die Ruhe in mich auf. Es kam mir vor, als ob ich seit dem Knall nur noch von Lärm umgeben war. Die ganze Welt war ein einziges Durcheinander aus Rufen und Sirenen, aus Stimmen und Motorengeräuschen von Krankenwagen, aus Alarmtönen, Brummen und Piepsen, Fahrstuhlgebimmel und Schritten und Telefonklingeln und Flüstern, dem Rollen von Gerätewagen und dem Gurgeln von Kaffeemaschinen. Und dazu kam das Atmen von sieben Milliarden Menschen.

Viel zu viele Geräusche.

Und alle waren viel zu laut.

Eva nahm Griff die Klammer und das aufblasbare Armband ab, holte einen Stift aus der Tasche und zauberte ein Klemmbrett hervor. Sie kritzelte irgendetwas darauf und brach dann die kostbare Stille im Raum. »Bisschen niedriger Blutdruck.«

»Ja, aber das ist nichts Ungewöhnliches«, sagte Angelo.

»Das war zu erwarten.« Eva lächelte Griff an. »Und dein Puls ist auch in Ordnung.«

»Das ist gut«, sagte ich.

»Das ist wunderbar!«, sagte Eva.

Plötzlich lächelte Griff. Mit umgehender Wirkung: Wir strahlten alle drei ihn an.

»Genau so, kleiner Mann!«, freute sich Angelo.

»Es wird alles gut«, sagte ich.

Eva tätschelte ihm den Arm. »Glaub mir, mein Kleiner, du hattest heute das Glück auf deiner Seite.«

Doch dann gefror ihr das Lächeln im Gesicht.

Und trotz des grellen Lichts im Zimmer und des wattigen Gefühls, das ich einfach nicht loswurde, sah ich es. Ich sah, wie ihr Lächeln in sich zusammenfiel. Wie bei jemandem, dessen iPhone gerade in einen Gully gefallen ist. Und Griff muss es auch gesehen haben. Denn er begann zu weinen. Und ich wollte am liebsten mit der Faust ein Loch in die Wand hauen.

Eva fing sich blitzschnell wieder. »Ach, ich plappere und plappere, und dir geht es wahrscheinlich nicht so prächtig, hm?«

»Nein«, flüsterte Griff.

Angelo legte mir wieder die Hand auf die Schulter. »Na komm, Kleiner. Ich weiß, du würdest am liebsten rund um die Uhr bei deinem Bruder bleiben, aber wenn du hier rumstehst und Wache schiebst, dann nützt das weder dir noch ihm. Ihr braucht beide etwas Zeit zum Verarbeiten und Eingewöhnen.«

»Ich bleibe hier«, sagte ich mit einer entschlossenen Kopfbewegung zu Griff hin.

Eva hielt wieder seine Hand und streichelte mit dem Daumen seine Finger. »Weißt du, wo du bist, Liebling?«

»Im Krankenhaus.«

»Das stimmt«, bestätigte Eva. »Du bist vor ungefähr drei Stunden eingeliefert worden. Du hast einen ziemlichen Schlag auf den Kopf bekommen, aber wir sind alle hier, um dir zu helfen, und es wird alles gut.«

Griff starrte sie mit leerem Blick an.

»Ich weiß, mir kommt es auch nicht vor wie drei Stunden«, sagte ich.

Angelo tippte die Uhr an seinem Hemd an. »Die Zeit vergeht nicht immer so, wie man es erwartet.«

Griff hob seine linke Hand und musterte sie. »Wofür ist der Schlauch?«

»Kaltes Bier«, sagte ich.

»Es ist *kein* kaltes Bier«, widersprach Angelo.

»Der versorgt dich mit Flüssigkeit«, erklärte Eva. »Damit du nicht austrocknest und dich ganz elend fühlst. Sobald du richtig wach bist, brauchen wir das nicht mehr. Ich glaube, du wirst sowieso nicht allzu lange hierbleiben müssen. Die Beule an deinem Kopf sieht gar nicht so übel aus.«

Ich reckte meinen Daumen hoch. »Gut.«

Griff hob ebenfalls den Daumen seiner unverletzten Hand und krächzte: »Gut.«

»Hast du Durst, Liebling?« fragte Eva.

Griff nickte. Eva stand auf. »Dann springe ich nur eben los und hole dir ein Eis am Stiel. Ich bin gleich zurück. Aber nicht, dass du mir auf dumme Gedanken kommst und aufstehst, während ich weg bin!« Damit rauschte sie mitsamt ihrer ganzen Quirligkeit davon.

»Na los«, drängte Angelo. »Verabschiede dich von ihm. Du hast jetzt erst mal Pause … nur für ein Weilchen. Keine Diskussion.«

Diesmal war ich bereit, ihm zu gehorchen. Ich war vollkommen erschöpft. Ich trat vor und ging neben dem Bett in die Knie, bis ich mit Griff auf einer Augenhöhe war. »Ich bin bald zurück, Großer. Versprochen. Mach dir keine Sorgen.«

Doch Griff antwortete nicht. Die Medikamente flossen noch durch seinen Kreislauf, und er dämmerte schon wieder weg.

Und in diesem Augenblick wollte ich ihn unbedingt berühren. Ich musste einfach. Also nahm ich seine Hand, so wie Eva vorhin, und versuchte es noch einmal. »Es geht jetzt nur um dich, Griff«, flüsterte ich. »Nur um dich. Und ich verspreche dir, dass ich stark sein werde und dir da durchhelfe.« Und wahrscheinlich kam in diesem Moment unsere kosmische Verbindung wieder durch, denn die Lider meines Bruders flackerten noch einmal auf und unsere Blicke trafen sich. Er sah müde und blass aus, aber auch froh, mich zu sehen. »Ich weiß«, sagte er. Und dann schenkte er mir einen verträumten, traurigen Blick und schlief wieder ein.

3

Griff blieb noch volle fünf Tage im Krankenhaus – und ich blieb bei ihm. Sie hätten uns vielleicht auch schon früher entlassen können, aber es schien keiner so richtig zu wissen, wohin mit uns. Und dann war da ja noch Diese Andere Sache. Diese Schwierige Sache, an die ich lieber nicht denken wollte. Niemand wusste, wie man Das Thema angehen sollte. Nicht mal ich. Am wenigsten ich. Also warteten wir einfach ab, bis Griff Das Thema von selbst ansprechen würde.

Und während er schlief, fand ich eine Möglichkeit, mir die ganze Sache etwas einfacher zu machen. Hin und wieder konnte ich mich unter Angelos stets wachsamen Blick davonstehlen, um ein bisschen meine Ruhe zu haben. Doch anstatt sinnlos über die Flure zu streifen, blöde auf den Fernseher im Aufenthaltsraum zu starren oder appetitlos in einer stillen Ecke der Kantine herumzuhocken, entschwand ich allem und verlor mich an den nächstfernen Ort. - London

Es war ganz einfach.

Ich musste nur an etwas Schönes denken.

Das Erste, was mir einfiel, war der hohle Baum.

Er stand in einem Park in London. Ich weiß nicht mehr, wie der Park hieß, ich weiß nicht mal, in welchem Teil von London er lag, denn ich war damals wirklich noch winzig. Es war jedenfalls so ein typischer Park, mit Blumen und Gras und Kieswegen und einem Ententeich. Und außerdem gab es einen hohlen Baum. Oder zumindest gab es den, als ich drei Jahre alt war.

Es ist meine früheste Erinnerung, und dennoch ist sie glasklar. Es war ein sonniger Tag, und ich war mit meiner Mum unterwegs. Griff war auch dabei, aber er war noch ein Baby. Mum schob ihn im Kinderwagen den Weg entlang, während ich neben ihr herhüpfte. Und dann sah ich den Baum. Er war groß und breit und hatte einen Riss im Stamm, der unten am Boden anfing und sich dann bis weit nach oben über meinem Kopf zog. Wahrscheinlich war er breit genug, dass ein erwachsener Mensch hineinpasste; für mich jedenfalls war er allemal breit genug. Und ehe ich michs versah, war ich von Mum und Griff weggewandert und in den Baum getreten. Mit einem Mal war der Rest der Welt verschwunden. Weg waren die Wiesen, die Blumen und die Sonne, und um mich herum war nur noch dieses dunkle, kalte Loch. Als wäre ich plötzlich in eine andere Dimension getreten.

Ich fing an zu weinen.

Sofort erschien das Gesicht meiner Mum in dem Spalt. »Hey, Dyl«, sagte sie. »Ich bin hier.«

Ich weinte noch lauter und streckte die Arme nach ihr aus, damit sie mich rettete.

»Ach, wer wird denn gleich weinen?«, fragte Mum. Dann trat sie zu mir in den Baum, mit meinem Bruder Griff auf dem Arm.

»Mensch«, staunte sie. »Das ist ja toll hier drin, Dyl. Wir sind wirklich in einem Baum!«

»Ich will nicht«, heulte ich. »Ich will wieder in den Park.«

Mum lachte. »Aber wir sind doch im Park, du Dummerchen. Du hast nur gerade ein Geheimversteck gefunden.« Sie kniete sich hin und gab mir einen Kuss. »Und Griff und ich sind mit dir zusammen hier in dem Geheimversteck. Du musst überhaupt keine Angst haben.«

Da hörte ich auf zu weinen und lächelte. Denn auf einmal war es gar nicht mehr beängstigend. Es war schön – so nah mit meiner Mum und meinem kleinen Bruder Griff in einem Baum zu stehen.

Mum lachte und schob mich in Richtung des Spaltes, durch den das Licht hereinfiel. »Na los, raus mit uns. Zurück in die langweilige Welt. Sie ist immer näher, als du denkst.« Und so traten wir beide aus dem Baum und blinzelten ins Sonnenlicht. Und vielleicht blinzelte Griff auch. Oder vielleicht war er auch einfach eingeschlafen.

4

Am zweiten Tag blinzelte Griff ein paarmal und schlug dann die Augen auf. Ich sah ihm an, dass es ihm schon besser ging. Der weggetretene Blick war verschwunden, und dieser schreckliche Bier-Tropf auch. Ebenso der Verband an seiner Hand. Nur der Verband um den Kopf war noch da.

Auch wenn es eine blöde Frage war, fragte ich ihn: »Wie geht es dir?«

Griff antwortete erst mal gar nichts. Schließlich flüsterte er: »Mir geht's beschissen«, und gähnte.

Unbeholfen streckte ich die Hand nach ihm aus. Doch nun, wo er richtig wach war, war alles anders. Er ballte seine Hand zur Faust, was ich als Zeichen nahm, dass ich das mit dem Anfassen jetzt lieber bleiben lassen sollte.

Angelo und Eva kamen gemeinsam ins Zimmer. Angelo zwinkerte mir zu und fing an, an seiner komischen Uhr herumzufummeln, während Eva dröhnte: »Und? Wie geht es uns heute?« Sie war noch lauter als sonst.

»Ziemlich beschissen«, murmelte ich.

»Ziemlich besch… schränkt.« Griff gähnte erneut.

»Denk immer dran: Du bist nicht allein«, sagte Angelo.

»Hey«, sagte Eva. »Du machst dich richtig gut.« Sie lächelte Griff an. »Aber wenn du weiterhin so rumgähnst und wegnickst, müssen wir bald einen Antrag stellen, dass wir dich in Rip Van Winkle umbenennen dürfen.«

Griff starrte sie verständnislos an – genau wie ich wahrscheinlich auch.

Angelo und Eva mussten lachen.

»Ach ja, jetzt merkt man, dass ihr zwei nicht von hier seid!«, sagte Angelo.

Überrascht sah ich ihn an. Ich merkte davon offen gestanden nichts.

»Jeder hier in Amerika kennt Rip Van Winkle!«, erklärte Eva. »Den Kerl, der vierzig Jahre verschlafen hat. Oder waren es zwanzig? Wie auch immer, er ist in die Berge gegangen und dort für eine ganze Weile weggeschnarcht, und als er wieder aufwachte, musste er feststellen, dass die Welt nicht mehr die Gleiche war.«

Ihre Worte blieben wie Rauchzeichen in der Luft hängen.

Und

als

er

wieder

aufwachte,

musste

er

feststellen,

dass

die

Welt

nicht

mehr

die

Gleiche

war.

»Oh Gott«, flüsterte ich, und weil ich sonst nicht wusste, was ich tun sollte, ließ ich meine Knöchel knacken, einen nach dem anderen. *Knack. Knack. Knack. Knack.*

Griff schüttelte sich, während gleichzeitig irgendetwas in Evas Gesicht vor sich ging. Es war nicht so, dass ihr das Gesicht komplett entgleist wäre – das blieb mehr oder weniger gleich. Doch da war etwas in ihren Augen. Gerade eben hatten sie noch gefunkelt, und jetzt sahen sie aus, als würden sie sich mit Tränen füllen. Ungeduldig schüttelte sie den Kopf. »Ach, das ist sowieso eine dumme Geschichte. Und weißt du, was? Es ist ganz egal, wie lange du zum Aufwachen brauchst. Es eilt nicht.«

Sie müssen es ihm sagen, dachte ich. Irgendjemand musste es ihm sagen. Und gleichzeitig war ich mir ziemlich sicher, dass *ich* unmöglich dieser Jemand sein konnte.

Eva biss sich auf die Lippe und sah Griff an. »Hör zu, Schätzchen, ich muss dir etwas sagen.«

Ich atmete nicht.

Griffs Gesicht wurde noch blasser. »Was denn? Was ist denn los?«

Einen Augenblick lang herrschte Schweigen. Der Druck in dem Raum war so hoch, dass ich schon befürchtete, es würde uns alle zerreißen. Doch dann seufzte Eva und schüttelte den Kopf. »Ach, nichts weiter.« Sie griff in ihre Tasche und holte ein Plastiktütchen hervor. »Ich wollte dir nur sagen, dass du dir die Unterhaltungskanäle vom Krankenhaus anhören kannst, wenn du willst. Die Kanäle 2 und 3 sind bei den jungen Leuten am beliebtesten. Ich habe dir ein paar Kopfhörer mitgebracht.«

Der Druck fiel wieder ab, doch mein Bruder tappte immer noch im Dunklen. Ich warf Eva einen frustrierten Blick zu, konnte ihr allerdings keinen Vorwurf machen, dass sie sich nicht getraut hatte. Es war die schwerste Aufgabe der Welt.

Griff war auffallend still. Sogar für einen kranken Jungen. Er drehte das Plastiktütchen mit den Kopfhörern in den Händen. »Danke.« Dann sah er zu mir. Ich zuckte hilflos die Schultern.

»Ach ja«, bemerkte Angelo. »Dylan, wir müssen kurz verschwinden, solange Eva Griff untersucht. Du kannst nicht überall dabei sein.«

»Ich will aber hierbleiben.«

Angelo tippte sich auf die Brust, dorthin, wo sein Herz war. »Solange er *hier* drin ist, ist alles in Ordnung, Kleiner.«

»Aber ...«

»Kein Aber.«

Ich gab auf. »Also gut, ich bin bald wieder da«, versprach ich Griff. Doch mein Bruder saß einfach bloß in seinem Bett, drehte das ungeöffnete Kopfhörertütchen zwischen den Fingern und machte ein besorgtes Gesicht.

Und da kam mir eine Idee. Es war mir egal, ob es komisch war – ich nahm seine Hand und drückte sie. »Hör dir Kanal 2 an«, riet ich ihm. »Dort läuft die ganze Zeit *unsere* Musik.«

Griff betrachtete stirnrunzelnd die Kopfhörer in seiner Hand, dann sah er wieder auf. »Danke«, murmelte er.

»Kein Problem«, sagte ich.

»Gern geschehen«, sagte Eva. »Hör ein bisschen Musik und ruh dich etwas aus.«

Dann ging ich mit Angelo hinaus, und wir verschwanden zusammen irgendwo in den endlosen Fluren des Krankenhauses. Ich muss gestehen, dass ich mich ziemlich mies fühlte. Weil ich meinen Bruder angelogen hatte. Ich hatte mich durch die ganzen Übertragungen und Frequenzen gehört, die hier im Krankenhaus herumschwirrten, und was da auf Kanal 2 gesendet wurde, war überhaupt nicht unsere Musik. Da lief kein Rock oder Grunge oder Indie. Sondern eigentlich immer nur One Direction.

Ich habe das nicht gemacht, um fies zu sein.

Ich wollte der Erinnerung meines Bruders nur ein klein wenig auf die Sprünge helfen.

Und auf einmal war ich wieder da, wo ich auf keinen Fall noch einmal hinwollte. Nämlich nicht am nächstfernen Ort. Sondern

wieder

in

diesem

Auto.

Komischerweise lief alles in Zeitlupe ab

und zugleich schwindelerregend schnell.

Mum streckte die Hand aus,

streichelte mein verschwitztes Haar

und nannte mich einen Dichter

und Griff hatte seine Kopfhörer auf und gähnte schläfrig

und Dad alberte mit Mum herum

und Mum lachte

und zupfte zärtlich an meinem roten Haar

und

ich wollte ihr noch etwas sagen – solange ich noch die Möglichkeit hatte –

aber

dann

lief ein Lied im Radio

»The Story of My Wife« oder »of My Life«. Oder so.

Dann schlug mein Bruder die Augen auf.

Und ich konnte nichts anderes tun, als die Augen zuzukneifen und zu erstarren, denn ich wusste ganz genau, was als Nächstes passieren würde.

In einem Zimmer in einem Krankenhaus in Queens saß mein Bruder aufrecht in seinem Krankenbett. Er riss sich die Kopfhörer aus den Ohren und schrie: »NEEEEEEIN!«

Später – ich weiß nicht genau, wann, denn die Zeit vergeht nicht immer so, wie man es erwartet – führte Angelo mich in die abgelegene Ecke der Kantine, wo wir manchmal abhingen. »Wir können jetzt über die nächsten Schritte nachdenken«, sagte er. »Eva hat mit Griff gesprochen. Er weiß es.«

Ich nickte steif. »Ich weiß.«

5

Die Person, die uns schließlich abholen kam, war Miss B. Knowles, die Schulleiterin der Endeavour Acadamy High School. Sie war unsere Direktorin und außerdem diejenige, die unseren Eltern die letzte Anstellung ihres Lebens gegeben hatte.

Hinter ihrem Rücken wurde sie von allen nur Beyoncé genannt. Dabei sah sie gar nicht aus wie eine Beyoncé. Wenn ihr mich fragt, sah sie eher aus wie eine Oprah.

Nach einer festen Umarmung, mit der weder Griff noch ich gerechnet hatten, verkündete sie: »Schluss mit diesem Miss-Knowles-Unsinn. Ich heiße Blessing.« Und dann erklärte sie, dass sie uns mit zu sich nach Hause nehmen würde.

Wir kannten sie eigentlich nicht besonders gut. Tatsächlich hatte ich überhaupt erst zwei Mal mit ihr persönlich gesprochen: das erste Mal, als sie mir die Hand geschüttelt und mich an der Schule begrüßt hatte, und das zweite Mal nur wenige Tage vor den Sommerferien. Es war eine ziemlich unangenehme Geschichte, denn ich hatte im Chemieraum einen Liebigkühler fallen lassen, der sofort in eine Million Teile zersprungen war. Wenn ihr nicht wisst, was ein Liebigkühler ist, könnt ihr von Glück reden. Ich hatte meinen jedenfalls zertrümmert, woraufhin mein Chemielehrer einen halben Herzinfarkt bekam und mich in Beyoncés Büro schickte, um ihr ebenfalls einen halben Herzinfarkt zu bescheren. Doch als ich dort ankam und in dem Bestrafungsstuhl vor ihrem Schreibtisch Platz genommen hatte, sagte Beyoncé bloß: »Das Gerät, das du kaputt gemacht hast, kostet die Schule dreißig Dollar. Ich kann dir nur ans Herz legen, beim nächsten Mal etwas vorsichtiger zu sein, Dylan.«

Dagegen hatte ich nun wirklich nichts einwenden können. Also hatte ich bloß geseufzt, auf meine Turnschuhe gestarrt und kaum wahrnehmbar mit dem Kopf genickt, um anzudeuten, dass ich sie verstanden hatte.

Beyoncé – ich meine Mrs Knowles – ich meine Blessing – hatte ebenfalls geseufzt. Und als sie fertig geseufzt hatte, sagte sie: »Du verschwendest wirklich keine Worte, was?«

Und mehr hatten wir nicht besprochen. Alles in allem war es nicht gerade eine berauschende Begegnung, und als ich an diesem Tag aus ihrem Büro rausspaziert war, hatte ich in erster Linie gehofft, dass ich nie wieder mit ihr reden müsste. Als sie also an diesem fünften Tag im Krankenhaus auftauchte, war es fast schon ein Schock für mich.

Fast.

Denn über dieses Stadium war ich wohl schon hinaus.

Wir hingen gerade im Tagesraum für Patienten ab. Der Fernseher lief, doch weder Griff noch ich sahen hin. Griff saß zusammengesunken und mit geschlossenen Augen in einem Sessel, und ich saß neben ihm und zerbrach mir still und leise den Kopf. Gerade wollte ich mich an den nächstfernen Ort verkrümeln, als ich jemanden singen hörte. Es war Eva, die einen auf Beyoncé machte.

»Whoa-oh-oh
Oh-oh-oh-oh-oh!«

Griff schlug die Augen auf und die Spur eines Lächelns huschte über sein Gesicht. Ich glaube fast, sogar um meine Mundwinkel zuckte es. Eva konnte man unmöglich ignorieren. Je stiller und deprimierter wir wurden, desto aufgekratzter und fröhlicher wurde sie. Es war, als wäre sie wir in umgekehrt. »Put your hands up …«, dröhnte sie, »draußen wartet jemand ganz Besonderes, und dieser Jemand würde gern reinkommen.«

Griff drehte sich einen halben Millimeter, um zu sehen, wer da kam. Ich hingegen sparte mir diese Mühe gleich. Seit Griff seine Erinnerung wiederhatte, waren hier ununterbrochen Leute rein- und rausgeströmt, und ich war nur noch gelangweilt, weil ich keinem von ihnen etwas zu sagen hatte.

Niemandem.

Nichts.

Die Polizei kam und stellte Fragen, die ich nicht beantworten konnte. Dann schaute eine Traumatherapeutin vorbei, die es tatsächlich fertigbrachte, dass wir uns noch traumatisierter fühlten. Zwei Leute vom britischen Konsulat tauchten auf und fragten uns nach irgendwelchen Tanten und Onkeln, die wir nicht hatten. Und schließlich bekamen wir sogar Besuch von einer schicken Dame in einem schicken Anzug, die behauptete, sie käme im Auftrag Gottes. Und auch wenn der Verband um Griffs Kopf inzwischen ab war und er schon wieder etwas gesünder aussah, spürte ich, dass er sich nach diesen Besuchen genauso mies fühlte wie ich.

Angelo tauchte aus dem Nichts auf und setzte sich neben mich. »Hey, Dylan«, sagte er. »Diesmal ist es anders. Diese Person ist wirklich eine Hilfe.«

Also gab ich nach und drehte mich um. Und da sah ich sie. Unsere Schulleiterin. Sie hatte die Arme um meinen schluchzenden kleinen Bruder geschlungen und drückte ihn fest an sich.

»Miss Kn-Kn-Knowles«, schluchzte Griff.

»Schluss mit diesem Miss-Knowles-Unsinn. Ich heiße Blessing. Und wir gehen jetzt nach Hause.«

Ich glaube, ich war noch nie in meinem Leben jemandem so dankbar wie ihr in diesem Augenblick. Ich stand von meinem Sessel auf, sah Beyoncé an – ich meine Miss Knowles – ich meine Blessing – und flüsterte: »Vielen, vielen Dank.«

Es war für uns an der Zeit, zu gehen.

Zweiter Teil

Brooklyn

6

Ich muss euch von New York erzählen.

New York ist eine große Stadt.

Wobei ›groß‹ nur ein Wort ist. Es sagt für sich genommen eigentlich nicht viel aus. Groß kann alles bedeuten, wenn man nicht weiß, wie groß die Größe ist.

Also werde ich versuchen, euch ins Bild zu setzen.

Schaut euch das Zimmer an, in dem ihr euch gerade befindet. Und dann denkt an das Gebäude, in dem dieses Zimmer ist. Vielleicht ist es ein Einfamilienhaus oder ein Bungalow, eine Wohnung in einem großen Mehrfamilienhaus oder eine schicke Hütte auf dem Land.

Und nun stellt euch stattdessen vor, ihr wärt in einem großen Stadthaus, mit vier oder fünf Stockwerken und einer Steintreppe, die vom Bürgersteig hoch zur Haustür führt. Und das Haus mit dem Zimmer und euch drin steht nicht allein da, sondern in einer Reihe mit lauter anderen Häusern, die alle gleich groß sind und auch ziemlich gleich aussehen. Vielleicht ist eines ein bisschen schicker und ein anderes ein bisschen schäbiger, aber allesamt sind sie alt. Die meisten sind in mehrere Wohnungen aufgeteilt, und an vielen Fenstern hängen graue Klimaanlagen, von denen hin und wieder Wasser auf die Köpfe der Leute tropft, die unten vorbeigehen. Auf den Gehwegen stehen lange Reihen staubiger Bäume, die ein wenig Schutz vor der Sonne und den tropfenden Klimaanlagen bieten. Doch was das alles ganz unverkennbar zu New York City macht, ist die Tatsache, dass ausnahmslos alle Häuser in der Straße braun sind und auch in allen Straßen ringsum nur braune Häuser stehen. Ungefähr hundertfünfzigtausend Menschen nennen diese Gegend ihr Zuhause. Und wenn man in die U-Bahn steigt oder in die Hochbahn, die auf ihrem Stahlgerüst von der Franklin Avenue bis zum Prospect Park donnert, und am anderen Ende wieder aussteigt, sieht man dort auch wieder nichts als Steinhäuser in einer Million verschiedener Brauntöne. Und aus den Fenstern wummert Musik und Leute sitzen auf Klappstühlen vor ihren Hauseingängen, und am Prospect Park wird gegrillt und noch mehr Musik dröhnt aus Ghettoblastern, und Jungs skaten und Hunde bellen und Babys greifen sich an die Zehen und kieksen dabei.

New York ist nicht nur groß, sondern auch laut.

Wenn man aus dem Park hinaustritt und die schnurgeraden Straßen entlangschaut, kann man in der Ferne Wolkenkratzer und die weiße Kuppel der City Hall mit ihrer Spitze obendrauf erkennen. Und wenn man dorthin laufen würde – was nie jemand macht, weil es entweder viel zu heiß oder zu kalt und überhaupt auch einfach viel zu weit ist –, wären dort, hinter den Bürohäusern und den protzigen alten Regierungsgebäuden und dem Einkaufszentrum mit den ganzen Schnäppchenläden für Sportbekleidung, noch mehr Straßen mit noch mehr Häusern, die dem Auge in allen Farben des braunen Regenbogens schmeicheln.

Und das ist nur Brooklyn. Der Teil von New York, den ich kenne. Der andere Teil – der, den man in den Filmen sieht oder wo man für ein Wochenende hinjettet und Fotos macht –, der liegt auf der anderen Seite der Brücke in Manhattan. Manhattan ist auch groß, aber nicht so groß wie Brooklyn. Und dann gibt es auch noch Queens, wo ich meine Mum und meinen Dad zurücklassen musste und wo ich im Krankenhaus rumgehangen und gewartet habe, dass es Griff gut genug geht, damit er entlassen werden kann. Und daneben gibt es auch noch Staten Island und die Bronx.

Wie gesagt, New York ist eine riesengroße Stadt mit mehr als achteinhalb Millionen Einwohnern. Und mittendrin mein trauriger und verstörter kleiner Bruder. Und gleich hinter ihm: ich. Und ich tat mein Bestes, um ihn da durchzubringen.

7

Blessing fuhr uns mit ihrem Auto zu sich nach Hause. Es war ein schicker kleiner Porsche Boxter, stahlgrau mit Alufelgen und Heckspoiler und null Platz für mich hinten drin. Doch das war mir egal. Ich wollte nur, dass Griff vorne sitzen und dieses Krankenhaus endlich hinter sich bringen konnte. Nicht, dass es ein schlechtes Krankenhaus gewesen wäre oder so. Er sollte einfach in die langweilige Welt dort draußen zurückfinden.

Es war eine schweigsame Fahrt. Griff saß steif wie ein Crashtest-Dummy in seinem Anschnallgurt, während ich hinten meine Knöchel knacken ließ. Ein- oder zweimal versuchte Blessing ein Gespräch anzufangen, doch als sie merkte, dass sie keine Antworten bekam, gab sie schließlich auf.

So fuhren wir schweigend weiter und dachten über wer weiß was nach.

Und ich? Ich dachte an Angelo. Das war zur Abwechslung mal etwas anderes, denn sonst sah es in meinem Kopf die meiste Zeit so aus:

Griff Griff Griff Griff Griff Griff Griff Griff Griff Griff Griff
Griff Griff Griff Griff Griff Griff Griff Griff Griff Griff Griff
Griff Griff Griff Griff Griff Griff Griff Griff Griff Griff Griff
Griff Griff Griff Griff Griff Griff Griff Griff Griff Griff Griff
Griff Griff Griff Griff Griff Griff Griff Griff Griff Griff Griff
Griff Griff Griff Griff Griff Griff Griff Griff Griff Griff Griff
Griff Griff Griff Griff Griff Griff Griff Griff Griff Griff Griff
Griff Griff Griff Griff Griff Griff Griff Griff Griff Griff Griff
Griff Griff Griff Griff Griff Griff Griff Griff Griff Griff Griff

Was wahrscheinlich daran lag, dass ich mich nicht traute, an irgendetwas anderes zu denken.

Doch nun saßen wir in einem Auto, und mir war überhaupt nicht wohl dabei. Es spielte keine Rolle, dass es ein schicker kleiner Porsche Boxter war – es war und blieb ein Auto. Und das zerrte ganz schön an meinen Nerven.

Ich schloss also die Augen und dachte an Angelo, aber nicht einmal das beruhigte mich wirklich. Denn in dieser komischen Zwischenwelt im Krankenhaus – weder hier noch dort – hatte ich mich irgendwie an seine Unterstützung gewöhnt, und bei der Vorstellung, ihn jetzt nicht mehr dabeizuhaben, drehte ich fast durch.

»Versuch bitte, keine Angst zu haben«, hatte Angelo mich kurz vor unserem Abschied noch beschworen. »Du bist nicht allein. Es wird immer Leute geben, die dir helfen. Und manchmal wirst du Hilfe bekommen, wenn du gar nicht damit gerechnet hast.«

Als Angelo das sagte, saßen wir im Gang vor Griffs Zimmer. Griff war drinnen mit Blessing und Eva und einer Ärztin, die ihn ein letztes Mal durchcheckte. Beim Rausgehen hatte ich noch gehört, wie die Ärztin irgendwas über die Fäden an Griffs Kopf erzählte, die sich von allein auflösen würden.

»Aber ich habe Angst«, sagte ich zu Angelo und wollte weinen. »Ich habe Angst, rauszugehen – ich habe Angst, bei meiner Schulleiterin zu wohnen – ich habe Angst vor jeder Sekunde, die Griff traurig ist, und ich habe Angst davor, was passiert, wenn du nicht mehr da bist und mir hilfst.« Und dann bekam ich *richtig* Angst, und mir wurde ein bisschen schlecht und schwindelig und ich wollte mit der Faust ein Loch in die Wand hauen.

»Hey«, sagte Angelo. »Hey, Dylan, schau mich an.«

Ich blickte auf.

Angelo sah mir direkt in die Augen. »Ich kann nicht mit dir mitkommen. Das verstehst du doch, oder? Ich gehöre hierher, in dieses Krankenhaus. Hier kommen immer wieder Menschen wie du vorbei, Menschen, die mich brauchen.«

Ich öffnete den Mund, um zu widersprechen, aber ein Blick von Angelo ließ mich verstummen. Er hatte recht. Ich konnte doch nicht ernsthaft erwarten, dass er mir auf Schritt und Tritt hinterherdackelte wie ein Kindermädchen. Schließlich war ich bloß einer von vielen verwirrten Jungen in einer endlosen Reihe von Verwirrungen.

Angelo rieb sich seinen Fusselbart und runzelte die Stirn. Er sah ehrlich gesagt selbst ziemlich durcheinander aus. Wahrscheinlich war es für ihn auch nicht einfach. Einen Augenblick lang schien er völlig verloren zu sein. Doch dann sah er mich wieder an, hob seine getrimmte Augenbraue und zuckte die Schultern.

»Ich weiß, wie schwer das alles ist«, sagte er, »und ich kann mir vorstellen, dass du gerade ziemlich metagrobolisiert bist, aber –«

»Warte mal«, unterbrach ich ihn. »Meta-*was*?«

»Tut mir leid, Kleiner.« Angelo sah mich entschuldigend an. »Ich habe mich wohl zu lange auf Krankenhausfluren herumgetrieben. Da hört man jede Menge komplizierte Wörter. Gesagt habe ich ›metagrobolisiert‹, doch was ich meinte, war: durcheinander, verwirrt.«

Ich nickte.

»Aber«, fuhr Angelo fort, »es wird besser – es bleibt nicht so.« Er senkte den Blick und tippte auf die kaputte Uhr an seinem Uniformhemd. Dann hob er die Hand an sein Ohr. »Die Zeit vergeht, mein Freund. Horch. Die Zeit vergeht.«

Ich schüttelte den Kopf und seufzte. »Nimm es mir nicht übel, Angelo, aber du bist ein bisschen schräg.«

Angelo lachte. »Ich nehme es dir nicht übel. Aber es stimmt, weißt du? Selbst wenn du das Gefühl hast, als würdest du in der Zeit feststecken, ist es nicht so. Die Dinge ändern sich. Die Zeit vergeht. Die Zeit vergeht immer. Horch.« Er legte wieder die Hand ans Ohr. Dann fügte er hinzu: »Und nur damit du Bescheid weißt: Das ist von Dylan Thomas. *Deinem* Dichter.«

Ich sah ihn überrascht an. Ich weiß, man soll keine Vorurteile haben, aber ich hätte einfach nicht gedacht, dass er sich mit Dichtern auskennt.

Angelo musste meine Gedanken gelesen haben. »Du würdest staunen, wenn du wüsstest, wen ich alles kenne, Dylan. Ich hänge mit allen möglichen Leuten ab. Dyl Thomas ist *richtig* wild.«

In diesem Moment ging die Tür auf und Eva und Blessing und die Ärztin kamen heraus.

»Griff macht sich sehr gut«, sagte die Ärztin.

»Gut«, sagte ich.

»Seine Pupillenreaktion, Sprachfähigkeit und motorischen Reflexe sind normal. Es gibt keinen Grund mehr, ihn hierzubehalten. Am besten wäre es, wenn er in eine häusliche Umgebung käme. Natürlich muss er es erst mal langsam angehen.«

»Ich werde auf ihn aufpassen«, versprach Blessing.

»Ich auch«, sagte ich.

Angelo sah mich wissend an. »Vergiss nicht, auf dich selbst aufzupassen, Kleiner.«

»Mir gehts gut«, wehrte ich ab. »Ich –«

Doch was auch immer ich gerade hatte sagen wollen, es verschwand aus meinem Kopf. Die Tür öffnete sich erneut und Griff kam heraus. Er sah ganz ungewohnt aus. Er steckte nämlich von Kopf bis Fuß in Nike-Klamotten. Sogar auf seinem frisch zusammengenähten Kopf saß ein Nike-Basecap.

»Meine Schwester arbeitet im Nike-Laden«, entschuldigte sich Blessing und schmunzelte. »Ihr könnt von Glück reden, dass sie nicht im Schnäppchenparadies arbeitet.«

»Er sieht aus wie Kanye West«, stellte ich fest.

»Eher wie Eminems kleiner Bruder«, widersprach Angelo.

Und zum ersten Mal seit einer Ewigkeit lächelte Griff. »Ich sehe schon ein bisschen aus wie Kanye West, oder?«

»Ha!« Ich sah Angelo triumphierend an. »Zwei zu null für Kanye.« Da war sie wieder. Griffs und meine kosmische Verbindung.

Angelo zuckte die Schultern.

Blessing lächelte. »Na los, gehen wir nach Hause.«

Ein Hupen riss mich aus meinen Gedanken. »Hey, ihr«, rief Blessing durch das offene Autofenster, »ab auf den Fußweg mit euch!«

Mitten auf der Straße drehten sich zwei Jungs um, um zu sehen, wer da schrie. Ich kannte sie vom Sehen. Einer von ihnen, in einem übergroßen blauen Basketballtrikot mit der Nummer 13 auf der Brust, dribbelte einen Ball. Er ließ ihn ein paarmal demonstrativ vor dem Auto auf und ab springen, bevor er und sein Kumpel in Zeitlupe auf den Fußweg schlichen. »Arschlöcher«, fluchte Blessing leise. Dann sagte sie etwas lauter: »Die kenne ich. Ich glaube, die sind in deinem Jahrgang, Griff.«

Griff machte »Mmh« und nickte kaum wahrnehmbar.

Blessing hielt an und parkte rückwärts in eine Lücke ein. »Da wären wir«, verkündete sie, als das Auto stand. »Hier in der Straße wohne ich, und das Haus da« – sie machte eine Bewegung mit dem Kopf – »ist mein Haus.«

Griff und ich folgten ihrem Blick und sahen aus dem Fenster. Es war ein großes Haus mit vier Stockwerken, einer Steintreppe, die hoch zur Eingangstür führte, und Sandsteinwänden in Brooklyn-Braun. Unter anderen Umständen wäre ich wahrscheinlich beeindruckt gewesen.

Griff schnallte sich ab. »Wohnen Sie etwa in dem *ganzen* Haus?«

Blessing lächelte. »Eines Tages vielleicht. Im Moment vermiete ich die beiden unteren Stockwerke an Freda – eine liebe alte Freundin. Ich wohne in den beiden oberen Etagen.«

Ich sagte nichts. Ich war irgendwie … na ja … metagrobolisiert.

»Also, wir sind in der Jefferson Avenue, zwischen Bedford und Franklin«, erklärte Blessing. »Wenn man sich das merkt, kann man sich eigentlich nicht mehr verirren.«

Ich musste ein bisschen lachen. »Meinen Sie? Zu spät. Ich hab überhaupt keine Ahnung, wo wir sind.«

Diesmal war es Griff, der nichts sagte.

Blessing kratzte sich am Kopf. Dann wies sie in Richtung der Stufen, die zur Eingangstür führten, und bedeutete uns, dort zu warten. »Ich schließe nur noch schnell das Auto ab.«

Wir stiegen aus in die pralle Mittagssonne. Nach dem klimatisierten Krankenhaus befürchtete ich, ich würde sofort Brandblasen bekommen, doch wahrscheinlich war meine Haut genauso taub wie alles an mir. Blinzelnd sah ich mich um. So weit das Auge reichte, die typischen steinbraunen Brooklyn-Häuser, die immer gleichen alten staubigen Brooklyn-Bäume, kaputte Brooklyn-Bürgersteige und an jedem Bordstein geparkte Autos. Auf der gegenüberliegenden Straßenseite lag ein Basketballplatz, auf dem die Jungs von vorhin Körbe warfen. Abgesehen von ihren Rufen und dem Geräusch des Balles, der zwischen ihnen hin- und herprallte, war es in der Jefferson Avenue ziemlich ruhig. Wahrscheinlich war es mehr oder weniger so wie in jeder anderen Straße in Brooklyn. Doch dann hörte ich ein paar Blocks entfernt ein lautes und tiefes Grollen und hätte fast losgeweint. Es war das unverkennbare Geräusch der Hochbahn, die auf ihren Gleisen entlangdonnerte. »Ich weiß, wo wir sind«, stellte ich fest.

Blessing, die damit beschäftigt war, ihr Auto mit einem Lenkradschloss und einer Parkkralle zu sichern, sah sich um. Dann kam sie zu uns auf den Bürgersteig. »Hey, ist schon gut.«

Aber wir wussten alle drei, dass überhaupt nichts gut war. Griff weinte jetzt richtig. Er versuchte zwar, es zu verbergen, doch Blessing und ich bemerkten es trotzdem. Er wischte sich mit dem Ärmel seines neuen Nike-Pullis übers Gesicht. »Das war die Hochbahn an der Franklin Avenue, oder?«

Blessing nickte.

»Mit der fahren wir immer zur Schule«, sagte er. »Ich und Dyl und meine Mum und mein Dad – von uns zu Hause in Park Slope.«

»Hör auf, Griff«, sagte ich.

Doch er hörte nicht auf. »Wir fahren immer alle zusammen …«

»Bitte«, flehte ich.

»Wir nehmen die Hochbahn am Prospect Park und steigen an der Franklin Avenue aus, dann laufen wir die paar Blocks zur Schule. Wir brauchen nicht lange dafür. Ich meine, wir haben nicht … Ich meine …« Griffs Stimme verlor sich. Ich hob die Arme, verschränkte sie über dem Kopf und stierte verzweifelt zu Boden.

»Na komm«, sagte Blessing. »Gehen wir rein.«

Blessings Haus – beziehungsweise der Teil, den sie bewohnte – war ganz anders als die Wohnungen, in denen wir bisher gelebt hatten. Meine Mum und mein Dad haben nie irgendwas aufbewahrt. »Wir sind wie rollende Steine«, hatte meine Mutter mehr als ein Mal erklärt, »wir setzen kein Moos an.« Und mehr als ein Mal hatten Griff und ich danebengestanden und zugesehen, wie sie all die »Dinge, die wir nicht brauchen«, aussortierte. Und wir waren nur deshalb nicht traurig darüber, weil wir wussten, dass wir in der nächsten Wohnung, in der nächsten Stadt, im nächsten Land neue Sachen bekommen würden. Blessings Haus hingegen war voller Dinge. Die Wände bestanden aus Musik und Büchern. Über zwei Seiten des Wohnzimmers zogen sich Regale mit alten Schallplatten, die vom Boden bis zur Decke reichten. Eine dritte Wand beherbergte ihre Bücher. Zwischen den Büchern standen irgendwelcher Kunstkrimskrams, Fotos von lächelnden Leuten, und Topfpflanzen, deren Blätter sich wie grüne Leitern zu den unteren Regalen rankten. Und auf dem Boden noch mehr Bücher in kleinen Stapeln, aus Stoffresten gewebte Teppiche in den verrücktesten Farben und umgedrehte Weinkisten mit Kerzen drauf. Fast versteckt in einer Ecke stand ein alter Röhrenfernseher. Und auf einem zerknautschen Ledersofa lagen sechs oder sieben Kissen und eine riesige schwarze Katze.

»Das ist Pudders«, erklärte Blessing. »Aber Vorsicht – sie ist ziemlich biestig.«

Ich streckte eine Hand aus, um die Katze zu streicheln, die jedoch sofort den Kopf hob und mich anfauchte. Schnell zog ich meine Hand zurück.

»Wow«, staunte Griff. »Kein Scherz – die ist ja wirklich biestig.«

»Komm, Pudders«, sagte Blessing. »Gib dir wenigstens ein bisschen Mühe und sei nett.«

Ohne die Augen von mir abzuwenden, sträubte Pudders ihr Fell und ließ ein knurriges Heulen vernehmen. Dann drehte sie sich dreimal auf der Stelle und sank, ohne uns eines weiteren Blickes zu würdigen, wieder auf das Sofa zurück.

Blessing zuckte die Schultern. »Nicht persönlich nehmen. Sie ist zu allen so – außer zu Freda von unten. Als ich sie fand, lebte sie halb verhungert unter der Eingangstreppe. Inzwischen ist sie schon etwas zutraulicher, aber den Preis für die charmanteste Katze wird sie wohl nie gewinnen. Na ja, dafür ist Marlon ein Lieber.«

In der darauf folgenden Stille rätselten Griff und ich, wer zum Kuckuck jetzt Marlon sein sollte.

»Sollen wir uns mal oben das Gästezimmer anschauen?«, schlug Blessing vor.

Wir nickten.

»Na dann los«, sagte sie.

Wir folgten ihr über die Treppe ins Obergeschoss und dort zu einer Tür am Ende des Flurs. Die ganze Situation war so seltsam und so metagrobolisierend, dass ich Schwierigkeiten hatte, alles zu begreifen. Ich war im Haus meiner Schulleiterin.

Im Haus meiner *Direktorin*.

Andererseits war ja auch nichts mehr normal.

»Hier ist das Bad«, erläuterte Blessing, die einen Schritt vor mir ging, und deutete auf eine Tür, »und da wären wir.« Sie hielt vor einer anderen Tür. »Eigentlich ist es nur das ausgebaute Dachgeschoss. Aber solange es nötig ist, wird es jetzt erst mal das Gästezimmer sein.« Sie machte eine einladende Geste und lächelte in unsere Richtung.

Als wir eintraten, fiel mir sofort auf, dass das Zimmer viel größer war als unsere sämtlichen früheren Zimmer. Auf dem breiten Bett lagen noch mehr Sportsachen von Nike, alle nagelneu mit Etiketten.

»Das ist nur für den Anfang«, entschuldigte sich Blessing. »Sobald es geht, fahren wir rüber nach Park Slope und holen noch ein paar Sachen.«

»Danke«, sagte ich. Und dann fiel mir wieder ein, dass beinahe alles, was wir besaßen, in Sporttaschen gestopft und in den Kofferraum eines Autos verladen worden war, das es nicht mehr gab. Ich starrte wieder verzweifelt zu Boden und auf den dicken, derben Teppich, der aussah, als sei er handgewebt.

Eine unangenehme Stille trat ein. Schließlich seufzte Blessing. »Mir ist schon klar, dass das alles nicht perfekt ist«, sagte sie. »Von perfekt kann überhaupt nicht die Rede sein. Ich wünsche mir von ganzem Herzen, dass Meg und Steve hier wären und … und …« Sie schluckte schwer, ließ den Kopf hängen und brach ab.

Mit einem Mal wurde mir bewusst, dass ich nicht atmete. Ich spähte zu Griff, der neben mir stand, und war mir ziemlich sicher, dass er ebenfalls aufgehört hatte zu atmen. Er war vollkommen regungslos. Und in diesem Moment fiel mir auf, dass es das erste Mal war, dass jemand unsere Eltern bei ihren Namen genannt hatte. Die ganzen Leute im Krankenhaus hatten mit tragischer Stimme tragische Fragen zu unserer Mum und unserem Dad gestellt, doch keiner dort hatte von ihnen als von *echten* Menschen gesprochen, mit echten Leben und eigenen Persönlichkeiten. Es erinnerte mich daran, dass Blessing unsere Eltern auf eine ganz andere Art gekannt hatte als wir. Als Lehrer. Als Freunde.

»Wie auch immer.« Blessing seufzte erneut. »Was ich eigentlich sagen wollte: Ich kann mir schon vorstellen, dass das hier der letzte Ort auf der Welt ist, an dem man in einer solchen Situation sein will: bei der Schuldirektorin zu Hause. Aber es ist nur vorübergehend. Bis wir wissen, wie es weitergeht.«

Ich schielte wieder zu Griff. Er war auf das Bett gesunken und starrte nun ebenfalls zu Boden. Ohne aufzusehen, fragte er: »Und wie geht es weiter?«

»Tja…«, sagte Blessing. »Irgendwelche Leute vom Auswärtigen Amt und vom britischen Konsulat werden gemeinsam über die nächsten Schritte entscheiden. Und solange machen wir es uns hier so schön, wie es eben geht. Wir und Pudders und Marlon.«

Ich wollte sie noch etwas fragen. Ich hatte noch ungefähr eine Million Fragen, da hörten wir plötzlich das Geräusch von Fußstapfen auf der Treppe.

Blessing lächelte. »Ah, ich glaube, Marlon will sich vorstellen.«

Griff sah panisch auf. Ich auch. Ich glaube, keiner von uns beiden war gerade in der Stimmung, jemand Neues kennenzulernen. Die Leute kamen und gingen gerade schneller als U-Bahn-Züge.

»Hey, Marl, wir sind hier drin!«, rief Blessing.

Eine Sekunde später stürmte ein schokoladenbrauner Labrador ins Zimmer, sprang an ihr hoch und leckte ihr übers Gesicht. Blessing schlang die Arme um ihn. »Na, mein Süßer, hast du geschlafen?«

Der Hund bellte zur Antwort.

»Schlaues Kerlchen«, lobte ich ihn.

»Ach, Marlon ist ein *Hund*«, sagte Griff.

Blessing grinste. »Schlaues Kerlchen.«

Marlon wandte den Kopf und sah uns an. Erst mich, dann Griff, und dann wieder mich. Die Zunge hing ihm aus dem Maul und er sah tatsächlich aus, als würde er lächeln. Und obwohl mein Hirn sich immer noch wie ein Eisblock anfühlte, lächelte ich zurück. Marlon stand ungefähr eine Sekunde lang schwanzwedelnd da, bevor er zu mir herübergetapst kam und sich auf den Boden plumpsen ließ, genau auf meine Füße. Und mit einem Mal überkam mich ein unvorstellbares Glück.

Griff schob seinen Hintern vom Bett, kauerte sich neben Marlons Kopf und streichelte ihn vorsichtig.

»Dann gehe ich mal nach unten und lasse euch ein bisschen allein«, sagte Blessing. »Bleibt einfach hier, solange ihr wollt, und kommt runter, wann immer ihr Lust habt.« Damit zog sie die Tür hinter sich zu und ließ uns allein. Marlon, der immer noch mit dem Schwanz wedelte, hob den Kopf von meinem Fuß und sah zu mir auf. Ich schwöre bei Gott, dieser Hund lächelte! Ich rutschte vom Bett und setzte mich zu ihm auf den Boden. So bildeten wir zusammen eine Art Sandwich: auf jeder Seite ein Bruder und dazwischen ein Hund. »Hallo, Marlon«, flüsterte ich ihm ins Ohr. »Wir sind sehr froh, dass du hier bist.« Und in Gedanken fügte ich hinzu:

Und ich ganz besonders.

Dann schlang ich meine Arme um seinen Hals, schloss die Augen und vergrub mein Gesicht in seinem warmen, weichen Fell.

8

Marlon schlief in dieser Nacht die meiste Zeit bei Griff auf dem Bett. Weil bei mir an Schlaf nicht zu denken war, machte ich es mir in einem Sessel gemütlich. So saß ich eine Ewigkeit einfach nur im Dunklen da und hörte auf den leisen Atem meines Bruders und die etwas lauteren Geräusche von Marlon. Manchmal schnaufte er und manchmal fiepte er, dann wieder setzte er sich abrupt auf und kratzte sich in Ultraschallgeschwindigkeit, bevor er sich mit einem zufriedenen Seufzer wieder zurück aufs Bett fallen ließ. Und weil ich seine Hundeträume ebenso wenig stören wollte wie Griffs menschliche, saß ich still wie ein Stein und wartete, dass die Zeit verging. Irgendwann fing Marlon an zu schnarchen. Es störte mich nicht. Im Gegenteil, ich fand es sogar irgendwie tröstlich. Später dann sprang er vom Bett, setzte sich neben mich und legte seine Schnauze in meinen Schoß. Manche Leute behaupten, dass Hunde gar nicht wirklich denken, sondern nur reagieren. Ich halte das für Unsinn. Marlon hatte mich auf meinem Sessel sitzen sehen und sich gedacht, dass ich ein wenig Gesellschaft brauchen könnte. Dass ich sie genauso dringend brauche wie

Griff. Vielleicht sogar noch dringender. Und möglicherweise hatte er recht.

Doch irgendwann wandte Marlon seine Aufmerksamkeit wieder Griff zu, und ich ließ mich davontreiben. An den nächstfernen Ort. Und schneller, als ich blinzeln konnte, verwandelte sich mein Sessel in eine

breite

hölzerne

Sitzbank

mit einem Sicherheitsbügel davor. Links neben meinem fünf Jahre alten Ich saß meine Mum und rechts ein kleines deutsches Mädchen, das kaum älter war als ich. Wir saßen in einem riesigen Schwan, der auf Schienen steil bergauf fuhr, und das deutsche Mädchen winkte seiner Mutter zu, die zurückwinkte und Fotos machte. Vor uns reckte sich der lange Hals mit dem lächelnden Gesicht des Schwans. Ich saß steif in meinem Sitz. Als der Schwan gerade den höchsten Punkt seiner Bahn erklomm, fragte ich: »Wir werden doch nicht rausfallen, oder?«

»Natürlich nicht, du kleiner Quatschkopf«, sagte meine Mum mit einem Lachen.

Das kleine Mädchen lachte ebenfalls, und ihr Lachen klang hell und klingelnd wie eine Triangel. »Das ist gut«, kicherte sie.

Meine Mum lachte erneut. »Haltet euch fest, jetzt gehts los!«

Und wir schrien alle drei vor Begeisterung, während der

Schwan abwärtsstürzte. Am Ende der Fahrt platschte unser Gefährt durch ein großes Wasserbecken und spritzte uns und die Zuschauer klitschnass. Meine Klamotten waren völlig durchgeweicht. Doch das war mir egal. Ich kicherte wie verrückt, genau wie meine Mum und das Mädchen mit dem Triangellachen. Nachdem der Schwan schließlich zum Stehen gekommen war, sah ich das Mädchen an. »Wie heißt du eigentlich?«

Und das klingelnde klangelnde Mädchen sagte: »Ich heiße Matilda.«

Als ich die Augen aufschlug, schien die Sonne durch das Fenster und jemand klopfte zaghaft an die Zimmertür.

»Hallo! Seid ihr wach? Ich muss mit Marlon die Morgenrunde gehen.«

Marlon? Einen Moment lang saßen Griff und ich da und blinzelten in das grelle Sonnenlicht, das in den fremden Raum fiel. Es war so hell, dass ich in der Luft Säulen aus flirrendem Staub schweben sah, der langsam zu Boden wirbelte. Es war irgendwie unheimlich, aber zum Glück war ich niemand, der von so etwas Gänsehaut bekommt. Irgendetwas rührte sich auf dem Bett und sprang mit einem dumpfen Aufprall zu Boden. Verdutzt beobachtete ich, wie ein großer brauner Hund seine Vorderbeine streckte, das Maul zu einem gewaltigen Gähnen aufriss und dann seinen ganzen Körper einmal durchschüttelte. Erst da begriff ich, wo ich war, und irgendeine seltsame Ordnung war wiederhergestellt.

»Marlon«, murmelte ich.

Griff war nur einen Sekundenbruchteil langsamer als ich. »Ach ja – *Marlon*!«

»Hey«, kam eine Stimme von jenseits der Tür, »darf ich nur kurz aufmachen und ihn rauslassen?«

»Schon gut«, sagte Griff, »wir sind beide wach.«

Marlon bellte, tapste zur verschlossenen Tür und starrte sie erwartungsvoll an. Die Tür öffnete sich einen Spaltbreit, und Blessing steckte blinzelnd den Kopf herein. »Oje, die Vorhänge sind ja offen. Davon bekommt man doch Kopfschmerzen, wenn man im Sonnenlicht aufwacht. Habt ihr denn gut geschlafen?«

Griff nickte halb. Ich sparte mir sogar das.

Blessing kniete sich hin und rieb Marlons Knautschgesicht. »Na, warst du auch schön brav?« Sie sah wieder auf. »Ich wollte mit ihm eine Runde um den Block drehen und vielleicht noch irgendwo unterwegs Frühstück holen. Sollen wir zusammen gehen?«

Noch ein halbes Nicken von Griff. Noch überhaupt kein Nicken von mir.

»Gut.« Blessing sah verunsichert aus und kraulte Marlon hinter den Ohren. »Ich schätze mal, das heißt ja? Dann sehen wir uns gleich unten.«

Damit schloss sie die Tür.

Griff sank zurück in sein Bett. In Zeitlupe ließ er den Kopf in die Hände und die Ellbogen auf die Knie sinken und flüsterte: »Ich will meine Familie zurück.«

Und obwohl ich mir ziemlich sicher bin, dass das medizinisch unmöglich ist, glaubte ich zu spüren, wie mir genau in diesem Augenblick das Herz brach. Ohne nachzudenken, kniete ich mich vor meinen Bruder auf den Boden und umfasste seine Hände. »Griff, es wird alles wieder gut«, beschwor ich ihn. »Es ist gerade richtig schlimm, das weiß ich, aber es wird besser.« Und weil ich das alles in diesem Moment improvisieren musste, zitierte ich Angelo: »Die Zeit vergeht. Horch. Die Zeit vergeht.«

Griff saß reglos da. Fast als würde er tatsächlich auf etwas horchen. Ich sah ihn an, ohne zu atmen. Dann sagte er zu mir – zum Universum – zu niemandem: »Komm schon, Griff Rhys. Du schaffst das.«

Als ich ihn so kämpfen hörte, fand auch ich wieder neue Kraft. »Genau!«, rief ich. »Bäm! Na los, Griffster, Kopf hoch. Du schaffst das.« Und dann sprang ich zu ihm aufs Bett, wo ich wie ein wild gewordener Tornado auf der Stelle herumwirbelte.

Griff sah mit einem verwunderten Stirnrunzeln in meine Richtung – was immerhin eine Art Verbesserung gegenüber seinem sonst so traurigen Gesicht darstellte – und murmelte: »Reiß dich verdammt noch mal zusammen.« Damit griff er nach einem Nike-Poloshirt, riss die Etiketten ab, die noch daran befestigt waren, und zog es sich über den Kopf. Auf die Weise fuhr er mit einer kurzen Hose fort und der restlichen Kleidung, bis er schließlich wieder ausstaffiert war wie Kanye West.

Als wir nach unten kamen, saß Blessing in der Küche beim Kaffeetrinken mit einer ganz und gar nicht gewöhnlich aussehenden älteren Frau. Sie hatte langes, goldenes Haar mit pinken Strähnen. Ihr Gesicht – das irgendwann einmal so weiß gewesen sein muss wie meins – war von der Sonne zu der Farbe einer Rosskastanie gegerbt. Oder vielleicht sollte ich meine Worte lieber so sorgsam wählen wie ein Dichter, denn Kastanien sind glatt, und diese Frau war das genaue Gegenteil. Um also bei den Nussvergleichen zu bleiben: Sie war weniger eine Kastanie als vielmehr eine schrumpelige Walnuss. Und in ihrem Schoß saß diese garstige alte Katze Pudders.

Aus reiner Gewohnheit schnipste ich mit den Fingern in Richtung der Katze und pfiff. Pudders fauchte, sprang auf den Boden und fegte mit gesenktem Schwanz davon.

»Wie du meinst.« Ich versuchte, nicht gekränkt zu sein. »Es war nur nett gemeint.«

»Hey, Pudders!«, rief Blessing der Katze hinterher. »Sei lieb!« Sie wandte sich wieder an uns. »Ignorier sie einfach. Sie ist eine blöde alte Miesmieze.« Dann stellte sie uns die Frau vor. »Das ist Freda. Von unten.«

Freda nickte. »Also ich und Pudders, wir verstehen uns ja blendend.« Dann sah sie Griff und mich an und erstarrte.

Oder sah sie nur mich an?

Wie auch immer, ich war total metagrobolisiert. Unruhig trat ich auf der Stelle und versuchte, mich in Luft aufzulösen.

Doch Fredas Blick bohrte sich direkt durch mich hindurch. Im Ernst. Ich kam mir vor wie eine blinkende Zielscheibe.

»Hi«, sagte Griff unbeholfen.

Freda starrte uns – mich – weiterhin über den Rand ihrer Kaffeetasse hinweg an. Davon hätte nun wirklich jeder Gänsehaut bekommen.

Blessing runzelte die Stirn. »Alles in Ordnung, Freda?«

Freda nickte unergründlich und blies den Dampf von ihrem Kaffee.

Ich verschränkte meine Finger, drehte die Hände nach außen und ließ meine Knöchel knacken. *Knack. Knack. Knack. Knack.*

Griff schauderte, während Freda ihre Tasse an die Lippen hob und einen geräuschvollen Schluck nahm.

»Also«, sagte Blessing. »Freda ist auch Britin. Was meint ihr dazu? Da habt ihr was gemeinsam!«

Griff und ich musterten Freda – mit ihren Falten und der golden-pinken Frisur.

»Das bezweifle ich«, murmelte ich – was zugegebenermaßen ziemlich unhöflich war. Ich fand es jedoch o. k., so etwas zu sagen, wenn niemand es hörte.

Freda allerdings sah sich scharf zu mir um. »Kaum zu glauben, was? Ich spreche vielleicht kein vornehmes Englisch und ziehe mich nicht an wie die Queen oder Julie Dench, aber ich bin genauso eine Engländerin wie sie. Mit zweiundzwanzig Jahren bin ich nach Brooklyn gekommen, und seitdem gehöre ich hier zum Stadtbild. Ich möchte nirgendwo anders leben.«

»Ich glaube, die Dame heißt *Judi* Dench«, warf Blessing ein.

Freda machte eine ungeduldige Handbewegung. »Und soll

ich euch noch etwas verraten? Ich will auch nirgendwo anders leben als in Bedford-Stuyvesant. Wisst ihr, was sie hier sagen? *Bed-Stuy – Do or die.* Tus oder *stirb*! Was auch immer das heißen soll!« Sie lachte spöttisch auf. »Nur weil wir alle irgendwann sterben müssen, heißt das doch noch lange nicht, dass wir dann aufhören müssen, irgendwas zu *tun*. Nein, ganz und gar nicht. Nicht, wenn man an die *unsterbliche Seele* glaubt.«

Blessing, Griff und ich starrten sie fassungslos an. Das Gespräch drohte gerade in eine ganz üble Richtung zu laufen.

»WirmüssenmitMarlonraus«, brachte Blessing viel zu schnell und viel zu laut hervor. Sie stand von ihrem Hocker auf, nahm Marlons Leine von einem Wandhaken und klatschte sich auf die Oberschenkel, um den Hund aus seinem großen Korb in der Küche zu locken.

»Ich wollte sowieso gerade gehen«, erwiderte Freda. »Ich muss eine rauchen. Wir sehen uns später.« Sie zögerte kurz und nickte noch einmal auf diese unergründliche Art. »Freu mich schon drauf.«

Kaum war sie weg, fragte Griff: »Ähm … Kommt es mir nur so vor oder ist sie ein bisschen verrückt?«

Ich lachte laut auf. Es war das erste Mal, dass ich bei Griff ein Anzeichen dafür erkennen konnte, dass er wieder in Form kam.

Blessing lächelte entschuldigend. »Ja, tut mir leid wegen dieser *Tus oder stirb*-Nummer. Freda ist lieb und freundlich und völlig harmlos. Aber sie ist – sagen wir mal … ähm … sie ist … originell.«

Griff schien nicht ganz überzeugt. »Originell?«

»Eher vollkommen verrückt«, meinte ich.

Blessing zuckte die Schultern und grinste. »Na schön, von mir aus, dann eben verrückt. Jetzt aber los, der arme Hund muss endlich raus.«

Ich hatte mir Sorgen gemacht wegen der Welt dort draußen. Die Angst, das Haus zu verlassen, hatte sich in mir zusammengebraut wie eine Erkältung. Doch dann war es eigentlich gar nicht so schlimm. Ich hielt mich an Marlon und gelegentlich – wenn wir an einer Kreuzung stehen blieben oder er sein Bein an einem der feuerroten Hydranten hob, die auf New Yorks Bürgersteigen Spalier stehen – kraulte ich ihn mit einem Finger am Ohr, und er wedelte mit dem Schwanz, um mir mitzuteilen, dass ihm das gefiel. Es heißt ja, der Hund ist der beste Freund des Menschen, und Marlon war auf jeden Fall richtig gut darin, ein Freund für mich zu sein. Aber Freund hin oder her, er sah zum Fürchten aus. Er trug nämlich einen Sonnenhut und eine Sonnenbrille für Hunde. Eine Hundesonnenbrille. Kein Scherz. Beide Teile aufeinander abgestimmt in Gelb, und der Hut hatte zwei Löcher, durch die seine braunen Ohren herausspitzten. Als wir ihn zum ersten Mal in diesem Aufzug sahen, hätten Griff und ich beinahe laut losgeprustet. Und als Pudders zurück in die Küche kam, um zu sehen, was los war, musste sie sich bestimmt auch das Lachen verkneifen.

»Die Sachen habe ich neu gekauft«, rechtfertigte sich Blessing. »Ich musste irgendwas unternehmen, denn er wird langsam alt und verträgt die Sonne nicht mehr so gut.«

Dafür vertrug Marlon es umso besser, mit mir und Blessing und Griff um den Block zu trotten. Und er schien überall Eindruck zu machen. Als Erstes kamen wir am Basketballplatz vorbei, wo die zwei Jungs vom Vortag schon vor neun Uhr morgens ihre Körbe warfen. Sie unterbrachen ihr Spiel, um sich Marlon genauer anzusehen, und lachten.

»Hey, hört auf, meinen Hund auszulachen!«, rief Blessing. »Oder wollt ihr etwa, dass er Komplexe kriegt?«

»Verzeihung, Ma'am«, rief einer der Jungs und fügte hinzu: »Entschuldigen Sie bitte, Herr Hund.« Woraufhin sie beide erneut in Lachen ausbrachen und weiter an ihrer Profikarriere für die New York Knicks feilten.

Als Nächstes bogen wir scharf in die Bedford Avenue ein, wo es sofort geschäftig und laut wurde. Gleichzeitig war es aber auch der stillste Teil unseres Spaziergangs, denn wir kamen so nah an unserer Schule vorbei, dass wir nur die Köpfe hätten wenden müssen, um sie zu sehen. Doch weder Griff noch ich wollten hinschauen. Es war unmöglich, an die Schule zu denken, ohne an Mum und Dad zu denken, und es war unmöglich, an sie zu denken, ohne untröstlich und lähmend traurig zu werden. Und weil ich das gerade unmöglich ertragen konnte, knipste ich mich einfach aus und stellte mir vor, ich wäre nichts weiter als eine flirrende Säule aus Staub, der in der Luft langsam zu Boden wirbelt. Ich konzentrierte mich auf diese Vorstellung, bis wir an die belebte Kreuzung an der Fulton Street kamen. Dort wurde ich aus meinen Gedanken gerissen, als jemand laut rief: »Hey, Lady! Hörense mal auf mit dem Gequatsche und machen Sie Ihre Arbeit! Da is ’n kurzsichtiger Hund, der über die Straße will!«

Ich sah mich um. Auf der gegenüberliegenden Straßenseite stand eine Verkehrslotsin auf ihr Schild gestützt, das aussah wie ein riesiger Lolli, und plauderte mit einer Frau, die zwei Kinder dabeihatte. Wir beobachteten, wie die Verkehrslotsin die Wangen einsog, ihrer Freundin das Lollischild reichte und sich langsam und mit verschränkten Armen dem Störenfried zuwandte. »Reden Sie etwa mit mir?«

»Oh-oh …«, sagte Blessing. »Ich glaube, wir erleben gleich einen typischen New-York-Moment.«

»Wie bitte?« Der Rufer – ein Typ, in dessen Afro ein Kamm steckte – warf ungeduldig die Arme hoch und wedelte damit in unsere Richtung. »Sind Sie hier die Verkehrslotsin oder nicht? Also, ja – ich rede mit *Ihnen*. Und ich sage Ihnen, hier steht ’n halb blinder Köter, der Ihre Hilfe braucht, um über die Straße zu kommen, und er steht schon den ganzen Tag da und wartet! Also würden Sie nun gefälligst tun, wofür Sie bezahlt werden, und ihm helfen?!«

»Eigentlich ist er gar nicht blind!«, rief Blessing. »Das ist nur eine Sonnenbrille. Er verträgt die Sonne nicht so gut!«

Die Verkehrslotsin und der Mann mit dem Kamm im Haar drehten sich um und sahen uns an. Der Mann stutzte kurz, bevor er sich wieder der Lotsin zuwandte: »Hier is 'n Hund mit 'nem Sonnenstich, der über die Straße will. Helfen Sie ihm jetzt endlich, damit er sicher rüberkommt, oder was?«

»Ach, Klappe«, rief die Frau. Dann nahm sie ihrer Freundin das Lollischild ab und ging langsam – gaaanz langsam – auf die Straße, wo sie den Verkehr anhielt, damit wir auf die andere Seite gehen konnten. Der Kerl schüttelte den Kopf mitsamt Kamm und ging leise vor sich hin brummelnd davon. Kurz darauf hörten wir, wie er ein Stück weiter mit jemand Neuem den nächsten Streit anfing.

Ein kleines Lächeln huschte über Griffs Gesicht. »Hier ist ja was los. Jedenfalls mehr als im Krankenhaus.«

»Tja, das ist Bed-Stuy. Hier wird es eben nie langweilig.« Blessing lächelte ebenfalls. »Aber das hast du bestimmt auch schon in der Schule mitbekommen.«

Wir gingen weiter, vorbei an den ganzen Ramschläden und Imbissbuden, an den schäbigen Bars und den Gebetshäusern. Obwohl es noch früh am Tag war, waren schon ziemlich viele Leute unterwegs. Straßenhändler bauten ihre Stände auf dem Bürgersteig auf, andere verkauften ihre Waren einfach aus großen Plastiktaschen. Eine alte Frau hatte handgestrickte Geldbeutel im Angebot, und als wir vorbeigingen, fing sie an, mit den Hüften zu wackeln und »All the Single Ladies« zu singen – wie Beyoncé und genau wie Eva an unserem letzten Tag im

Krankenhaus. Und bei der Erinnerung an Eva wurde mir ein wenig wärmer ums Herz, einfach weil es unmöglich ist, sich innerlich völlig tot zu fühlen, während man sich gleichzeitig daran erinnert, wie freundlich die Menschen manchmal sein können.

»Wollt ihr ’n Film kaufen?«

Wir hielten auf dem Gehweg inne und drehten uns um. Ein Typ, der von Kopf bis Fuß in Adidas-Klamotten steckte, hielt uns eine DVD hin. Hinter ihm stand ein ganzes Regal voller DVDs. »Das Beste aus Bollywood«, pries er seine Ware an.

Wir warfen einen Blick auf den Titel. *Hero Hitler in Love.* Blessing winkte ab. »Nee, Mann. Das ist nicht mein Ding.«

Der Mann zog die Schultern bis an die Ohren hoch und fing an zu diskutieren. »Woher wollen Sie das wissen? Haben Sie den Film schon gesehen?«

»Das muss ich nicht«, warf Blessing ihm über die Schulter zu, während wir weitergingen.

»Ich hab auch noch andere«, rief er uns hinterher – doch da waren wir schon einen halben Block entfernt. Wir liefen, bis wir an die Ecke Franklin Avenue kamen. Dort wurden wir sofort wieder traurig, weil jetzt die Hochbahn in Sicht kam, mit der Griff und ich jeden Morgen zur Schule gefahren waren, zusammen mit unserer Mum und unserem Dad. Sie waren übrigens Englischlehrer. Ich weiß nicht, ob ich das bereits erwähnt habe.

Wir gingen noch ein paar Schritte, bis wir schließlich vor einem Café namens *The Magnificent Muffin* stehen blieben.

»Na, wie wärs denn nun mit einem Muffin zum Frühstück?«, wollte Blessing wissen.

Ich hatte keinen Hunger, also antwortete ich nicht. Griff reagierte auch nicht. Nicht mal sein übliches halbes Nicken brachte er zustande. Er stand einfach bloß da und starrte auf das Eisengerüst der Hochbahn.

Blessing sah verunsichert aus und bückte sich, um Marlon am Ohr zu kraulen. »Na gut«, sagte sie. »Ich schätze mal, das heißt ja. Welche Sorte? Es gibt Heidelbeere, Schokolade, Zimt, Himbeere, Toffee …«

Griff zuckte nur die Schultern und ich reagierte gar nicht, ich sah bloß auf meine Turnschuhe und seufzte.

Blessing kratzte sich am Kopf. »Tja, dann wird es wohl eine Überraschung.« Sie drückte meinem Bruder Marlons Leine in die Hand. »Halt ihn mal eben. Ich beeil mich.« Doch als sie gerade die Ladentür aufziehen wollte, schwang diese von allein auf und eine kleine Frau kam heraus. »Wenn Sie die Toilette da drin benutzen wollen, halten Sie sich besser die Nase zu, denn es stinkt nach Kaaaacke«, krakeelte sie. Sie schien wirklich richtig wütend darüber zu sein.

Ich sah meinen Bruder an. Er versuchte, sich ein Lächeln zu verkneifen, allerdings ohne Erfolg.

»Danke«, sagte Blessing zu der kleinen Frau, »aber ich wollte eigentlich nur Muffins kaufen.« Sie ließ die wütende Dame vorbei und ging hinein, um sich anzustellen.

»Stinkt nach Kaaaacke«, rief die Frau noch einmal der

zugefallenen Tür zu, bevor sie sich umwandte und Marlon ansah. »Das ist ja mal ein verdammt süßer Hund.« Dann ging sie weiter. Und so schräg diese wütende kleine Frau auch war, sogar *sie* erwärmte mich ein bisschen, weil es eigentlich gar keine echte Wut war bei ihr. Sie hatte uns nur vor dem stinkenden Klo warnen wollen, und sie hatte meinem Bruder damit ein Lächeln entlockt.

Griff streichelte Marlon am Kopf. »Warum schreien hier eigentlich alle die ganze Zeit rum? Mir tun schon die Ohren weh.« Er fuhr mit dem Finger an Marlons Ohr entlang. »Dir bestimmt auch.«

»Und wie«, bestätigte ich. Denn auch ohne dass jemand schrie, waren wir von Lärm umgeben. Die ganze Welt war eine einzige verrückte Sinfonie aus einer Milliarde verschiedener Geräusche, und alle waren viel zu laut. Ich hielt mir die Ohren zu und hoffte, Blessing würde sich mit den Muffins beeilen, damit wir schnell wieder zu ihr nach Hause in die Jefferson Avenue kämen und ich mich endlich wieder in irgendeine stille Ecke verkriechen könnte.

9

Es sollte sich allerdings herausstellen, dass mein Lieblingsort in Blessings Haus gar nicht die stillste Ecke war. Sondern der Raum voller Musik. Das Wohnzimmer. Hier drinnen war es kühl und dunkel, denn die Jalousien waren immer heruntergezogen, damit die altmodischen Schallplatten nicht in der Sonne schmolzen.

»Manche von denen sind richtig wertvoll«, erklärte Blessing. »Zum Beispiel habe ich eine Originalplatte von Aretha Franklin aus dem Jahr 1961, die mindestens 120 Dollar wert ist. *Hundertzwanzig Dollar, für eine einzige Schallplatte!* Ich will also nicht, dass sie sich verbiegt und am Ende leiert wie ein Didgeridoo, o. k.?«

Griff und ich sahen sie mit leeren Blicken an.

»Aretha Franklin? Nie gehört?«

Stirnrunzelnd sah ich zu Griff. »Nein. Keine Ahnung.«

Griff runzelte ebenfalls die Stirn. »Nein, aber ich kenne die Beatles und die Beach Boys und Oasis und Nirvana und Super Furry Animals. Alles Musik, die Dad mochte.«

Blessing nickte. »Na ja, die Beatles und die Beach Boys habe ich auch. Hier im oben Regal unter B – es ist alles alphabetisch sortiert. Aber Aretha Franklin nicht zu kennen, das ist eine riesige Bildungslücke! Schließlich ist sie die Queen des Soul.«

Griff zuckte die Schultern und fuhr mit dem Finger über die Rücken der Plattenhüllen im Regal, als wäre er nur mäßig interessiert. Ich hingegen war überaus interessiert. Ich trat näher an den Plattenspieler heran und starrte auf ihn herab.

»Das ist ein Plattenspieler. Du kannst ihn jederzeit benutzen, wenn du willst. Du musst dabei nur versuchen, die Hand ruhig zu halten, denn das Ding am Ende des Arms, das ist die Nadel. Und wenn man die Nadel aufsetzt und dabei zittert wie ein Hund nach dem Baden, dann zerkratzt die Platte, und dann klingt sie nur no-o-o-och fa-fa-falsch. Verstanden?«

»Verstanden«, sagte Griff.

Blessing schien noch nicht ganz überzeugt. »Ich zeigs kurz.« Ihre Finger hibbelten kurz vor dem Regal in der Luft herum, bis sie die Platte, die sie gesucht hatte, fand und herauszog. Es war eine LP von Aretha Franklin. Ich fragte mich, ob es wohl die war, die so viel Schotter wert war. Blessing nahm die Scheibe aus der Hülle, legte sie auf den Plattenteller und drückte einen Knopf. Sofort fing die Platte an zu rotieren. Ganz vorsichtig verschob Blessing den Tonarm und setzte die Nadel auf. Aus den Boxen ertönte ein Knistern und Knacksen, und dann ergoss sich die Musik in den Raum.

Die Wirkung war unglaublich.

Nach tagelanger Froststarre kam es mir vor, als würde plötzlich Strom durch jede einzelne Faser meines Körpers schießen.

Völlig reglos stand ich da und lauschte atemlos und staunend Arethas Gesang. Ich hatte noch nie jemanden so singen gehört. Ihre Stimme war so kraftvoll, so warm und ausdrucksstark, dass sie imstande wäre, die Toten zum Leben zu erwecken. Zugegeben, der Klang aus den Boxen war nicht der perfekte, cleane Sound, den ich von meinen digitalen Downloads gewohnt war, doch er gefiel mir trotzdem besser. Es klang irgendwie menschlicher. Fast als wäre Aretha hier mit uns im Wohnzimmer.

Blessing lächelte. »Gut, was?«

»Einfach umwerfend«, flüsterte ich.

Griff zuckte unbeeindruckt die Schultern.

»Tja, so hat wohl jeder einen anderen Geschmack, schätze ich.« Blessing hob die Nadel von der Platte und drückte den gleichen Knopf wie vorher. Diesmal hielt die rotierende Scheibe abrupt an. Blessing hob die Platte vom Plattenteller und schob sie zurück in ihre Hülle, die sie anschließend an ihren Platz im Regal zurückstellte. Dann drehte sie sich wieder um. »Also, ich wollte jetzt ein paar Brownies backen und könnte etwas Hilfe gebrauchen. Wie siehts aus?«

Griff zuckte wieder die Schultern und folgte Blessing wortlos in die Küche. Ich nicht. Ich blieb stehen und starrte den Plattenspieler an. Ich wollte unbedingt, dass er sich wieder drehte. Denn in diesem Augenblick begriff ich etwas, das mir bislang noch nicht klar gewesen war: dass Musik nicht einfach nur Musik ist, sondern auch Magie. Sie kann Empfindungen heraufbeschwören, von denen man gar nicht wusste, dass es sie gibt, und sie kann Gefühle wieder zum Leben erwecken, die man für mausetot gehalten hatte. Vielleicht hat es sogar etwas von Zeitreisen. Die Musik trägt dich zurück in andere Zeiten und an andere Orte, und zwar mit solch einem Detailreichtum, dass du die Streifen an deinen längst vergangenen Turnschuhen wiedersiehst, längst weggeflogene Vögel in den Bäumen zwitschern hörst und sogar den Essig auf den Pommes vom letzten Jahr schmecken kannst. Und wenn all diese Empfindungen und Erinnerungen von einem konkreten Gegenstand hervorgerufen werden – anstatt bloß von irgendeinem beliebigen digitalen Download –, dann ist der Zauber sogar noch stärker. Überwältigt sah ich mich in diesem Raum um, der voll sichtbarer und greifbarer Musik war, und musste an meinen musikbegeisterten Dad denken. Ich wollte ihn unbedingt zurück.

Ich ging zu der Plattenwand und ließ meine Finger suchend vor den Regalen flattern – wie Blessing vorhin. Doch unter ›S‹ fand sich keine Platte von den Super Furry Animals. Blessing war offenbar kein Fan von experimentellem psychedelischem walisischem Rock. Es stand auch nichts von Oasis in den Regalen. Ich suchte mich rückwärts durch das Alphabet. Nichts von Nirvana. Mein Finger machte einen großen Sprung zu B. Die Beatles. Zwei Greatest-Hits-Alben. Mein Dad hatte Best-of-Alben nie gemocht. Er fand sie nicht erfüllend. Er meinte, sie wären wie Schokoladensplitter ohne den Cookie drum herum. Ein Stück weiter links fand ich endlich etwas, von dem ich wusste, dass er es mochte: die Beach Boys. Von denen hatte Blessing richtig viel. Ich wollte gerade den ganzen Packen aus dem Regal ziehen, doch dann zögerte ich. Seufzend ließ ich die Hände sinken. Ich traute mich nicht, die Platten anzufassen. Seit dem Unfall war ich einfach nicht mehr ich selbst. Nicht mal annähernd. Ich fühlte mich irgendwie unwirklich und nichtig – wie ein digitaler Download. Ich konnte nicht ausschließen, dass ich zittern würde wie ein Hund nach dem Baden, wenn ich mit Blessings wertvollen Platten in Berührung käme. Und ich konnte nicht dafür garantieren, dass ich sie nicht zerkratzen oder fallen lassen oder zerbrechen würde – so wie es mir mit diesem blöden Liebigkühler passiert ist. Also blieb ich einfach sinnlos vor dem Plattenregal stehen – völlig gefangen in diesem Augenblick.

Doch die Zeit vergeht. Die Zeit vergeht immer.

Und wahrscheinlich wollte ich wirklich unbedingt etwas Musik auflegen. Denn das Nächste, was ich mitbekam, war, dass der Plattenteller sich wieder drehte und aus den Boxen leise Musik ertönte. Es waren die Beach Boys.

Und als wäre es das Normalste auf der Welt, stand plötzlich mein Dad im Zimmer. Er trug sein liebstes schwarz-gelbes Poloshirt und eine auf teuer gemachte billige Sonnenbrille.

»Hallo, Sonnenschein«, sagte er. »Ich kann nicht lange bleiben.«

»Dad«, flüsterte ich. Dann musste ich mich aufs Sofa setzen, so zittrig fühlte ich mich.

Mein Vater betrachtete die rotierende Platte und lächelte. »Eine ausgezeichnete Wahl. Die alten Songs sind doch immer die besten, Dylan. Aber ich bin froh, dass du nicht eines dieser

Best-of-Alben von den Beatles genommen hast. Das wäre ja wie Marmelade ohne Donut drum herum.«

»Ich weiß«, flüsterte ich. »Ich wusste, dass du irgendwas in der Art sagen würdest.«

Dad lachte. Dann fing er an, mit den Fingern zu schnipsen und den Song mitzusingen, der gerade lief, während ich auf dem Sofa sitzen blieb und ihn ansah. Es war wirklich irgendwie magisch, und ich wollte den Zauber auf keinen Fall brechen.

Doch viel zu schnell hörte Dad auf zu singen und zu wippen, kauerte sich vor mich hin und nahm mein Gesicht in seine Hände. »Gehts dir gut?«, fragte er.

Ich sah ihn an und schluckte schwer. Ganz langsam schüttelte ich den Kopf und sagte ihm die Wahrheit. »Nein.«

Dad sah betroffen aus. »Das tut mir sehr leid, mein Junge.«

»Ist nicht deine Schuld«, sagte ich leise.

Doch Dad war immer schwerer zu erkennen. »Hör zu, Dylan«, vernahm ich ihn noch, »das, was du hier machst, ist toll. Wie du auf deinen Bruder aufpasst – das machst du ganz wunderbar.« Ich rutschte auf dem Sofa ein Stück nach vorn und starrte verzweifelt in die Luft vor mir. Mein Dad war immer noch da. Ich konnte seine Stimme ganz deutlich hören. Nur sein Bild war kaum noch zu erkennen. Der Zauber löste sich.

»Bitte geh nicht«, flehte ich.

»Du weißt doch, dass ich nicht bleiben kann«, sagte mein Vater von irgendwo ganz aus der Nähe. Von nirgendwo weit weg. Er war schon nicht mehr zu sehen.

»Wir sehen uns wieder«, hörte ich noch.

Ich stand auf. Wahrscheinlich hätten die Tränen in Strömen über mein Gesicht laufen sollen, doch das taten sie nicht. »Aber wann denn?«, fragte ich verzweifelt. *»Wo?«*

Doch er war verschwunden. Das letzte bisschen Leben im Zimmer war die Musik, die aus den Lautsprecherboxen kam. Ich riss mich zusammen, verschränkte meine Finger und ließ die Knöchel knacken. *Knack. Knack. Knack. Knack.* Dann legte ich den Kopf auf die Seite und lauschte. Die Beach Boys hatten aufgehört zu singen und spielten jetzt nur noch ihre Instrumente. Es war einer dieser Songs ohne Text. Noch dazu war es ein ungewöhnliches Lied – irgendwie traurig und hoffnungsvoll zugleich. Ich sah auf die Platte, die sich auf dem Plattenteller drehte. Die Nadel hatte ihre Reise fast beendet und war beim letzten Lied der A-Seite angelangt. Ich hob die Plattenhülle auf und drehte sie um, um nachzusehen, wie der Song hieß. Dann warf ich die Hülle aufs Sofa und lächelte.

Denn der Song hieß »The Nearest Faraway Place«.

Natürlich. Der nächstferne Ort.

»Das passt ja perfekt«, sagte ich. Zu mir selbst. Zu niemandem. Und dann setzte ich mich wieder aufs Sofa, schloss die Augen und ließ mich mit der Musik davontreiben.

Und wie erwartet trieb es mich an den nächstfernen Ort.

Diesmal

war es

ein

Sandkasten

auf
einem
Spielplatz.

»Hallo.«

Ich blickte auf. Es war wieder dieses Mädchen. Matilda. Mit dem Triangellachen.

»Hallo«, sagte ich.

Sie zeigte auf die Sandhügel neben meinen Knien. »Sandburg?«

Ich lächelte. Das war eines der wenigen deutschen Wörter, die ich verstand. Ich schüttelte den Kopf und antwortete auf Englisch: »Das ist keine Sandburg – es soll eine Rennpiste werden.«

Matilda starrte mich ratlos an. Ich streckte die Hände nach einem unsichtbaren Lenkrad aus und machte *brrrmmm, brrrmmm!*

Matilda lachte klingelnd und nickte. Dann kniete sie sich hin und fing an, den Sand zu Bergen und Hügeln und gewundenen Straßen zusammenzuschieben und zu -klopfen.

Ich hörte auf, Auto zu spielen, und beobachtete sie, bis ich mich schließlich neben sie kniete und mithalf. Als wir fertig waren, nahm jeder von uns ein Spielzeugauto und schob es vorsichtig über unsere sagenhafte Rennpiste.

Nachdem sie die Ziellinie überfahren hatte, sah mich Matilda aus ihren großen, blauen Kulleraugen an. »Das ist gut, ja?«

»Ja«, antwortete ich wieder auf Englisch. »Das ist gut.«

Matilda hob ihr Auto hoch, pustete den Sand von den Reifen und lächelte mich an. Und von diesem Moment an wusste ich, dass ich sie liebe.

Die Tür zum Wohnzimmer öffnete sich einen Spaltbreit und holte mich wieder zurück in eine andere Dimension. Kurz war ich irritiert, weil es so aussah, als wäre die Tür von allein aufgegangen. Es war fast schon gruselig. Doch dann sah ich, wie Marlon sich durch den Spalt schob. Erleichtert lächelte ich, und Marlon schenkte mir sein Hundelächeln, während er durch das Zimmer tapste und sich vor dem Plattenspieler auf den Boden plumpsen ließ.

»Die Beach Boys«, erklärte ich, einfach nur um irgendwas zu sagen. »Das ist mein Lieblingsstück auf der Platte, obwohl es keinen Text hat.«

Ich weiß nicht, ob die Nadel von allein zurückgesprungen war oder ob ich sie selbst bewegt hatte, ohne mich daran zu erinnern – jedenfalls hörten wir immer noch »The Nearest Faraway Place«. Das schien eigentlich gar nicht möglich, denn der Song dauerte nur zwei Minuten und vierzig Sekunden. Allerdings vergeht die Zeit ja auch nicht immer so, wie man es erwartet.

»Hoffentlich habe ich jetzt nicht Blessings Platte kaputt gemacht«, sagte ich.

Marlon grunzte und legte den Kopf auf die Pfoten, und so lauschten wir zusammen dem nicht endenden Stück, bis ich kurz davor war, einzuschlafen.

Kurz darauf ging die Tür noch einmal auf und Griff kam herein. Ich blieb ganz still auf dem Sofa sitzen und beobachtete ihn heimlich durch meine halb geschlossenen Augenlider. Mein Bruder hatte einen großen Schokoladenfleck auf der linken Wange. Er blieb wie angewurzelt stehen und starrte erst den Plattenspieler und dann Marlon an. »Hast du das aufgelegt?«

Haha, sagte ich. *Von wegen.* Aber nur im Kopf. Nicht laut. Ich wollte mich nicht ablenken lassen. Ich dachte immer noch an meinen Dad und an Matilda.

Griff rieb sich die Wange und runzelte die Stirn. Dann setzte er sich neben mich aufs Sofa.

»Reiß dich verdammt noch mal zusammen«, sagte er.

Ich öffnete die Augen und runzelte ebenfalls die Stirn. »Verdammt noch mal, ich gebe mir ja Mühe«, sagte ich. »Reiß du dich lieber selber zusammen.«

Marlon bellte laut, setzte sich auf und sah abwechselnd von Griff zu mir, als könnte er sich nicht entscheiden, wem er zuerst den Kopf in den Schoß legen sollte. Doch dann muss er wohl die Schokolade auf Griffs Wangen entdeckt haben, denn er stellte sich auf die Hinterbeine, legte meinem Bruder die Pfoten auf die Schultern und schlabberte ihm übers ganze Gesicht.

»Uäääähh«, machte Griff. Doch er lächelte dabei. Wir beide lächelten. Und Marlon sah auch ganz zufrieden aus.

»Danke, Marlon«, sagte ich und rieb seinen Kopf. »Ich weiß nicht, was wir ohne dich machen würden. Ich weiß nicht mal, warum ich gerade so zickig war. Das war richtig blöd und sinnlos.«

»Du bist der Beste«, flüsterte Griff und rieb ebenfalls Marlons Kopf. »Gerade bist du der Allerbeste auf der ganzen Welt.« Marlon sah aus wie der glücklichste Hund aller Zeiten.

Griff hob die leere Plattenhülle auf, die neben ihm auf dem Sofa lag. »Beach Boys«, las er laut. »Bestimmt hört Dad auch zu.«

Ich biss mir auf die Lippe, konnte mir jedoch ein Lächeln nicht verkneifen. Denn ich wusste ja, dass Griff recht hatte. Trotzdem erzählte ich ihm nicht, dass ich Dad gesehen hatte, wie er mit den Fingern geschnipst und bei einem der früheren Stücke mitgesungen hatte. Wie denn auch? Wie soll man so etwas überhaupt erzählen?

Die Tür öffnete sich zum dritten Mal und Blessing kam herein. »Die Brownies werden bestimmt richtig gut«, sagte sie. »Das liebe ich an den Sommerferien. Endlich kann ich all das machen, wofür ich das ganze Schuljahr keine Zeit habe – zum Beispiel Brownies backen.« Sie warf einen Blick auf den Plattenspieler. »Du hast es also hinbekommen, ja?«

»So halbwegs«, sagte ich.

Griff kraulte Marlons Kopf. »Ich glaube, das war der Hund.« Marlon sah schwanzwedelnd auf, sprang vom Sofa und stellte sich neben Blessing.

Blessing lachte und kraulte ihm die Ohren. »Na, das würde mich nicht überraschen. Du bist ja schließlich hochintelligent, stimmts, Marly? Allerdings hätte ich nicht gedacht, dass das dein Ding ist – ich dachte immer, du bist eher so ein funkiger Hip-Hop-Hund.« Sie machte eine Kopfbewegung zu den Lautsprechern. »Was ist das überhaupt?«

»Beach Boys«, sagten Griff und ich wie aus einem Mund.

Blessing überlegte kurz, dann nickte sie. »Ach ja, stimmt. Das ist dieses instrumentale Stück hinten auf der 20/20-Platte. Gar nicht schlecht, was?«

Ich nickte und sah zu Griff. Ich erwartete, dass er höchstens mit den Schultern zucken oder wieder eines seiner halben Nicken bringen würde, doch diesmal überraschte er mich. »Ja, finde ich auch«, sagte er.

Blessing sah ihn an und war offenbar ebenso erfreut wie ich. Dann wandte sie sich wieder Marlon zu und kraulte seinen Kopf. »Na, ich finde jedenfalls, ihr habt eine gute Wahl getroffen. Und auch eine ungewöhnliche. Dieses Stück spielen sie nie im Radio, es steckt einfach hinten auf dieser Platte, über die niemand redet. Dabei gefällt es mir richtig gut. Es erinnert mich irgendwie an die Schlussmusik im Kino, die nach einem dieser Schmalzfilme läuft, wenn man rausgeht. Bittersüß und hoffnungsvoll, auf immer und ewig …«

»Wow.« Ich sah sie bewundernd an. »Das hätte von Dylan Thomas sein können.« Womit ich natürlich nicht mich meinte. Sondern den Dichter.

Griff schüttelte seine neuen Nike-Turnschuhe ab und zog die Füße aufs Sofa. Da saß er nun wieder wie eine Heuschrecke, die Wange an eines seiner Knie gelehnt. »Cool«, sagte er. Und ich weiß nicht genau, ob er »The Nearest Faraway Place«

meinte, die Musik der Beach Boys im Allgemeinen oder die bemerkenswerte Frau, die wir früher nur als unsere Schulleiterin kannten.

Es hätte jedes Einzelne davon sein können – oder alles zusammen.

Aber vielleicht war das am Ende auch gar nicht so wichtig. Ich war einfach bloß froh, dass Griff überhaupt mal wieder irgendetwas cool finden konnte.

10

Ganze sechs Tage schaffte ich es, der verrückten Freda von unten aus dem Weg zu gehen, bevor sie mich schließlich doch erwischte. Natürlich war mir schon klar, dass das irgendwann passieren musste. Seit dem Tag, an dem sie uns morgens in Blessings Küche so angegruselt hatte, hatte ich damit gerechnet. Sie jagte mir wirklich Angst ein. Ich weiß ja, dass man nicht vorschnell und gleich nach dem ersten Eindruck über Leute urteilen soll, aber sie war mir echt unheimlich, und ich war nicht gerade scharf darauf, ihr wieder zu begegnen. Jedes Mal, wenn ich ihre Stimme durch die Wände und Decken hörte, mied ich sie wie Mundgeruch. Aber natürlich wusste ich, dass es nur eine Frage der Zeit war, bevor sie mich in die Klauen bekommen würde. Und dann passierte es ausgerechnet an dem Tag, an dem ich am allerempfindlichsten war.

Am Tag des B-Wortes. Ihr wisst schon, was ich meine. Asche zu Asche und Staub zu Staub und so weiter.

Meine Eltern hatten keine B-Vorkehrungen getroffen. Sie waren ja nicht mal versichert. Ich mache ihnen deswegen keine Vorwürfe – wer will sich denn schließlich in seinem Alltag mit solchem düsteren Zeug belasten? Also kasperten die amerikanischen Behörden und das britische Konsulat die Sache unter sich aus. Eine stille Verabschiedung sollte es werden, hieß es. Ohne Spektakel.

»Ich gehe nicht hin«, hatte Griff mit zusammengebissenen Zähnen verkündet. »Auf keinen Fall. Ich kann einfach nicht.«

»Nein, ich auch nicht«, hatte ich geflüstert – und die Arme über dem Kopf verschränkt, damit mein Hirn nicht wie ein Panik-Tornado davonwirbelte. Denn obwohl ich meine allerbeste Großer-Bruder-Nummer abzog, hielt ich die Vorstellung, dort dabei zu sein, nicht aus. Es war mir einfach zu unheimlich, und überhaupt viel zu viel.

Wir saßen zu dritt am Küchentisch. Blessing seufzte, stemmte den Ellbogen auf den Tisch und stützte ihr Kinn in die Hand.

»Also«, fing sie an. »Ich kann natürlich niemanden zwingen, aber ich gehe auf jeden Fall hin. Es wird bestimmt nicht leicht, doch ich würde es mir mein Leben lang vorwerfen, wenn ich nicht hingehen würde.« Sie hob den Kopf und zuckte traurig die Schultern. »Wie gesagt, ich kann niemandem etwas vorschreiben – aber ich würde mich jedenfalls über Gesellschaft freuen.« Sie stützte ihr Gesicht wieder auf den Fäusten ab und fügte nach einem weiteren Seufzen hinzu: »Aber wenn es wirklich nicht geht, dann werde ich wohl Freda bitten, ob sie nicht solange hochkommen kann.«

Panisch sah ich von ihr zu Griff, der genauso entsetzt zu sein schien wie ich. »Ich brauche keinen Babysitter«, stammelte er. Sein Gesicht war rot wie ein Feuerlöscher und er kämpfte mit den Tränen. Mir ging es auch nicht viel besser.

Blessing biss sich auf die Lippe. Sie setzte sich auf, legte die Hände flach auf den Tisch und sagte ganz sanft: »Das weiß ich doch. Ich wollte sie auch nicht deinetwegen fragen, sondern meinetwegen. Mir würde es einfach besser gehen, wenn ich wüsste, dass Freda hier ist, während ich … na ja, dort bin.«

Griff sackte zusammen, verschränkte die Arme auf dem Tisch und vergrub seinen Kopf darin. Ich saß bloß still auf meinem Stuhl und hörte zu, wie die Zeit verging. Dieser Augenblick sollte so schnell wie möglich vorbeigehen. Ich hatte Angst, dass ich sonst darin stecken bleiben würde.

»Pudders und Marlon würden sich auch freuen, sie zu sehen«, schickte Blessing noch hinterher.

Griff reagierte nicht. Genauso wenig wie ich.

»Wir wären auch gar nicht lange weg«, versuchte es Blessing noch einmal. »Wir fahren nur hin und dann gleich wieder nach Hause. Versprochen.«

Obwohl ich sein Gesicht nicht sehen konnte, spürte ich, wie die Entschlossenheit meines Bruders allmählich schwand. Im Gegensatz zu meiner. Wenn überhaupt, wurde meine eher noch stärker. Die Vorstellung, bei diesem stillen Abschied zuzusehen, ging mir einfach nicht in den Kopf. Aber das konnte ich nicht sagen. Weder Blessing noch Griff konnte ich das sagen. Ich konnte nicht sprechen, und ich konnte nicht weinen, und atmen konnte ich auch nicht. Ich konnte überhaupt nichts tun. Nach allem, was ich durchgemacht hatte, und bei allem, was ich gerade durchmachte, erschien mir das als ein viel zu großer Schritt. Ich war so aufgewühlt, dass ich mir am liebsten den nächstbesten Gegenstand gegriffen und ihn quer durch die Küche geschmissen hätte. Aber irgendwie riss ich mich dann doch zusammen und erklärte bloß: »Ganz im Ernst – ich schaffe das nicht.«

Unter seiner Armfestung hervor fragte Griff: »Wer kommt denn sonst noch? Wird Opa da sein?«

Blessing biss sich wieder auf die Lippe.

Ich schüttelte verbittert den Kopf. »Es kommt niemand aus England, oder?« Eigentlich war es gar keine Frage. Nicht mal eine rhetorische.

»Euer Großvater wurde informiert«, sagte Blessing, »und er lässt ganz lieb grüßen. Es kommt bald eine Karte mit der Post – aber, na ja, er ist ja schon 76, und seine Gesundheit ist nicht gerade die beste. Er schafft die Reise nicht.«

Eine Zeit lang war nichts zu hören als das Ticken der Küchenuhr.

»Ich schaffe das einfach nicht«, wiederholte ich. Und dann bekam ich richtig Panik. »Es tut mir leid, Griff, wirklich. Ich mache alles Mögliche mit – aber bitte nicht das. Wenn du gehen willst, dann wirst du ohne mich hinmüssen. Ich kann mir das nicht ansehen. *Ich kann einfach nicht.*« Und damit ich nicht noch meine Faust durch die Tischplatte schlug, knackte ich mit den Knöcheln. *Knack. Knack. Knack. Knack.*

Griff sah schaudernd auf. Ganz offensichtlich störte ihn meine schlechte Energie. Um ehrlich zu sein, störte sie sogar mich. Nach gefühlten fünf Jahren sah er wieder zu Blessing und murmelte: »Also gut, ich tus. Für Dylan.« Er wischte sich mit dem Handrücken die Nase, schniefte und fügte hinzu: »Und natürlich für Mum und Dad.«

Blessing nickte nachdenklich und ich spürte, wie ihre Erleichterung auch mich ergriff. Oder vielleicht war es auch meine eigene Erleichterung. Es war ziemlich feige von mir, das weiß ich, aber ich war froh, dass Griff sich überwunden hatte. Genauso wie ich froh war, dass ich nicht dorthin musste. Dabei war mir klar, dass – egal wo ich mich an diesem Tag verstecken würde, egal was ich tun würde – ein Teil von mir dort sein würde, ob es mir nun gefiel oder nicht. Es war unausweichlich. So einer Sache konnte man einfach nicht ausweichen.

»Danke«, sagte ich zu Griff. »Ich weiß das wirklich zu schätzen. Du kannst dir gar nicht vorstellen, wie dankbar ich dir bin.«

Und Blessing sagte: »Danke, Griff. Du bist ein Held.«

Griff antwortete nicht. Sein Gesicht war wie versteinert und völlig ausdruckslos.

Ich zögerte, bevor ich ihm zaghaft eine Hand auf den Arm legte. »Es tut mir wirklich leid, Griff«, wiederholte ich. »Ich weiß, ich bin ein richtiger Arsch.«

Und schließlich erbarmte er sich. Er zuckte die Schultern und ein winziges Lächeln kräuselte seine Lippen. »Ich weiß«, sagte er.

Also zog Griff zwei Tage später seinen schicken neuen Anzug an – noch ein Geschenk von Blessing, diesmal ohne Nike-Etiketten – und brauste mit ihr zusammen im Porsche Boxter davon. Ich blieb zurück.

Mit Freda.

Eigentlich hatte ich gar nicht mehr mit ihr gerechnet.

Ich dachte, die Sache mit dem Babysitten sei vom Tisch. Ich wollte einfach nur auf dem Sofa liegen und »The Nearest Faraway Place« in Endlosschleife auf dem Plattenspieler laufen lassen.

Doch dann tauchte *sie* auf. Bewaffnet mit einer großen Tüte Fruchtgummis, einem noch größeren Beutel mit Strickzeug und einer Packung Leckerlis für Marlon und Pudders. Als sie die Wohnungstür aufschob und den Kopf in den Flur steckte, geriet ich in Panik. Dann tauchte ich hinter dem Sofa ab und versteckte mich.

Ich weiß selbst, dass das kindisch war. Ich hatte es auch nicht wirklich bis zum Ende durchdacht. Auf dem Plattenspieler liefen noch die Beach Boys. Zwar nur ganz leise, aber immer noch laut genug, um ihr zu verraten, dass ich zu Hause war. Noch bevor ich zurückgehen und irgendetwas korrigieren konnte, kam Marlon und versteckte sich mit mir. Wahrscheinlich dachte er, wir spielen irgendein Spiel.

Aus dem Flur war Fredas Stimme zu vernehmen. »Hallo? Hallo?« Dann hörte ich – trotz der Musik –, wie ihre Schritte über die Flurdielen klapperten und sich kurz darauf die Wohnzimmertür öffnete.

»Huhuuu! Jemand zu Hause?«

Marlon schlug mit dem Schwanz auf den Boden. Ich legte ihm den Finger auf die Schnauze. »Schhhhhh.«

Ganz in der Nähe hörte ich Pudders miauen, dann einen leisen Aufprall, als sie aus ihrem Geheimversteck im Bücherregal auf den Teppich sprang. Freda musste sie hochgehoben haben, denn das Miauen ging in Schnurren über, und Freda fing an, diese Miez-miez-miez-Geräusche zu machen, die für diese verrückten Katzenliebhaberinnen so typisch sind. »Na?«, säuselte sie. »Wo ist denn dein Freund, hm?«

Doch Pudders, die nun mal eine Katze war, blieb stumm.

Ich verharrte stiller als ein Stein und wartete, dass die Zeit verging. So verstrich eine Minute. Vielleicht zwei. Dann ein Rascheln. Wahrscheinlich hatte Freda die Leckerli-Tüte aufgemacht und fütterte die dicke alte Miesmieze. Ich hörte ein Knirschen, gefolgt von einem Schmatz-Schmatz-Schmatz, dann wurde Pudders' Schnurren lauter. Das war zu viel für Marlon. Ohne mich eines weiteren Blickes zu würdigen, sprang er auf und stürmte aus unserem Versteck, um sich seine Leckerlis abzuholen.

»Ach, da bist du ja«, stellte Freda fest. »Was hast du denn hinter dem Sofa getrieben, du dummes Hundchen?«

Und plötzlich wurde mir klar, dass ich genauso dumm war wie Marlon. Wahrscheinlich sogar noch dümmer. Denn er war bloß ein Hund und ich ein fünfzehnjähriger Junge. So war es nun mal, daran war nicht zu rütteln. Ich schluckte schwer, dann ließ ich zur Ermutigung und Beruhigung meine Knöchel knacken. *Knack. Knack. Knack. Knack.* Und dann stand ich auf. Ich kam mir wirklich vor wie ein richtiger Vollidiot.

Pudders sah mich als Erste. Sie machte den Rücken krumm, fauchte und stakste in den Flur davon.

Freda tätschelte Marlons Kopf, während sie der Katze hinterherrief: »Was ist denn mit dir los?« Dann drehte sie sich um und sah mich.

Ihre Augenbrauen schossen so hoch, dass sie fast davonflogen.

Ich war ebenfalls ziemlich schockiert. Freda trug ausgebeulte Leggins mit Leopardenmuster und ein goldenes Strandoberteil. Es stand ihr beides nicht besonders gut.

Eine schreckliche Schrecksekunde lang starrten wir einander einfach bloß an. Fredas Hand schwebte knapp über Marlons Kopf in der Luft. Mir fiel auf, dass sie leicht zitterte, und kurz dachte ich, dass es wohl ziemlich arschig von mir war, eine alte Dame so zu erschrecken. Doch dann fing sie wieder an, so irre zu nicken, und das jagte mir solche Angst ein, dass ich mein Mitleid gleich wieder vergaß. Langsam ließ Freda ihre Hand auf Marlons Kopf sinken und fuhr fort, ihn zu streicheln. »Ach, du bist es«, sagte sie schließlich ganz cool. »Dann hast du wahrscheinlich auch die Musik aufgelegt. Du oder die Elfen, was? Na ja, ich hatte jedenfalls schon gehofft, dass du irgendwann mal aus deinem Versteck auftauchen würdest. Du bist der ältere Bruder, stimmts?«

»Ja«, sagte ich. »Aber … ähm … was machen Sie denn hier?«

Zugegeben, das war unhöflich und außerdem kindisch. Zu meiner Verteidigung kann ich nur sagen, dass es echt ein schwerer Tag war. Sogar im Vergleich zu einer endlosen Reihe von schweren Tagen.

Freda streichelte Marlon weiter und lächelte verkniffen. »Nun ja, das könnte ich genauso gut *dich* fragen, Dylan. Du heißt doch Dylan, oder? Was machst *du* denn hier? Solltest du nicht eigentlich woanders sein?«

Das war eine durchaus berechtigte Frage.

Beschämt ließ ich den Kopf hängen. Und dann wurde ich einfach nur wütend und wünschte, diese alte Frau, die sich ständig überall einmischte, würde verschwinden.

Freda verzog das Gesicht. »Ich sehe schon, du freust dich nicht besonders, mich zu sehen. Aber du musst dir wegen mir keine Sorgen machen, mein Engel. Ich bin eine Freundin. Ja, genau das bin ich. Jemand, mit dem du reden kannst.« Sie zögerte, bevor sie fortfuhr: »Und ganz offensichtlich willst du mit jemandem reden. Ich meine, das alles kann doch für dich auch kein Vergnügen sein. So verlassen. So ganz allein.«

»Verdammt noch mal, Freda«, blaffte ich sie an. »Schönen Dank auch für die Aufmunterung!« Die Worte schossen aus meinem Mund wie Pistolenkugeln. Ich konnte nichts dagegen tun. Sie brachte mich einfach zur Weißglut.

Freda hob erschrocken die Hände, als würde sie sich ergeben. Dazu brauchte sie bestimmt ziemliche Armmuskeln, denn sie trug eine Menge dicker Klunker an den Händen.

»Es tut mir leid, Herzchen«, entschuldigte sie sich. »Es ist aber auch eine ziemlich schwierige Situation, oder? Offen gesagt weiß ich überhaupt nicht, wie ich jetzt mit dir umgehen soll, mein Lieber. Ich habe wirklich keine Ahnung.«

Da ich mir auch nicht sicher war, wie ich mich verhalten sollte, standen wir einander kurz wie in einer stummen Pattsituation gegenüber.

Doch dann nahm sich Freda ein Herz. »Um ganz ehrlich zu sein, Dylan, bin ich sonst bei Gesprächen wie diesen hier nicht diejenige, die redet. Sondern eher die, die zuhört.« Sie schniefte, zog ein Taschentuch hervor, das im Bund ihrer Legging steckte – womit immerhin eine der Beulen erklärt war –, und tupfte damit an ihren Augen herum. »Das bin ich nämlich – eine Zuhörerin«, fuhr sie fort, als würde das irgendeinen Sinn ergeben. »Ich stamme aus einer langen Reihe von Zuhörerinnen. Meine Mutter war eine Zuhörerin, und ihre Mutter ebenfalls, und auch sie war nicht die Erste, möchte ich behaupten. Das geht richtig weit zurück bei uns. Es ist eine Gabe.« Sie lächelte stolz, bevor sie hinzufügte: »Und ich muss wohl die Begabteste von uns allen sein, denn ich bin noch dazu eine *Seherin*.«

Ich blieb einfach stehen, wo ich war, mit dem Sofa als Sicherheitsbarriere zwischen uns. Ich gebe unumwunden zu, dass ich diese schräge alte Dame mit ihrer pink-goldenen Frisur richtig gruselig fand. Sie war ganz eindeutig so durchgeknallt wie der Osterhase zu Weihnachten. Ihr Aussehen erinnerte mich an eine komische altmodische Bonbonsorte, die unser

Dad mir und Griff bei einem unserer seltenen Großvaterbesuche in England gezeigt hatte. Sie hieß Rhabarber-Vanille und hatte mich auch nicht besonders vom Hocker gerissen. Die Bonbons waren hart und schmeckten so ziemlich nach nichts.

»Anstatt mich anzuschreien, könntest du mich auch als Freundin betrachten«, fuhr Freda fort. »Und wir könnten ein bisschen plaudern. Das wäre doch vielleicht ganz nett, oder? Was meinst du? Auf jeden Fall ist es besser, als allein zu sein.«

»Ich bin nicht allein«, sagte ich, diesmal schon etwas bedächtiger. »Ich habe Marlon.« Ich brauchte gar nicht erst so zu tun, als würde mich mit Pudders irgendeine Art von Freundschaft verbinden.

»Aber natürlich.« Freda sah Marlon an, bevor sie mich anlächelte. »Hunde sind eine wunderbare Gesellschaft. Unterschätze nie einen Hund, Dylan. Sie sehen und verstehen oft Dinge, die die Menschen nicht begreifen. Katzen übrigens auch.« Sie warf einen Blick zur offenen Tür. »Katzen sind bloß etwas misstrauischer und praktischer. Sie wollen nur mit Menschen befreundet sein, die sie auch füttern.«

Ich musste ebenfalls lächeln. Trotz ihrer Einmischung fing ich allmählich an, mich ein wenig für Freda zu erwärmen. Nichtsdestotrotz erklärte ich: »Ich will wirklich mit niemandem reden. Es ist nichts Persönliches, es ist nur … es ist einfach nur die ganze Situation.«

Freda starrte mich an, so direkt, wie ich es nicht gewohnt war. »Gut, Dylan, wie du willst«, meinte sie schließlich mit einem resignierten Blick an die Decke. »Ich verrate dir, was ich jetzt mache. Ich gehe in die Küche und koche mir einen Tee, und du kannst von mir aus wieder zurück hinters Sofa kriechen und schmollen. Aber glaub mir, Herzchen, du verpasst eine einmalige Gelegenheit. Du hältst mich vielleicht für eine verrückte alte Schachtel, aber es mag ein Weilchen dauern, bis du wieder jemanden triffst, der dir so gut zuhören kann wie ich.« Sie tippte sich mit ihrem runzligen, sonnengebräunten Finger ans Ohr. »Ich höre Geräusche. Der Arzt meint, es ist ein Tinnitus, aber unter uns: Es liegt daran, dass ich zu viele Wellen und Frequenzen reinbekomme.« Damit zwinkerte sie mir zu und ging sich ihren Tee machen.

Auch wenn ich mich inzwischen nicht mehr ganz so vor ihr fürchtete, fand ich sie immer noch ausgesprochen gruselig. Einen Augenblick lang bereute ich, dass ich nicht mit Griff und Blessing mitgegangen war. Doch dann fiel mir wieder ein, was das alles nach sich gezogen hätte. Also blieb ich einfach stehen und wartete, dass die Zeit verging. Und ohne dass ich überhaupt mitbekam, was ich tat oder wo ich hinging, glitt ich wieder davon. Diesmal war es

die Check-in-Halle

eines

Flughafens.

Ich war sechs und Griff war vier. Verwirrt blinzelte ich und sah mich um. Hier wollte ich nicht sein. Das hier war nichts als eine entfernte schlechte Erinnerung. Überall eilten Leute mit Rucksäcken und Aktentaschen, mit Rollkoffern und Reisetaschen kreuz und quer an uns vorüber. Auch meine Mum hatte es eilig. Sie sah immer wieder auf ihre Uhr, während mein Dad einen großen Rollwagen schob, voll beladen mit Koffern, in denen unser gesamter Besitz steckte. Oben auf dem Kofferberg saßen wir. Ich und Griff. Wir kicherten und hielten die Arme ausgebreitet, als würden wir fliegen.

Wir spielten Jumbojet.

»Könnt ihr mal aufhören?«, schimpfte Dad hinter uns. »Die Koffer hier sind gestapelt wie ein Jenga-Turm. Wenn ihr weiter so rumzappelt, werft ihr noch alles um. Ich habe jetzt keine Zeit, die Sachen wieder einzusammeln, wir müssen unseren Flug kriegen.«

Augenblicklich ließen Griff und ich die Arme sinken.

Ich sah nach unten und maß die Entfernung zum Boden mit den Augen ab.

»Hört mal.« Dad hielt genervt den Wagen an. »Wir müssen zum Check-in-Schalter und sind echt spät dran. Ihr steigt jetzt also ab und geht mit Mum, und ich will kein Theater hören. Verstanden?«

Ohne zu antworten, sahen wir ihn an. Wer war dieser ungeduldige und angespannte Fremde?

»Na los.« Er hob mich vom Gepäckwagen und stellte mich auf dem Boden ab, danach wiederholte er das Gleiche mit Griff.

Ich wollte etwas sagen, ließ es dann aber bleiben. Griff hingegen traute sich. Er zeigte auf Dad. »Warum bist du so sauer?«

»Gute Frage«, bemerkte Mum.

Dad kratzte sich am Ohr, bevor er schließlich auf dem kalten Fliesenfußboden des Flughafens in die Knie ging. »Es tut mir leid.« Er gab Griff einen Kuss auf die Nase. »Ich hatte nicht erwartet, dass der Verkehr so schlimm sein würde, und jetzt sind wir ziemlich knapp dran und das hat mich zu einem Arsch werden lassen, aber –«

»Entschuldige mal«, unterbrach ihn Mum. »Würdest du bitte nicht ›Arsch‹ vor den Kindern sagen?«

»Sorry«, entschuldigte sich Dad und wandte sich dann wieder zu uns. »Ich bin gestresst und das hat mich zu einem … alten Brummbären werden lassen. Aber wenn wir alle so schnell laufen, wie wir können, kriegen wir unser Flugzeug noch.«

»Wohin fliegen wir noch mal?«, wollte Griff wissen.

»Shanghai«, antwortete Mum. Dann nahm sie Griff und mich an der Hand, und wir liefen hinter Dad her, der mit dem Gepäckwagen schon wieder losgespurtet war. »Weißt du nicht mehr, worüber wir geredet haben? Wir ziehen nach China. Und wir fliegen dorthin, weil es sehr weit weg ist von Deutschland.«

Wir rannten immer noch mit Lichtgeschwindigkeit. Ich weiß nicht, wie es Griff ging, aber ich wünschte, ich wäre auf dem Gepäckwagen sitzen geblieben.

»Ist Maxim auch in China?«, fragte Griff. Maxim wohnte in der Wohnung über uns. Er war etwas jünger als ich und etwas älter als Griff. Wir spielten manchmal mit ihm.

»Nein«, sagte Mum.

»Und Matilda?« Matilda kannte er, weil ihre Mutter, Silke,

sich mit unserer Mum angefreundet hatte, nachdem wir uns damals im Vergnügungspark kennengelernt hatten, und die beiden uns immer mal wieder zu Hause besuchen kamen.

»Nein«, sagte Mum.

Ich weiß nicht, wie es Griff ging, aber mir fielen fast die Beine ab.

»Sehen wir sie irgendwann wieder?«, japste Griff.

»Keine Ahnung«, sagte Mum. »Wer weiß? Silke und ich bleiben hoffentlich in Kontakt … Also, ja … vielleicht.«

»Und was ist –?«

»Meine Güte, Griff, du stellst vielleicht viele Fragen«, unterbrach ihn Mum. »Warum kannst du nicht ein bisschen mehr wie dein Bruder sein?« Dabei drückte sie heimlich meine Hand. Ich sah lächelnd zu ihr hoch, und sie lächelte zurück.

»Da wären wir«, verkündete sie endlich. »Sieht so aus, als hätten wir es gerade noch geschafft.«

Und obwohl es ein trauriger Moment war, weil ich mich nicht besonders freute, München und Maxim und Matilda zu verlassen und in dieses wer weiß wie weit entfernte Shanghai zu fliegen, war es doch nicht die schlimmste Erinnerung, zu der ich zurückkehren konnte. Bei Weitem nicht. Denn der Gedanke, Matilda – vielleicht – irgendwann einmal wiederzusehen, war mein erster echter Vorgeschmack auf jenes Gefühl, das man Hoffnung nennt.

***

Als ich in Blessings Wohnzimmer wieder die Augen aufschlug, fühlte ich mich schon etwas positiver gestimmt. Ich kam hinter meinem Sofa hervor und ließ mich ganz langsam in Richtung Küche treiben. Fast schien es mir, als wäre Freda ein Kraftfeld, das mich anzog. Und das war auch o. k., denn ich war bereit für eine neue Freundschaft.

Ich meine – warum auch nicht?

Freda hatte schließlich recht. Es war nicht schön, allein zu sein. Jeder braucht irgendwann mal jemanden zum Reden.

Und schließlich war es ja nicht so, dass irgendjemand anderes da gewesen wäre.

Ich traf Freda in der Küche an, wo sie gerade Wasser in einem Topf erhitzte. Sie musste meine Anwesenheit gespürt haben, noch bevor sie mich sah, denn sie spannte die Schultern an und sagte: »Bist du wieder da? Du hast dir ja ganz schön Zeit gelassen. Ich bin schon bei meiner dritten Tasse Tee.« Dann drehte sie sich zu mir um, musterte mich und nickte. »Gut so, mein Junge. Ich wusste, wenn du so weit bist, kommst du und redest mit der alten Tante Freda.«

Weil mir nichts einfiel, setzte ich mich einfach wortlos an den Tisch. Ich war ziemlich verunsichert.

Freda stellte den Gasherd aus und goss sich heißes Wasser in ihre Tasse. »Achtundvierzig Jahre lebe ich nun schon auf dieser Seite des Großen Teiches«, sagte sie. »Und trotzdem habe ich mich immer noch nicht daran gewöhnt, dass sie hier keine Wasserkocher haben. Das ist doch nicht normal, oder, mein Engel?«

Es gefiel mir ganz gut, dass sie mich »Engel« nannte. Es erinnerte mich an Angelo – und auch wenn ich nicht gern an das Krankenhaus zurückdachte, dachte ich doch gern an ihn. Dann fühlte ich mich gleich etwas geborgener. Dennoch hatte ich keine Ahnung, was Freda eigentlich von mir wollte. Ich stemmte die Ellbogen auf den Tisch, stützte mein Kinn in die Hände und schwieg.

Freda schwatzte indessen munter weiter. »Unten habe ich einen Wasserkocher. Einen richtig hübschen, von Morphy Richards. Aber Blessing macht sich nichts daraus. Den meisten Amerikanern ist es schnurz. Die interessieren sich nur für ihre Kaffeemaschinen.«

Ich wusste immer noch nicht, was ich zu diesem Thema beitragen sollte. Also schwieg ich einfach weiter. Schließlich muss man ja nicht immer reden, nur damit man etwas sagt, oder?

»Entschuldige, mein Herz, langweile ich dich?«, unterbrach sich Freda.

Sie war wirklich ziemlich direkt. Einen Augenblick lang starrte ich sie panisch an. Doch dann entschied ich mich, einfach ehrlich zu ihr zu sein. Ich konnte ihr sowieso nichts vormachen. »Ein bisschen, ja.«

Wieder durchbohrte Freda mich mit ihrem forschenden Blick. Dann lachte sie. »Ach, Dylan, ich mag dich. Ich mag ehrliche Seelen. Und du kannst mir glauben, ich bin in meinem Leben schon allen möglichen Lügnern begegnet. Aber du bist ein guter Junge, nicht wahr? Du hast so etwas Freundliches an dir. Etwas Zuverlässiges.«

Ich rutschte unruhig auf meinem Hocker hin und her, doch eigentlich ging es mir schon ein bisschen besser. Bei ihren Worten hatte ich wieder an Angelo denken müssen.

Freda setzte sich mir gegenüber an den Tisch. »Also, warum bist du hiergeblieben, Herzchen?«

Ich biss mir auf die Lippe und überlegte, ob ich wieder zurück ins Wohnzimmer gehen sollte. »Darüber würde ich lieber nicht reden«, entgegnete ich steif. »Es ist zu persönlich.«

Freda nickte. »Wie du willst.« Sie schippte drei Löffel Zucker in ihren Tee, rührte wie wild um und nahm einen geräuschvollen Schluck.

Neidisch sah ich ihr zu und wünschte, ich hätte auch eine Tasse Tee. Doch sie hatte mir keinen angeboten, und eigentlich war es auch egal. Denn wir wussten beide, dass ich ihn sowieso nicht getrunken hätte.

Freda musterte mich über den Rand ihrer Teetasse. »Also dann, wie geht es dir?«

Ich lächelte und entschied mich wieder für die ehrliche Variante. »Das ist vielleicht eine blöde Frage.«

Freda lächelte ebenfalls. »Na gut.« Sie schlürfte weiter ihren Tee. »Hast du denn schon mal versucht, mit deinem Bruder zu reden?«

Ich zuckte die Schultern. »Worüber denn?«

Freda verdrehte die Augen. »Meine Güte, ihr Jungs! An euch kommt man aber auch nicht ran. Worüber? Über das, was *passiert* ist! Darüber, dass sein großer Bruder auf ihn aufpasst. Keine Ahnung – über *irgendwas*!«

Einerseits genoss ich unser Gespräch auf eine unerklärliche Weise, andererseits verlief die Unterhaltung gerade mal wieder in eine zunehmend unangenehme Richtung. Nervös ließ ich meine Knöchel knacken. *Knack. Knack. Knack. Knack.* Schließlich sagte ich: »Nee.«

»Soll ich vielleicht mal mit ihm reden?«, bot Freda an. »Das kann ich gut. Ich wäre auch ganz diskret. Nur damit es ihm besser geht. Damit er weiß, dass du ihn lieb hast.«

»Nein, bitte nicht«, wehrte ich erschrocken ab. »Wirklich nicht. Das würde ihm nur Angst machen. Und überhaupt, es ist schon o. k.. Er weiß es. Bestimmt weiß er es.«

Freda schien enttäuscht. »Na gut, wenn du dir sicher bist ...«

»Ich bin mir sicher«, sagte ich. Und das stimmte auch. Ich war mir ganz sicher.

Draußen fuhr ein Auto vor, dann schlugen Autotüren. Ich stand auf und ging zum Fenster. »Sie sind wieder da.«

Freda schnalzte mit der Zunge und schüttelte den Kopf. »Das war ja wirklich eine schnelle Verabschiedung.«

Ich zuckte die Schultern und sah nach unten auf die Straße. Griff und Blessing standen im hellen Sonnenlicht auf dem Fußweg, und Blessing umarmte meinen Bruder, anscheinend noch fester als damals im Krankenhaus.

»Danke«, flüsterte ich.

Vom Tisch hörte ich Freda: »Pass auf ihn auf, Dylan. Er wird heute bestimmt etwas Zuneigung brauchen.«

»Ich weiß«, sagte ich und nickte. »Er wird eine ganze Weile lang Zuneigung brauchen.«

11

Die Zeit tickte in ihrem üblichen Takt vorbei. Aus Sekunden wurden Minuten wurden Stunden wurden Tage.

Und Griff und ich standen sie durch.

Wir gingen mit Marlon um den Block Gassi und sahen dabei jedes Mal die gleichen Gesichter. Die Leute, die wir damals auf unserem allerersten Morgenspaziergang durch Bed-Stuy getroffen hatten, wurden zu festen Bestandteilen unserer Hunderunden: die Verkehrslotsin, der Typ mit dem Kamm im Haar und die alte Dame, die Geldbörsen verkaufte und wie Beyoncé sang. Dazu kamen neue Gesichter, an die wir uns ebenfalls gewöhnten – wie etwa die Familie an der Ecke Jefferson und Bedford, die den ganzen Tag draußen auf dem Fußweg vor ihrem Haus saß, Karten spielte und die Nachbarschaft aus einem riesigen Gettoblaster mit Prince beschallte. Manchmal ärgerten wir Pudders. Oder wir wühlten uns durch Blessings Plattensammlung. Wir wühlten uns sogar durch einige ihrer Bücher. Und hin und wieder ging Griff auf die andere Straßenseite, um mit den Jungs, die über den Basketballplatz herrschten, ein paar Körbe zu werfen. Er kannte sie ja schon. Sie hießen Kayland und Gregory, und obwohl sie früher nicht zu seinen Kumpels gehört hatten, machten sie ihre Sache besser als sämtliche unserer sogenannten Freunde. Von denen kam nämlich nie einer zu Besuch. Vielleicht trauten sie sich nicht, bei der Schulleiterin zu klingeln, oder vielleicht fanden sie es einfach komisch, mit jemandem abzuhängen, der gerade Waise geworden war? Wie auch immer, es waren eben Arschlöcher. Kayland und Gregory dagegen waren richtig cool. Und sie wussten, wie man mit dem Ball umgeht. Sie zeigten Griff, wie man Bodenpässe und No-Look-Pässe spielt, Pro-Hops und Wurffinten macht, Finger Rolls und Dream Shakes, während ich in die schattigen Äste eines nahe gelegenen Baumes kletterte, wo ich dann wie auf einer Tribüne saß und ihnen zusah. Basketball war noch nie mein Ding. Warum sollte sich das jetzt ändern?

Manchmal taten wir auch einfach gar nichts. Wir schalteten einfach nur ab und warteten, dass die Zeit verging.

Doch trotz unserer Traurigkeit kamen Griff und ich uns nie richtig nah. Es war, als wären wir irgendwie entkoppelt – er allein in seiner Welt und ich allein in meiner. Ich hatte keine Ahnung, wie ich zu ihm durchdringen sollte. Er war immer an meiner Seite und doch Lichtjahre entfernt. So ist es wohl, wenn man trauert: Man fühlt sich von jemandem, den man eigentlich liebt, völlig abgeschnitten. Oder von allen, die man liebt. Aber wie schafft man es, über etwas so Schmerzhaftes und Kompliziertes zu sprechen? Wie fasst man es in halbwegs sinnvolle Worte?

Und dann stellte ich eines Tages fest, dass wir das gar nicht mussten. Dylan Thomas hatte es schon für uns in Worte gefasst. Und natürlich meine ich jetzt wieder den Dichter. So schlimm, dass ich von mir selbst in der dritten Person rede, wird es mir dann doch niemals gehen. Dylan Thomas Taylor ist ja schließlich kein Vollarsch.

Wir hingen im Wohnzimmer ab: Griff, ich und Marlon. Blessing war gerade in unsere Wohnung in Park Slope gefahren, um noch ein paar von unseren Sachen zu holen. Diesmal hatte Griff sich von seiner Weigerung, sie zu begleiten, nicht abbringen lassen, und ich war ihm sehr dankbar dafür. Sonst hätte ich am Ende auch mitgehen und in den Überbleibseln meines verlorenen Lebens herumkramen müssen. Mir wäre gar nichts anderes übrig geblieben. Noch einmal zu kneifen, das schien mir weder anständig noch möglich.

Doch Griff blieb dabei: Er wollte keinen Fuß in unsere Wohnung setzen, und weil Blessing nicht versuchte, ihn zu überreden, geriet auch ich nicht unter Druck. Während Blessing also unterwegs war und uns die schwere Aufgabe abnahm, lungerten wir im Wohnzimmer herum und hörten wieder mal die Beach Boys. In der Küche saß die strickende Freda und mampfte sich nebenbei durch eine riesige Tüte Kaubonbons. Ihre Anwesenheit machte Griff mehr zu schaffen als mir – was wahrscheinlich daran lag, dass ich Freda inzwischen besser kannte als er und wusste, dass sie zwar ziemlich schräg, aber auch schwer in Ordnung war.

Um ehrlich zu sein, war ich wahrscheinlich gerade sowieso

irgendwo anders – in München, Shanghai oder an irgendeinem anderen nächstfernen Ort. Überall und nirgends. Erst die Stimme meines Bruders holte mich zurück in seine Umlaufbahn und in Blessings Wohnzimmer.

»Das gefällt mir«, sagte er leise, als die Nadel zum letzten Stück auf der A-Seite kam. »Wie die Schlussmusik nach einem traurig-schönen Film im Kino. Bittersüß und hoffnungsvoll, auf immer und ewig …«

Ich saß oben auf der Sofalehne und hatte meine Füße neben Griffs Kopf abgestellt. Lächelnd sah ich zu ihm herab. Er lag ausgestreckt da und starrte an die Decke. Ich glaube, er hatte nicht mal richtig mitbekommen, was er da gerade gesagt hatte. Aber es war schön, dass er sich an Blessings Worte erinnerte. Und es freute mich, dass ihm dieses Stück genauso gut gefiel wie mir.

Als die Platte zu Ende war, stand er nicht auf, um sie umzudrehen, sondern blieb auf dem Sofa liegen, das Gesicht unter seinem Arm vergraben, während aus den Boxen nur noch das leise Knacken der stumm rotierenden Platte ertönte.

Kurz überlegte ich, ob ich es selbst machen sollte, entschied mich dann aber doch anders. »Kannst du das übernehmen, Griff?«

Griff antwortete nicht. Eigentlich hatte ich auch keine Antwort erwartet. Tonlos drehte sich die Platte weiter. Und dann sah ich, wie eine dicke Träne unter Griffs Arm hervor- und an seiner Wange herabkullerte. Sie tropfte auf das Lederpolster, wo sie als winzige Pfütze liegen blieb.

»Ach Kumpel«, flüsterte ich. »Es ist o. k., wenn du weinen musst.« Wenn ich gekonnt hätte, hätte ich selbst ein ganzes Meer aus Tränen geweint.

Ebenso leise wie ich sagte Griff: »Ich wünschte, sie wären hier.«

Ich biss mir auf die Lippe. Dann beugte ich mich vor, streckte ganz langsam meine zitternde Hand aus und berührte die Locken auf seiner Stirn. »Ich weiß«, tröstete ich ihn. »Aber … aber auch wenn sie nicht hier sind – sind sie ganz bestimmt irgendwo, Griff. Das ist doch nur logisch, oder? Diese ganze … diese ganze *Energie* muss doch schließlich irgendwohin.«

Ich wusste gar nicht, worauf ich eigentlich hinauswollte. Ich wünschte nur, ich hätte in Physik oder Religion oder was auch immer besser aufgepasst.

Griff setzte sich mit einem Ruck auf und rieb sich wütend mit den Handballen die Augen. Hastig lehnte ich mich zurück und verschränkte die Arme. Wir hatten es nun mal nicht so mit Anfassen, daran würde sich auch nichts ändern. Mit leerem Blick starrte Griff auf die Bücherregale an der Wand. »Schau dir bloß die ganzen Bücher an! Millionen von Wörtern. Und ich wette, da ist kein einziges Buch dabei, das auch nur annähernd beschreibt, wie es mir geht.«

Ich kratzte mich am Kopf und betrachtete ebenfalls die Bücher. Schließlich sagte ich – aus einer Eingebung heraus: »Weißt du, was? Ich glaube, da gibt es bestimmt irgendwas, Griff. Da muss es etwas geben.«

Doch Griff hatte seine Aufmerksamkeit schon wieder von den Büchern abgewandt. Seufzend stand er auf und stellte den

Plattenspieler aus. Dann holte er etwas aus der Hosentasche und starrte es an. Es war sein Telefon – sein Schatz, den er zum Geburtstag bekommen hatte. Ich hatte es seit dem Unfall nicht mehr gesehen – mir war gar nicht klar, dass er es überhaupt noch besaß. »Das ist das Einzige, was übrig geblieben ist.« Griffs Stimme war rau. »Dieses blöde Telefon ist das Einzige, was nicht kaputtgegangen ist. Wie sinnlos ist das denn bitte?«

Ich biss mir auf den Daumennagel. So gut es war, dass er sich endlich ein bisschen öffnete und seine Gefühle offenbarte, so unsicher war ich, wie ich damit umgehen sollte.

Plötzlich und ohne irgendeine Ankündigung schleuderte Griff das Telefon mit aller Kraft von sich. Es flog geradewegs auf mich zu, und ich musste mich wegducken, damit es mich nicht erwischte. Das Teil schoss an mir vorbei, knallte gegen das Fenster und schlug scheppernd auf dem Boden auf. In Anbetracht der Wucht, mit der es geflogen kam, war ich erstaunt, dass es das Fenster nicht durchschlagen hatte.

Marlon bellte, sprang aufs Sofa und baute sich vor mir auf, als würde er mich mit seinem Körper abschirmen wollen. Ich liebe diesen Hund.

Aus dem Bücherregal auf der anderen Seite des Zimmers kam ein Jaulen, dann blitzte ein Fell auf und eine Kaskade von Büchern purzelte auf den Boden. Wie ein Poltergeist kam Pudders aus dem Regal gesprungen und flitzte davon.

»Meine Güte, Griff«, schimpfte ich. »Beruhig dich! Du machst allen Angst!«

»Oh Scheiße.« Griff rannte zum Fenster, um nach der Scheibe zu sehen.

Die Wohnzimmertür ging auf und Freda erschien. Unsicher blickte sie sich im Zimmer um, sah erst zu Griff und ließ dann mit einem leichten Nicken ihren Blick auf mir ruhen. »Alles in Ordnung?«

Ich hob die Schultern in einem stummen *Wer weiß das schon?*

Griff wurde rot. Er bückte sich, hob sein Telefon auf und zeigte es Freda. »Ich … äh … mein Telefon ist mir runtergefallen.«

»Was du nicht sagst.« Freda sah kein bisschen überzeugt aus.

»Hm, ja«, murmelte Griff.

Freda machte eine Kopfbewegung zum Bücherregal. »Sind dir auch ein paar Bücher runtergefallen?«

»Das war ich nicht«, verteidigte sich Griff. »Das war Pudders.«

Freda zog die Augenbrauen hoch und sah wieder zu mir. Ich saß immer noch auf der Sofalehne, Marlon stand auf dem Sofa und hatte den Kopf auf meine Knie gelegt. »War das dein Werk?«, wollte sie wissen.

»Nein!«, wehrte ich empört ab. »Ich hatte damit nichts zu tun!«

Marlon bellte und schlug mit dem Schwanz gegen meine Beine.

»Nicht er«, sagte Griff. »Pudders!«

»Aha, verstehe«, sagte Freda. »Schieben wir es einfach auf die Katze, wie?«

»Äh … ja!«, sagte ich. »Sie ist aus dem Bücherregal gesprungen und hat die ganzen Bücher mitgerissen. Nicht Griff. Und auch nicht ich, falls Sie das denken.«

Freda nickte und wandte sich wieder an Griff. »Und dir gehts auch ganz bestimmt gut? Ich habe dich vorhin reden gehört. Deine Stimme klang traurig, wenn ich das bemerken darf.«

Griff wurde noch röter. »Das kam bestimmt vom Plattenspieler.«

Freda nickte noch einmal, ganz bedächtig. »Falls du mal reden willst, Griff: Ich bin eine gute Zuhörerin. Wirklich.«

»Das ist sie tatsächlich«, bestätigte ich.

Fredas Gesicht hellte sich auf und sie lächelte mich an.

»Nee. Schon gut.« Griff winkte ab. »Aber danke.«

Freda musterte ihn seufzend. Dann sah sie schulterzuckend zu mir. Es war nun mal Griffs Entscheidung. Ich konnte ihn nicht zwingen, mit ihr zu reden. Schließlich verdrehte Freda entnervt die Augen. »Ach, Jungs! Ihr macht es einem aber auch nicht leicht, was?«

»Ich habe doch gesagt, mir gehts gut«, wiederholte Griff kühl.

»Also schön«, sagte Freda. »Aber denk dran, in der Küche warten ein offenes Ohr und eine Tasse Tee auf dich, falls du es dir anders überlegst.« Und damit schloss sie die Tür hinter sich.

»Verrückte alte Schachtel«, schimpfte Griff leise.

»Immerhin hat sie dir Tee angeboten«, gab ich zu bedenken.

»Ihren blöden Tee kann sie von mir aus behalten.«

Ich musste grinsen. Denn manchmal ist etwas lustig, auch wenn es gar nicht lustig ist.

Griff seufzte und trat zu den Büchern, die aus dem Regal gefallen waren. Er ging in die Knie und machte sich daran, sie wieder zusammenzustapeln. Marlon sprang vom Sofa, um ihm zuzusehen.

»Du bist im Weg, Marly.« Griff sprach sehr leise und seine Stimme klang verärgert.

Marlon ließ die Zunge aus dem Maul hängen, setzte sich hin und sah ein bisschen traurig aus. Ich ging zu ihnen, kauerte mich neben Marlon und kraulte ihm den Kopf, bis er wieder anfing zu lächeln.

»Das sind vielleicht langweilige Bücher«, flüsterte Griff, während er ein Buch aufhob und es umdrehte. Doch plötzlich ließ er sich rückwärts auf seinen Hintern plumpsen. »Dylan!«

Schnell drehte ich mich um. Griff hielt noch immer das Buch in der Hand. Eine der Seiten war verknickt, weil es offen und mit dem Gesicht nach unten auf dem Boden gelandet war. Neugierig reckte ich den Hals. Es war ein staubiger alter Band mit irgendwelchen Gedichten von irgendwelchen Dichtern.

»Tja, wer hätte das gedacht?«, sagte ich.

»Wer hätte das gedacht …«, murmelte Griff. Da war sie wieder. Unsere kosmische Verbindung. Leicht verschoben, aber immer noch da.

Griff legte das Buch auf seine Knie und strich vorsichtig die verknickte Seite glatt. »Das ist doch Schicksal oder so was«, flüsterte er. »Das muss Schicksal sein.«

Ich schob mir meinen Daumennagel zwischen die Zähne und biss darauf herum. Dann ließ ich meine Knöchel knacken. *Knack. Knack. Knack. Knack.*

Griff sah auf und schüttelte sich.

»Sorry«, sagte ich. »Schlechte Angewohnheit.«

Doch Griff hörte gar nicht hin. Er bemerkte mich nicht einmal. Stattdessen steckte er mit der Nase in dem Buch und las. Und was auch immer er da las, es musste wirklich interessant sein, denn ich glaube, ich habe Griff in meinem ganzen Leben noch nie so versunken in ein Buch erlebt.

Marlon winselte, rollte sich auf den Rücken und streckte seinen Bauch in die Luft, als wollte er, dass ich ihn kraule.

»Pssst«, sagte ich. »Nicht jetzt, Kumpel.« Dann fragte ich Griff: »Was liest du denn da?«

Aber Griff antwortete nicht. Er las einfach weiter.

Die Zeit verging.

Schließlich legte er das Buch auf den Boden. »Wow.«

Ich starrte ihn an. »Wow?«

»Einfach nur wow«, wiederholte Griff. Dann schlang er die Arme um die Knie und flüsterte: »Danke, Dylan.«

Ich saß einfach bloß sprachlos da. Ich wusste nicht, was ich sagen sollte. Ich wusste auch nicht, was zum Kuckuck ich getan hatte.

Griff rieb sich die Nase und sah zu mir und Marlon. »Ich habe mich geirrt, was die Worte angeht«, sagte er. »Manchmal bedeuten sie doch etwas. Und er war erst vierzehn, als er das geschrieben hat.« Griff rappelte sich auf und schüttelte ungläubig den Kopf. *»Vierzehn!«,* wiederholte er und schnipste mit den Fingern. »Na, wie auch immer. Ich kann ja nicht den ganzen Tag hier rumsitzen, oder? Sollen wir uns jetzt diesen Tee holen gehen?«

Marlon schlug mit dem Schwanz, bellte laut und sprang auf.

Ich dagegen stand nicht auf. Stattdessen drehte ich mich auf den Rücken und starrte an die Decke. »Nein, danke. Aber geh du mal, Griff. Und sei nett zu Freda, ja?«

Griff verzog das Gesicht zu einem schmalen Grinsen. »Wollen wir mal hoffen, dass Madame Grusel nicht allzu verrücktspielt, hm?« Dann machte er einen Schritt über mich hinweg, als wäre ich gar nicht da, und ging mit Marlon in die Küche.

Als er weg war, setzte ich mich auf und rutschte zu dem Gedichtband, der noch immer offen dalag. Auf der aufgeschlagenen Seite stand ein einzelnes Gedicht mit dem Titel »Clown im Mond«. Ich hatte es schnell gelesen. Der Titel war total irreführend, denn es ging in dem Gedicht weder um Clowns noch um den Mond. Sondern um Trauer. Aus jeder Zeile flossen die Tränen des Dichters. Aber was mich wirklich umhaute, war der Satz, der direkt unter dem Gedicht stand:

Dylan Thomas 1914–1953.

(Dieses Gedicht schrieb er im Alter von vierzehn Jahren.)

Vierzehn?

Ein Jahr jünger als ich und ein Jahr älter als Griff.

»Wow.« Ich streckte die Hand aus, um vorsichtig die Buchseite zu berühren. Und ich bin mir ziemlich sicher, dass die Worte unter meinen Fingerspitzen zerrieselten. So traurig und schön waren sie.

12

Die Zeit verging in ihrem üblichen Takt. Sekunden zerflossen zu Minuten zu Stunden zu Tagen. Obwohl mir alles andere als warm war, brutzelte und schwitzte Bed-Stuy weiterhin in der Sommersonne. Und trotz allem war mir klar, dass das so sein musste. Denn im Juli ist es in Brooklyn nun mal immer heiß.

Wobei das Gleiche auch für Shanghai galt.

Aber das war es dann auch schon mit den Gemeinsamkeiten.

Wenn überhaupt ist Shanghai eher wie Manhattan. Vom Wasser aus gesehen könnte man die beiden tatsächlich fast verwechseln. Wie Riesen ragen die Wolkenkratzer von Shanghai aus dem Boden, an drei Seiten von Wasser umgeben – und auch wenn das Wasser nicht East River heißt oder Lower Bay oder Hudson, könnten sie es genauso gut sein. Und himmelhoch über allem – so hoch, dass es in den Augen wehtut, weil man in die Sonne schauen muss, um die Spitze zu erkennen – thront der Shanghai Tower. Er wird auf ewig eingerüstet dastehen, weit davon entfernt, vollendet zu sein. Oder zumindest wird

er

für

mich

immer

so

sein.

Denn so sah er aus, als ich acht Jahre alt war. Ein bisschen war schon gebaut, aber noch einiges zu tun.

Wir lebten erst seit einem Jahr in China und waren gerade auf einem unserer Wochenendspaziergänge durch die Stadt. Von Dads Schultern aus sah ich einem Puppenspieler zu. Er ließ seine Marionette vor sich auf dem Fußweg tanzen, indem er ein Stöckchen kippte und drehte, das mit Schnüren an ihren Armen und Beinen befestigt war. Die Bewegungen der Figur sahen verblüffend echt aus, es war faszinierend anzusehen. Um den alten Mann und seine Puppe hatte sich eine kleine Menschenmenge gebildet. Mein Dad tippte mir ans Bein und drehte den Kopf zu mir hoch. »Vergiss die alberne Puppe … und schau dir das an! Was hältst du *davon*, Dyl?« Er wies auf die andere Straßenseite. »Wenn es fertig ist, wird es das höchste Gebäude in ganz Shanghai sein.«

Ich blinzelte in den diesigen Himmel, konnte jedoch nur die schattenhaften Umrisse eines riesigen Rohbaus ausmachen. Im Grunde sah er aus wie alle anderen Baustellen in der Stadt, nur Millionen Mal größer. Unbeeindruckt zuckte ich die Schultern. »Langweilig.«

Mein Dad schüttelte ungläubig den Kopf. Dann hob er mich von seinen Schultern und setzte mich auf dem Boden ab. »Weißt du, was dein Problem ist? Du findest alles langweilig«, sagte er. »Du wirst noch ein richtiger kleiner Pessimist. Und ich verrate dir noch was, Dylan Thomas Taylor: Du bist langsam zu groß, um auf meinen Schultern zu sitzen. Wenn du weiter so wächst, wirst du bald mich tragen müssen.«

Meine Mum, die neben uns stand und Griff an der Hand hielt, sah Dad an. »Dyl wird dir zu schwer? Ich glaube eher, du wirst langsam alt und schwach, Steve! Weißt du noch, das Slipknot-Konzert, bevor wir die Kinder hatten? Ich saß fast die ganzen drei Stunden auf deinen Schultern, und trotzdem hast du es noch geschafft, dabei zu moshen. Und ich war damals ein gutes Stück schwerer als Dylan heute! Im Vergleich zu mir ist er ja ein Fliegengewicht. Du kommst langsam aus der Form.«

»Alles klar, Meg«, entgegnete Dad leicht gekränkt. »Bau mich nur auf ...«

Ich zupfte meinen Dad am Ärmel. »Was ist denn ein Pestimist?«

Einen Moment lang sah Dad mich ratlos an. Dann lachte er und wollte antworten, doch er war nicht schnell genug. Wenn man in unserer Familie etwas sagen will, muss man sich wirklich beeilen.

»Du meinst *Pessi*mist«, schaltete sich Mum ein. »Obwohl Pestimist auch nicht schlecht ist.«

»Aber was heißt es denn?«, fragte ich.

»Ein Pessimist ist einer, der immer nur ächzt und stöhnt und meckert und sich sorgt«, erklärte Mum. »So wie euer Dad.«

»Das tue ich doch gar nicht«, verteidigte sich Dad. »Und außerdem hast du einen Pessimisten nicht mal richtig beschrieben.«

»Habe ich doch«, sagte Mum.

Dad seufzte. Dann legte er mir einen Arm um die Schulter, ging in die Knie, sodass wir fast auf einer Augenhöhe waren, und zeigte mit der anderen Hand auf die staubige Baustelle. »Also, jetzt sieht es vielleicht noch ziemlich langweilig aus«, erklärte er. »Aber wenn du genauer hinschaust, dann ahnst du vielleicht schon, dass dieses Gebäude, wenn es einmal fertig ist, ein richtiger Hingucker sein wird. Siehst du, was ich meine?«

»Keine Ahnung.« Ich zuckte die Schultern und starrte das Ding an, das durch den Staub allmählich Form annahm. »Kann schon sein.«

Dad strubbelte mir durch die Haare. »Klar kann es sein. Weil du nämlich doch ein *Optimist* bist, genau wie deine Mum und ich. Wir sehen von allem immer die gute Seite. Und optimistisch zu sein ist einfach am besten.«

»Ich auch«, krähte Griff. »Ich bin auch ein Oktopus!« Da mussten wir alle lachen. Sogar Griff, der ja im Grunde über sich selbst lachte.

In Mums Handtasche klingelte es. »Ist das mein Telefon?«, fragte Mum.

»Ich glaube schon«, sagte Dad. »Es sei denn, du hast schon wieder anderen Leuten die Telefone geklaut.«

»Na, dann gehe ich wohl lieber mal ran.« Mum fing an, in ihrer Tasche zu wühlen. »Man weiß ja nie – vielleicht ist es jemand von zu Hause.«

»Wohl kaum«, meinte Dad.

Und er hatte recht. Es war niemand aus Großbritannien. Nicht, dass wir viele Leute dort gekannt hätten. Es war nicht Opa. Es war nicht Onkel Dave, der sich immer nur meldete, wenn er etwas brauchte, und es war auch nicht unsere entfernte Verwandte Dee, die uns Büchergutscheine schickte, die wir nie einlösen konnten.

Nein. Es war viel aufregender.

Wir standen auf dem Fußweg im brütend heißen Smog von Shanghai, zwischen einer Trilliarde Menschen und einer tanzenden Puppe, und lauschten Mums Telefonat.

»Hallo … Silke? Silke! Oh mein Gott! Ich glaube es nicht! Wie geht es dir? [Lange Pause] Das gibts ja nicht! Was? In Shanghai? [Kurze Pause] Seit wann? [Noch eine kurze Pause] Wirklich? Oh Gott, das ist ja verrückt! [Lange Pause] Ja, ja – aber klar doch! – Ach, das ist ja super – ich kann es gar nicht erwarten, euch wiederzusehen und zu hören, was es bei euch Neues gibt. [Kurze Pause] O. k. … o. k. – ja, natürlich! Dann hören wir uns bald. Tschüss … ciao.«

Meine Mum schob ihr Telefon wieder zurück in die Tasche und strahlte uns an. »Ratet mal, wer das war.«

»Silke«, sagte Dad. »Ganz sicher. Letzte Antwort.«

»Ja!«, bestätigte Mum glücklich und immer noch erstaunt. »Silke Sommer! Aus München! Und jetzt ratet mal, wo sie ist.«

»Hier«, sagte Dad. »In Shanghai.«

»Ganz genau!«, rief Mum. »Ist das nicht irre?«

»Und wie«, sagte Dad.

»Sie sind für drei Monate hier«, sagte Mum. »Silke meint, Sven macht hier irgendwas für die Bank.«

»Ah«, machte Dad. »Bestimmt ein Banküberfall! Sven der Bankräuber – das klingt doch viel besser als Sven der Börsenmakler.«

»Sei nicht so gemein«, wies ihn Mum zurecht. »Sven ist ein netter Kerl. Es kann nichts dafür, dass er so langweilig ist. Jedenfalls hat er hier bei einer Bank zu tun und Silke will sich mit uns treffen. Ich wusste nicht mal, dass sie überhaupt noch meine Nummer hat.«

»Klingt doch prima«, meinte Dad. Und mit einem Blick auf Griff und mich fügte er hinzu: »Ist das nicht immer so? Die halbwegs guten Neuigkeiten erreichen einen immer dann, wenn man gerade auf eine Baustelle schaut.« Er sah wieder zu Mum. »Aber bitte zwing mich nicht, mit Sven rumzukumpeln. Ich meine es ernst. Der Kerl ist so ein Langweiler, das halte ich nicht aus.«

Mum lachte. »Du Miesepeter.« Dann wandte sie sich an Griff und mich. »Was meint ihr, Jungs? Habt ihr Lust, ein paar alte Freunde aus München zu treffen?«

»ICH WILL AUCH SO EINE PUPPE«, rief Griff.

»Tja, du bekommst aber keine«, erklärte Mum. »Und was ist mit dir, Dylan? Kannst du dich noch an Silke und Matilda erinnern?«

»Hm, ja«, sagte ich. Sonst nichts. Denn man muss schließlich nicht immer irgendwas reden, damit man etwas gesagt hat, oder? Also hielt ich die Klappe und behielt meine Gedanken für mich. Und als Dad meine Hand nahm und wir alle zusammen weitergingen, wandte ich noch einmal den Kopf und warf einen letzten Blick auf den Shanghai Tower. Und diesmal sah er ganz anders aus. Auf einmal erkannte ich, dass die Bauarbeiten schon ziemlich weit fortgeschritten waren, und ich wusste, dass es nur eine Frage der Zeit war, bis dieser Turm groß und stolz und schön die ganze Stadt überragen würde.

Die Zeit verging in ihrem üblichen bedeutungslosen Takt. Sekunden gingen über zu Minuten flossen zu Stunden wurden zu Tagen. Und eines Nachmittags saßen Griff und ich in Blessings klimatisiertem Wohnzimmer und sahen irgendeine öde Fernsehreportage über den Bau des One World Trade Center in Manhattan. Weil es nichts anderes zu tun gab.

Da klingelte das Telefon. Und ich weiß nicht, warum, aber irgendetwas an dem Klingeln verhieß halbwegs gute Neuigkeiten.

Griff stellte den Fernseher stumm, dann saßen wir beide still auf dem Sofa und belauschten Blessing, die im Flur telefonierte. Wir hörten Folgendes:

»Hallo … [Kurze Pause] Ja, hier spricht Blessing Knowles.

[Kurze Pause] Ja. [Noch eine kurze Pause] Ja. [Noch eine] Tja. … Ganz gut, denke ich – so gut es eben geht. [Und noch eine Pause] Ja. [Lange Pause] Ach wirklich? [Noch eine lange Pause] Ach ja … das sind doch gute Nachrichten. [Dann eine richtig lange Pause] Und das ist auch ganz sicher? [Riesenpause] Schon so bald? [Kurze Pause] Ja, natürlich. Auf jeden Fall. [Mittellange Pause] Gut, wir erwarten Sie also morgen. [Kurze Pause] Auf Wiederhören.«

Wir hörten das Klicken, als Blessing den Telefonhörer an die Wandhalterung zurückhängte. Dann herrschte ungefähr eine Minute lang Stille. Sie machte mich nervös, und auch wenn ich immer noch einigermaßen hoffnungsvoll war, dass uns irgendetwas Gutes bevorstand, knackte ich angespannt mit den Knöcheln. Ich konnte nichts dagegen tun. Alte Angewohnheiten wird man wohl nicht so einfach los. Neben mir schüttelte es Griff.

Blessing steckte den Kopf zur Tür herein. »Ich habe gerade telefoniert.«

»Nein, wirklich«, sagte ich.

»Ach was«, sagte Griff.

Blessing seufzte. »Schlaumeier. Sarkasmus ist die niedrigste Form des Witzes. Na, von wem ist das?«

»Dylan Thomas«, kam es von Griff wie aus der Pistole geschossen. »Ganz sicher. Letzte Antwort.« Er klang so überzeugt, dass ich schon fast erwartete, Blessing würde überrascht ausrufen: *Ganz genau!* Doch das tat sie nicht. Stattdessen sagte sie: »Nein, es war ein anderer Brite – Oscar Wilde. Oder war er Ire? Wie auch immer, darum geht es ja gar nicht. Das am Telefon war Alison vom britischen Konsulat.«

Griff und ich setzten uns auf und starrten sie an.

»Alison?«, versuchte Blessing unserer Erinnerung auf die Sprünge zu helfen. »Sie war auch ein paarmal im Krankenhaus. Sie war mit einem jungen Mann da, der Dominic hieß.«

Weder Griff noch ich reagierten.

Blessing seufzte noch einmal. »Schon vergessen? Schade.«

Griff sah zu Boden. »Ach ja«, sagte er leise. »Ich glaube, jetzt erinnere ich mich.«

Blessing nickte. »Also, Alison hat Neuigkeiten. Und zwar gute Neuigkeiten. Sie kommt morgen her, damit wir alles ausführlich besprechen können.« Sie machte eine Pause, in der ihr Gesicht sich zu einem fast schon zu perfekt aussehenden Lächeln verzog. Dann holte sie tief Luft und fügte fröhlich hinzu: »Das Wichtigste ist jedenfalls: Es sieht so aus, als würde es bald nach Hause gehen.«

Griff und ich staunten sie wortlos an. In irgendeinem Paralleluniversum flimmerten weiterhin die stummen Bilder der Baustelle des One World Trade Center über den Fernsehschirm. Ich wandte den Blick von Blessing ab und starrte auf den Fernseher. Der Turm war halb fertig. Aber so optimistisch man auch sein mochte – es war immer noch eine Menge Arbeit.

Immer schön positiv bleiben, sagte ich. Das heißt, ich sagte es nicht wirklich – nur in meinem Kopf. Dann setzte ich mich auf meine Hände, weil ich schon wieder mit den Knöcheln knacken wollte.

»Nach Hause?«, fragte Griff neben mir.

Zwei Wörter.

Eine Riesenfrage.

Blessings Gesicht zuckte entschuldigend. »Ich meine … nach Wales«, erklärte sie. »Wo eure Mutter herkommt. Sie hat dort eine Cousine, Dee Ellis.«

Und als Blessing uns erzählte, dass Mums Cousine Dee Ellis uns bei sich aufnehmen will, blieb die Zeit stehen.

Doch sie bleibt nie lange stehen. Wenn man richtig hinhört,
kann man sie sogar verstreichen hören.

»Dee?«, wiederholte Blessing. »Ihr hattet doch Kontakt mit ihr, oder?«

»Sie schickt uns immer Karten zum Geburtstag«, flüsterte ich.

»Sie schickt uns immer Karten zu Weihnachten«, sagte Griff. »Und dann schenkt sie uns jedes Jahr Büchergutscheine, die wir nicht einlösen können. Ich meine, wir *konnten* sie nicht einlösen, weil sie für englische Buchläden waren. Aber getroffen haben wir sie nie. Sie ist einfach bloß irgendeine Verwandte von Mum.«

Einen Augenblick waren wir alle sprachlos. Kein Wunder. Man muss ja schließlich nicht immer irgendwas reden, nur um etwas zu sagen, oder?

»Ich will nicht zu dieser Dee.« Griff boxte wütend in sein Sofakissen. »Und ich verstehe überhaupt nicht, was *das* mit zu Hause zu tun haben soll?«

Eine Schrecksekunde lang sah Blessing aus, als müsste sie sich gleich übergeben. Oder weinen. Oder beides. Sie tat mir wirklich leid, denn sie hatte uns nie etwas Böses gewollt, sondern war im Gegenteil immer nur unheimlich gut zu uns gewesen.

»Lass es, Griff«, ermahnte ich ihn. »Es war doch die ganze Zeit klar, dass wir nicht für immer hierbleiben können.«

Blessing kratzte sich am Kopf. »Ich habe überhaupt nichts gegen unser Arrangement. Ganz im Gegenteil. Es gefällt mir sogar sehr gut. Aber die Sache mit der britischen Staatsbürgerschaft scheint für das Außenministerium hier offenbar ein Problem zu sein. Außerdem wünscht es sich Megs Cousine

Dee so. Und sie gehört nun mal zur Familie. Und eine Familie zu haben, das ist eine gute Sache.«

Dieses ganze Gerede vom Umziehen – und dazu noch an einen völlig fremden Ort – machte mich schwindelig. Ich war mir nicht sicher, ob ich das noch einmal schaffen würde. Mein gesamtes Leben lang war ich von einer Stadt in die nächste gezogen, und jetzt kam es mir vor, als würde ich eigentlich nirgendwo richtig hingehören. Als wäre ich nichts als Staub, der durch die Luft wirbelt.

Und dann bekam ich Panik.

Das Zimmer fing an, sich zu drehen, und ich verlor den Halt.

Und plötzlich – ganz ohne Vorwarnung – dröhnte der Fernseher mit ohrenbetäubender Lautstärke wieder los. Pudders sprang kreischend aus dem Bücherregal, Griff schreckte hoch und Blessing verzog das Gesicht. »Raus mit dir, Mieze«, schimpfte sie. »Du machst ja alle ganz verrückt.«

Pudders blieb mit ausgestrecktem Schwanz mitten im Zimmer stehen und starrte Griff und mich an.

Starrte mich an.

Und es kam mir so vor, als würde sie direkt in meine Seele blicken.

»Verdammt noch mal, Pudders«, sagte ich. »Du brauchst doch nicht solche Angst zu haben.«

Zu meiner Überraschung legte Pudders den Kopf schräg und sah mich an, als würde sie mir tatsächlich zuhören.

»Diese Katze macht mir wirklich Angst«, sagte Griff.

»Ich kann mich nur entschuldigen«, sagte Blessing.

»Du brauchst keine Angst zu haben«, wiederholte ich. Und obwohl Pudders mir noch immer geradewegs ins Gesicht starrte, bin ich mir ziemlich sicher, dass ich eigentlich zu mir selbst sprach.

Schließlich trat wieder etwas Ruhe ein. Der Raum hörte auf, sich zu drehen. Pudders wandte den Blick ab. Und auf so unerklärliche Weise, wie der Fernseher eben losgedröhnt hatte, verstummte er auf einmal wieder. Pudders leckte sich träge die Pfote und stolzierte langsam zur Tür. Wir sahen ihr nach, und während ihr Schwanz um die Ecke verschwand, nickte ich Blessing zu. »Sie haben recht. Das mit Wales ist eine gute Idee.«

Doch Griff saß nach wie vor an seinem Platz, reglos wie eine Statue.

Blessing schüttelte seufzend den Kopf. »Hey, Griff, sieh doch mal. Du willst doch auch nicht ewig hier mit mir festhängen. Ich bin eine neunundvierzig Jahre alte Frau, die hier allein vor sich hin wurstelt. Ich habe keinen Mann und keine Kinder, mit denen du reden kannst, meine Freundin Freda macht dir Angst und meine Katze ist ungefähr so liebenswürdig wie Godzilla. Und dann die Schule. Wenn das Schuljahr wieder anfängt, muss ich wieder den ganzen Tag arbeiten. Und du würdest bei deiner Schulleiterin leben. Das wäre wirklich kein Spaß. Ich wäre eine absolut unerträgliche Gesellschaft.«

»Nein, bestimmt nicht«, widersprach Griff.

Blessing sah traurig aus. Sie kam zu uns und setzte sich neben Griff aufs Sofa. Er hielt die Hände immer noch zu Fäusten geballt, doch sie umfasste eine davon und redete ihm weiter zu: »Versuch es doch mal positiv zu sehen, Griff, und versuch auch, geduldig zu sein. Du weißt doch, wie es heißt – ›Rom wurde nicht an einem Tag erbaut‹.«

Griff ließ die Schultern hängen und starrte grimmig zu Boden, ohne jedoch seine Hand wegzunehmen. Nach ein oder zwei Sekunden schniefte er. »Ist das etwa auch von Oscar Wilde?«

»Nein.« Ein schuldbewusstes Lächeln huschte über Blessings Gesicht. »Es ist aber auf jeden Fall uralt.«

»Na toll«, murmelte er und klang dabei so traurig und sarkastisch und frustriert, wie man nur sein kann.

Und plötzlich – endlich – musste ich auch etwas loswerden. Es ist ja in Ordnung, eine Weile die Klappe zu halten, aber man kann nicht ewig stumm bleiben. Irgendwann kommt der Moment, an dem man sich Gehör verschaffen muss. Es ist wie ein unbezähmbarer Drang – und manchmal sogar noch mehr als das. Geradezu eine kosmische Pflicht. Ich streckte den Arm aus und nahm Griffs freie Hand. »Blessing hat recht. Du *musst* Dee eine Chance geben. Und du *musst* optimistisch bleiben. Das hätten Mum und Dad so gewollt, und ich will es auch. Vielleicht kommt dir Wales jetzt noch ewig weit weg und beliebig vor, aber die Zeit vergeht ziemlich schnell, Griff. Und vielleicht fühlst du dich dort schneller zu Hause, als du denkst.«

Griff schloss die Augen. Erst saß er noch ganz reglos und

steif zwischen Blessing und mir, doch dann entspannten sich allmählich seine Schultern und er lehnte sich ein Stückchen zurück. Die Augen hielt er jedoch weiterhin geschlossen, während Blessing und ich weiterhin seine Hände hielten. Wir müssen wohl ziemlich skurril ausgesehen haben – wie eine Reihe ausgeschnittener Papiermännchen, nur dass wir nicht aus Papier waren. Wenn die verrückte Freda uns gesehen hätte, hätte sie vermutlich gleich einen Haufen Kerzen angezündet und ein Hexenbrett auf den Boden gemalt. Aber meinem Bruder war das offenbar egal. Er schien so abwesend und völlig versunken in seine Gedanken, dass er uns wahrscheinlich nicht einmal wahrnahm. Blessing nicht und mich auch nicht. Mich ganz bestimmt nicht.

Oder vielleicht täusche ich mich da auch.

Denn ganz unvermittelt lächelte er.

Ich sah an ihm vorbei zu Blessing. Sie schien von dem Lächeln ebenso überrascht wie ich. »Was denkst du, Griff?«, fragte sie.

Griff schlug die Augen auf und zog augenblicklich seine Hände an sich. Dann schlang er die Arme fest um seinen Körper. »Ich denke«, sagte er, »dass Dylan Thomas viel mehr zu sagen hat als Oscar Wilde.«

Und mit einem Mal durchflutete eine Riesenwelle aus Glück und Erleichterung mein großes Nichts. Denn ich wusste ganz genau, was er meinte. »Und außerdem kam er aus Wales«, ergänzte ich.

»Und außerdem kam er aus Wales«, flüsterte Griff.

Kosmische Verbindung.

Bäm.

Blessing schien verwirrt, doch auf ihrem Gesicht hatte sich ein Lächeln ausgebreitet, das mir verriet, wie erleichtert sie war – wahrscheinlich genauso erleichtert wie ich. »Es wird alles gut«, sagte sie. »Du schaffst das schon. Das weiß ich. Wer sich etwas aus Poesie macht, der hat es im Leben leichter. Glaub mir.«

Und aus Griffs dankbarem Blick zu schließen, bin ich mir sicher, dass *wir beide* ihr glaubten. Absolut und ohne Frage. Ganz sicher. Letzte Antwort.

Marlon kam hereinspaziert und bellte uns freundlich an. Dann ließ er sich zu unseren Füßen nieder, legte die Schnauze auf die Pfoten und schloss die Augen.

»Brauchen Sie den Hund?«, fragte Griff. »Oder kann ich ihn mit nach Wales nehmen?«

»Das ist nicht fair, Griff«, sagte ich in die Schrecksekunde hinein, bevor Blessing ihm antworten konnte. »Du kannst doch nicht ernsthaft erwarten, dass Blessing dir ihren Hund überlässt.« Aber ich wusste, was er meinte. Ich hätte Marlon auch zum Mond und wieder mit zurück genommen, wenn ich gekonnt hätte. Aber das ging nun mal nicht, denn es wäre einfach nicht richtig gewesen.

»Tut mir leid, Griff«, sagte Blessing. »Der Hund muss leider hierbleiben –, aber ich hätte da noch eine Katze im Angebot.«

Ich lachte schnaubend.

Griff lächelte ebenfalls. »Ach nee, schon gut.«

Blessing grinste. »Ich glaube, Pudders würden sie sowieso nicht ins Land lassen. An der Grenze müssten sie nur einen Blick auf sie werfen und wüssten sofort, dass sie eine Gefahr für die öffentliche Sicherheit ist.« Sie stupste Marlon mit dem Fuß an. »Aber Marlon und ich würden euch in jedem Fall vermissen. Nein, ernsthaft – wir beide werden furchtbar traurig sein.«

»Ich werde euch auch vermissen«, murmelte Griff.

Und ich wollte so gern mit einstimmen. Ich wollte sagen, dass ich Blessing und Marlon auch vermissen würde. Ich wollte es sagen, und was noch wichtiger ist, ich wollte es auch so *meinen.* Aber ich konnte nicht. Ich konnte einfach nicht. Zu vieles hatte sich verändert.

Ich hatte mich verändert.

Alle Leute, die ich jetzt traf, waren wie Schiffe, die unscharf im Nebel vorbeizogen.

Stattdessen sagte ich etwas anderes, das auch nett war. Etwas, das ich zwar schon gesagt *hatte*, das ich aber trotzdem noch mal loswerden musste. »Danke«, sagte ich. »Danke, Blessing! Vielen, *vielen* Dank.«

Und dann lächelte ich. Denn ganz bestimmt gab es niemanden auf der ganzen Welt, der einen passenderen Namen trug als sie – Segen.

Und damit sind wir bei …

13

Dreizehn.

Was das bedeutet?

So viele Tage waren wir bei Blessing in Bed-Stuy.

Die Zahl kam im Titel eines Films vor, der auf dem Fußweg der Fulton Street feilgeboten wurde. Shanghai 13. Kampfkunst. Nicht unser Ding.

Es ist die Nummer, die Griff sich immer wünschte, wenn Blessing Frühstück vom *Magnificent Muffin* holen ging. Fudge Nut Delight. Er hatte es zwar nie ausdrücklich gesagt, aber es war eindeutig sein Favorit.

Es ist die Nummer, die ich mir immer wünschte, wenn unsere Eltern chinesisches Essen bei *Lucky Panda* in Park Slope bestellten. Curry-Samosas.

Nun ja.

Es ist die Nummer auf dem Trikot, das Kayland immer trug, wenn er und Gregory auf dem Basketballplatz rumhingen und Körbe warfen.

Es ist die Trikotnummer, die Michael Ballack immer trug, wenn er für Bayern München spielte. Die Nummer, die er so ziemlich jedes Mal trug, wenn er irgendwo spielte. Wahrscheinlich mochte er sie einfach.

Es ist die Anzahl der Seiten eines Tridekagons. Keine Ahnung, warum ich das weiß.

Es ist der Titel eines Blur-Albums, das mein Dad liebte.

Es ist ungefähr der Wert in Euro, den wir jeden Geburtstag anstelle eines Zehn-Pfund-Büchergutscheins hätten bekommen können, und ungefähr die Menge von Dollarstücken, die wir für achteinhalb englische Pfund bekommen hätten.

Es war der erste von drei Geburtstagen, die ich in New York gefeiert habe, und es war Griffs schlimmster Geburtstag, an dem die Welt aus den Fugen geriet und sich überschlug.

Und trotzdem würde ich niemals behaupten, dass die Dreizehn eine Unglückszahl ist.

Wie denn auch?

Sie ist doch nichts weiter als eine kleine Ziffer in einer unendlichen Reihe. Sie kann genauso wenig Unglück bringen, wie sie in der Lage ist, einen Blind Pass oder einen Pro-Hop oder einen Finger Roll oder einen Dream Shake zu vollbringen.

Dreizehn ist einfach das, was die Lücke zwischen zwölf und vierzehn füllt.

Nicht mehr. Nicht weniger.

Dritter Teil

Aberystwyth

14

Doch nun ist es an der Zeit, dass ich euch von Aberystwyth erzähle.

Es ist ganz anders als New York.

Wobei »anders« bloß ein Wort ist. Es bedeutet eigentlich nicht viel. »Anders« kann alles heißen, wenn man nicht weiß, wie anders die Andersartigkeit ist.

Also will ich versuchen, es ins Verhältnis zu setzen.

Denkt an New York, mit seinen Wolkenkratzern und den braunen Reihenhäusern, mit den gelben Taxen, den überfüllten U-Bahnen und den Hochbahnen, den Sportklamotten-Billigläden und den plärrenden Gettoblastern, mit den planen und schnurgeraden Straßen, den Geschäftemachern am Straßenrand, den fünf riesigen Stadtbezirken mit ihren achteinhalb Millionen Einwohnern, darunter zwei Jungs, die sich nichts sehnlicher wünschen, als für die New York Knicks zu spielen, eine alte Dame, die behauptet, eine besondere Gabe zu haben, und eine sehr, sehr coole Frau namens Blessing, die wirklich ein Segen ist und die einen ebenso coolen Hund namens Marlon hat.

So weit alles klar?

Gut.

Das alles vergessen wir jetzt und fangen noch mal von vorne an. Die Zeit vergeht, Kayland und Gregory und Freda müssen in die eine Richtung und Griff und ich in eine andere. Und so schwer es auch ist, müssen Blessing und Marlon uns ebenfalls verlassen. Sie werden zu Erinnerungen. Zu einer Stimme und einem Bellen am Telefon. Zu einer aufmunternden E-Mail dann und wann.

Was also nun?

Schließt die Augen und stellt euch einen Ort vor, der dreitausendzweihundertneunundsiebzig Meilen von Brooklyn entfernt ist. Eine Kleinstadt auf der anderen Seite des Atlantiks, am westlichsten Rand Großbritanniens. Wenn man zum ersten Mal mit dem Spätzug, der auf dem einzigen Gleis des einzigen Bahnhofs hält, in die Stadt einfährt, sieht man nichts als ein paar kunterbunt verstreute Lichtflecken. Erst bei Tageslicht erkennt man, wie die Häuser des Städtchens sich an die steilen Berge klammern und dass es keine einzige flache oder gerade Straße gibt. Es gibt keine Wolkenkratzer, keine U-Bahnen oder Hochbahnen, und auch einen Doppeldeckerbus muss man lange suchen. Aber dafür gibt es eine riesige Bibliothek und eine Universität, einen Strand und eine gewundene, kleine, geschäftige Hauptstraße. Und ein Stückchen außerhalb der Stadt in einem Einkaufszentrum gibt es sogar einen Laden, wo man mit der Rolltreppe aus der Damenabteilung im Erdgeschoss zur Herrenbekleidung im ersten Stock hochfahren kann. Wenn man wieder nach unten will, muss man allerdings die Treppe nehmen. Und diese Rolltreppe, die nur in eine Richtung fährt, ist die einzige Rolltreppe im Umkreis von fünfundsiebzig Meilen.

Es ist eindeutig nicht New York. Und es ist auch nicht Barcelona oder Shanghai oder München oder London. Es ähnelt keiner der Städte, in denen Griff und ich aufgewachsen sind. Das also ist Aberystwyth mit seinen knapp vierzehntausend Einwohnern. Und ein nicht unerheblicher Teil dieser Einwohner palavert den ganzen Tag Walisisch – oder auch *Cymraeg.* Diese Sprache hat mit Englisch ungefähr genauso viel zu tun wie Popcorn mit Erbsen, und Griff und ich hatten bisher nur ein paar einzelne Wörter von unserer Mum aufgeschnappt, wenn sie sich aufregte oder ein bisschen zu viel getrunken hatte.

Hier kamen wir also als Nächstes hin. Und zuerst einmal fühlte es sich so weit entfernt von allem an, wie nur irgendein Ort sein konnte.

15

Drei Tage nach dem Anruf bei Blessing standen Griff und ich im Nieselregen vor einer Haustür am Ende einer kleinen Sackgasse an einem steilen Berg. Die Hausnummer war mit weißer Farbe auf eine kleine Schiefertafel neben der Tür gemalt. Dreizehn.

Ich bemerkte es sofort, genau wie Griff. Ich legte ihm die Hand auf den Arm. »Es ist nur eine Zahl, Kleiner. Lass dich davon nicht verrückt machen.«

Griff deutete ein Nicken an – als wäre ich nicht mehr als eine Stimme in seinem Kopf – und holte dann entschlossen Luft. »Hier ist es also. Dees Haus.«

»Da wären wir«, bestätigte Alison munter – die gleiche Alison, die uns schon im Krankenhaus besucht hatte und danach auch noch mal in Bed-Stuy. Die Alison, die für das britische Konsulat in New York arbeitete. Und obwohl sie ein seriöses Jackett und einen seriösen Rock trug, sah sie ebenso erschöpft und mitgenommen aus wie wir. Auf ihrer Bluse war ein kleiner Fleck, weil sie bei den Turbulenzen im Flugzeug ihren Kaffee verschüttet hatte, und außerdem auch orangenfarbene Spritzer, weil Griff sie, als er seinen Trinkkarton anstechen wollte, aus Versehen mit Orangensaft bekleckert hatte. Sie hatte uns den ganzen Weg von Bed-Stuy bis nach Aberystwyth begleitet. Ich konnte ihr nur wünschen, dass sie ihre Überstunden bezahlt bekam.

Alison überprüfte noch einmal die Adresse auf ihrem Telefon. »*Pant-yer-code* Nummer dreizehn. Wow. Das ist ja fast wie eine richtige Fremdsprache, oder?«

Dann drückte sie den Klingelknopf.

Irgendeinem unerklärlichen Impuls folgend wandte ich den Kopf und spähte in die Dunkelheit. Dann sah ich meine Mum.

Ganz im Ernst.

Genauso wie ich damals Dad gesehen hatte, als die Beach Boys auf Blessings Plattenspieler liefen. Sie war hier, bei uns. Nur für einen kurzen Augenblick.

Sie stand im Dunklen und schüttelte den Kopf. Dann rollte sie genervt die Augen und sagte: »Es *ist* eine Fremdsprache, du dumme Nuss. Es bedeutet ›Mulde im Wald‹. Und falsch ausgesprochen ist es auch noch. *Pant-yer-code*, was soll das überhaupt heißen? Man sagt *›Pent-er-keut‹*.«

Ich prustete überrascht los. »Mum?«

Griff sah sich hastig um. Ein Vogel oder eine Fledermaus flog aus einer Hecke auf.

»Schon in Ordnung«, sagte Alison. »Da kommt jemand.«

Drinnen im Flur ging das Licht an.

Mum verschwand.

Die Tür öffnete sich und eine Frau mit kurzen, dunklen

Haaren lächelte uns unsicher an. Auch wenn sie etwas rundlicher und etwas älter als auf ihrem Profilfoto war, erkannte ich sie sofort als eine der Facebook-Freundinnen unserer Mum.

Dee Ellis.
Arbeitet bei **Cheapie Charlie's**.
Ist hier zur Schule gegangen **LOL (bin ich nicht)**
Wohnt in **Aberystwyth, Wales.**

»Ach, Gott sei Dank, da seid ihr ja endlich!« Sie öffnete die Tür noch ein Stück breit. »Kommt rein, kommt rein, ihr beiden. Ihr seid bestimmt ganz erschöpft – ihr wart den ganzen Tag unterwegs, nicht wahr?«

»Die ganze Nacht und den ganzen Tag«, korrigierte Griff.

»Oje, ihr Armen«, sagte Dee. »Nicht dass ihr mir gleich tot umfallt.« Im nächsten Moment biss sie sich auf die Lippe und starrte uns an, als hätte sie ein Gespenst gesehen.

Ich zuckte die Schultern. Sollte man jetzt etwa das Wort *tot* verbieten? Schließlich hatte sie doch recht.

Alison trat vor und schüttelte Dee die Hand. »Sehr erfreut, Sie kennenzulernen. Wir sind wirklich froh, dass wir endlich hier sind. Es ist eine ganz schöne Reise von New York bis hierher.«

»Kommt doch rein«, sagte Dee noch einmal. »Mein Mann Owen hat schon Tee aufgesetzt.«

***

Genau genommen war es eigentlich nur mein Bruder Griff, der mit Alison die ganze weite Reise über den Atlantik gemacht hatte.

Von mir kann ich das nicht unbedingt behaupten.

Weil ich nicht wirklich zu hundert Prozent anwesend war.

Wenn ihr es genau wissen wollt, hat mich das Flugzeug ganz verrückt gemacht. Die grellen Lichter, die vielen Leute – und dazu der Lärm. Viel zu viel Lärm. Ich wollte eigentlich nur die Augen zumachen und in eine andere Dimension verschwinden. Sobald wir also in der Luft waren, die Anschnallleuchten ausgingen und die Passagiere alle anfingen, herumzulaufen, mit ihren elektronischen Geräten zu hantieren, ihre Sitze zurückzuklappen und sich gegenseitig die Knie einzuklemmen, schloss ich die Augen und floh an den nächstfernen Ort. Und fand

mich

in

Shanghai

wieder.

Ich stand auf einem Holzsteg an einem steinernen Wasserbassin – und Matilda war bei mir. In dem Bassin schwammen Hunderte riesiger Karpfen. Wie die Goldfische, die man aus Aquarien kennt, nur dass diese Fische viel größer waren und außerdem nicht alle golden. Manche waren hellorange, andere weiß und wieder andere waren gefleckt oder gesprenkelt wie Vogeleier. Wir befanden uns in einem wunderschönen Garten in der Verbotenen Stadt, die mitten in der Altstadt von

Shanghai liegt. Früher wandelten hier nur die Kaiser. Doch nun war *ich* hier – mit meinem liebsten Lieblingsmädchen auf der ganzen Welt und einer Handvoll Fischfutter.

»Schön ist es hier«, sagte Matilda in ihrem bezaubernden deutschen Akzent. »Es gefällt mir sehr gut.«

Ich lief rot an. Das passierte mir jedes Mal, wenn Matilda etwas sagte.

Matilda warf den Karpfen ein paar Flocken Fischfutter zu, und an der Wasseroberfläche brodelte es vor lauter gierigen Fischmäulern. Und nicht nur die Fische wollten etwas zu fressen. Ein hellgrüner Vogel mit einem schrillen gelben Iro kam tief vorbeigeschwebt, warf einen Blick auf das Menü und flog dann wenig beeindruckt weiter.

Matilda lachte – ihr klingelndes Triangellachen. Dann sah sie sich mit einem verschmitzten Augenzwinkern um, und mir wurde klar, dass sie sich vergewissern wollte, ob wir allein waren. Mein Magen flatterte unter meinem T-Shirt. Mum, Griff und Silke standen nur ein kleines Stück weiter vorne auf dem Steg und fütterten ebenfalls die Fische. *Bleibt dort*, sagte ich. *Bleibt, wo ihr seid.* Aber ich sagte es nicht laut. Sondern nur in meinem Kopf.

»Dylan, kann ich dir ein Geheimnis verraten?«, fragte Matilda.

Ich lief wieder rot an und nickte hastig.

Matildas Augen huschten zu der Stelle, an der Mum, Griff und Silke standen, und dann wieder zurück zu mir. Ich fürchtete, dass mir gleich das Herz aus der Brust springen würde.

Ich wollte unbedingt ihr Geheimnis hören. Doch anstatt es mir zu verraten, biss sich Matilda auf die Lippe und kicherte. Dann schüttelte sie den Kopf.

»Was ist es denn?«, fragte ich.

Matilda schob sich eine blonde Strähne aus den Augen, kräuselte die Nase und sah mich stirnrunzelnd an, als müsste sie noch überlegen, ob sie mir auch wirklich trauen konnte. Dann kicherte sie noch einmal und kam mit ihrem Mund so nah an mein Ohr, dass es kitzelte. Trotz der Hitze im Yu-Yuan-Garten bekam ich eine Gänsehaut.

Dann flüsterte sie: »Ich bin in Li verliebt.«

Mir rutschte das Herz in die Sandalen. Ich zog mein Ohr von ihrem Mund weg. *»Was?«*

»Schhhh.« Matilda sah sich nervös nach unseren Müttern um und flüsterte noch einmal: »Ich bin in Li verliebt. Kannst du ihn fragen, ob er mit mir gehen will?«

»Li?«, fragte ich. Und dann starrte ich in das Becken und sagte gar nichts mehr.

Ich sollte vielleicht kurz erklären: Li war mein Freund. Wir gingen zusammen in die vierte Klasse der Internationalen Schule in Shanghai. Er war richtig gut im Fußball, konnte skateboarden und Schlagzeug spielen, und ich war stolz darauf, dass er mein bester Freund war. Doch nun stand meine beste Freundin Matilda – meine Matilda – vor mir und erzählte mir, dass sie ihn liebte.

»Li ist ein doofer alter Blödmann«, sagte ich. »Und außerdem mag er überhaupt keine blöden Mädchen und ich auch nicht.« Damit warf ich mein ganzes Futter auf einmal in das Fischbecken. Die gierigen Fische drehten fast durch vor Glück.

Matilda hingegen sah aus, als würde sie gleich in Tränen ausbrechen. »Das stimmt nicht«, sagte sie. »Li mag Mädchen und du auch. Du magst mich doch, oder?«

»Nein«, erwiderte ich. »Ich bin nur mit dir befreundet, weil meine Mum mit deiner Mum befreundet ist.«

Matilda wurde rot und ich wurde so knallrot wie noch nie.

Meine Mum drehte sich zu uns um. »Hey, was zankt ihr euch denn, ihr beiden?«, rief sie. »Dylan, komm her, du musst dir das Gesicht eincremen. Du siehst ja aus wie eine Tomate.«

»Gar nicht«, rief ich zurück. »Ich brauche deine blöde Creme nicht.«

»Entschuldige bitte mal«, sagte Mum, die inzwischen vor mir stand und in ihrer Tasche kramte. »So redest du aber nicht mit mir – und doch, die brauchst du.« Zu meinem Entsetzen holte sie als Nächstes eine Plastiktube hervor und fing an, mir das Zeug übers ganze Gesicht zu schmieren. Vor allen Leuten. Direkt vor Matilda.

»Lass mich.« Ich wand mich aus Mums Griff.

»Komm schon, Dylan«, sagte Mum so leise, dass nur ich sie hören konnte. *»Paid â bod yn boen!«*

Es war einer dieser walisischen Sprüche, die sie nur brachte, wenn wir ihr wirklich auf die Nerven gingen. Es hieß *Geh mir nicht auf den Keks.*

»Mach ich doch gar nicht«, erklärte ich trotzig.

Mum sah mich an. Dann beugte sie sich zu mir herunter und flüsterte mir ins Ohr: »Dylan, wir wollten doch einen schönen Tag zusammen haben, und jetzt ziehst du ein Gesicht, als hättest du dir in die Hosen gemacht. Reiß dich bitte ein bisschen zusammen.«

Ich ließ den Kopf hängen und betrachtete die Holzbohlen unter meinen Füßen. *Was war eigentlich gerade passiert? Wie kam es, dass ich eben noch überglücklich war und in der nächsten Sekunde todunglücklich?*

»Lass es, Dylan«, ermahnte mich Mum. »Ich weiß zwar nicht, was in dich gefahren ist, aber du hörst jetzt damit auf. Hast du mich verstanden?«

Ich hatte sie verstanden. Den Blick noch immer auf die Holzplanken geheftet, machte ich eine kaum wahrnehmbare Kopfbewegung, die Zustimmung andeuten sollte.

Mum seufzte. Dann sagte sie über meinen Kopf hinweg: »Ich kann mich nur für meinen Sohn entschuldigen, Matilda. Neunundneunzig Prozent der Zeit ist er zuckersüß, aber hin und wieder gibt es dieses eine Prozent, wo er ein richtiger *pudin-pants* ist.«

Ich spürte mein Gesicht wieder vor Entsetzen aufflammen, doch als ich den Kopf hob, sah ich bloß Matildas ratlosen Blick. Und dann fiel mir ein, dass sie mit *pudin-pants* wahrscheinlich nichts anfangen konnte. Es war einer dieser walisischen Ausdrücke meiner Mum.

»Hah«, sagte ich. »Sie hat keine Ahnung, was du meinst.«

»Na wenigstens konnte ich dich etwas aufheitern«, gab

meine Mum zwinkernd zurück. Mir ging es sofort ein bisschen besser. Mum lächelte. »Kann ich jetzt gehen? Versprichst du mir, dass du wieder lieb bist?«

Ich nickte.

Mum strich mir mit einem Finger über die Wange, bevor sie wieder zurück zu Silke und Griff ging, die immer noch die Karpfen fütterten.

»Entschuldigung, Dylan«, sagte Matilda.

Ich zuckte die Schultern. »Wofür?«

Matilda zuckte ebenfalls die Schultern – beide gleichzeitig, ganz symmetrisch. Es erinnerte mich an eine tanzende Marionette, die ich irgendwann einmal gesehen hatte. »Ich habe Li nicht lieber als dich«, sagte sie.

Mein Blick rutschte wieder auf den Steg. »Ist nicht so schlimm.«

»Wirklich nicht?«

»Nein.« Ich schüttelte hastig den Kopf.

Dann schwiegen wir beide. Nur das Planschen der Karpfen im Becken und das Kreischen der Vögel war zu hören, und die Stimmen von meiner Mum und Griff und Silke, die ein Stück entfernt standen.

»Sind wir also wieder Freunde?«, fragte Matilda.

»Ja.«

»Und du hasst mich nicht?«

Ich sah auf. »Ich hasse dich nicht.«

»Versprochen?«

»Versprochen.«

Da lächelte mein allerliebstes Lieblingsmädchen auf der ganzen Welt, und ich lächelte zurück.

In Dees Wohnzimmer war es stickig und eng. Ein gigantisches Sofa und ein riesiger Fernseher nahmen fast den gesamten Raum ein. Dafür, dass sie so gern Büchergutscheine verschenkte, schien Dee nicht besonders viele Bücher zu besitzen. Genau genommen sah ich überhaupt keine. Ich sah auch keine Schallplatten, doch immerhin entdeckte ich ein paar CDs in einem Drahtgestell, das die Form eines Saxofons hatte. Überall waren kleine Messingfrösche in allen möglichen Posen verteilt. Auf der Fensterbank saßen welche mit überkreuzten Beinen, andere lungerten in einer eigenen Vitrine herum, und noch mehr saßen auf dem marmornen Kaminsims und ließen die Beine über dem künstlichen Feuer baumeln, als würden sie sich die Schwimmhäute wärmen. Das Kunstfeuer brannte, dabei war es Hochsommer. Das Zimmer sah aus, als würde sich kein einziges Staubkörnchen darin finden lassen.

»Entschuldigt bitte die Unordnung«, sagte Dee. »Aber wenigstens haben Owen und ich oben aufgeräumt, stimmts, O?«

Owen, der zwar nicht besonders groß war, aber so aussah, als könne er einen LKW in die Luft stemmen, nickte. »Das stimmt.«

»Wir haben das Zimmer oben tipptopp geputzt.« Dee lächelte unsicher zu Griff und mir hinüber, die wir auf der Kante des weichen, blauen Riesensofas saßen.

»Danke«, sagte Griff, ganz metagrobolisiert.

Ich begnügte mich mit einigen dankbaren Schwingungen, die das Gleiche bedeuten sollten.

Für einen Augenblick herrschte Schweigen, während alle ihre Teetassen hoben und einen Schluck tranken. Alle außer mir. Kein Tee für mich. Ich hatte keinen Durst.

Alison brach das Schweigen. »Das ist wirklich sehr lieb von Ihnen.«

Dee setzte ihre Teetasse hastig auf die Untertasse. »Familie ist nun mal Familie. Und es ist keine Mühe. Überhaupt nicht. Stimmts, O?«

Owen schüttelte seinen kahlen Schädel und sah zu uns. »Nein.« Er räusperte sich, als wollte er noch etwas besonders Tiefsinniges hinzufügen, doch dann senkte er bloß den Kopf und schlürfte weiter seinen Tee.

»Und, haben Sie schon Ihren Familienhelfer kennengelernt?«, fragte Alison.

»Ja«, sagte Dee. »Alun. Netter Kerl.«

Alison nickte. »Er wird sich regelmäßig bei Ihnen melden, zumindest im ersten Jahr.«

Griff sah zu Boden und ich ließ meine Knöchel in die darauf folgende Stille knacken. *Knack. Knack. Knack. Knack.* Ich konnte nicht anders. Ein Jahr, das klang so lang. Auch wenn Zeit keine große Rolle mehr spielte.

Griff schüttelte sich. »Soll ich das Feuer etwas höher stellen, Liebling?«, fragte Dee. »Wenn man es ordentlich aufdreht, wird es richtig schön mollig.«

»Nein, schon gut«, wehrte Griff ab.

Allison machte Anstalten, sich zu erheben. »Es ist wirklich schon spät – ich glaube, ich gehe jetzt besser.«

»Sie können auch gern hierbleiben, wenn Sie möchten«, bot Dee an. »Ich kann Ihnen ein Bett auf dem Sofa herrichten.«

»Das ist sehr freundlich von Ihnen«, sagte Alison. »Aber nicht nötig. Ich habe ein Hotelzimmer unten am Wasser gebucht.«

»Passen Sie auf, dass man Sie nicht ins oberste Stockwerk steckt«, riet Dee ihr. Und an Owen gewandt fügte sie hinzu: »Sie will doch schließlich kein Zimmer im Dachgeschoss, stimmts, O?«

»Nein«, pflichtete Owen ihr bei. »Dort oben wohnen die Studenten, wissen Sie.«

»Ganz genau«, sagte Dee. »Und wo Studenten sind, da sind laute Musik, leere Pizzakartons und ungewaschene Leute.«

»Gut, dann werde ich darauf achten, dass ich nicht ins Dachgeschoss komme«, sagte Allison.

Griff und ich saßen schweigend da, während das Gespräch weiterplätscherte, bis wir – endlich – alle aufstanden und in den Flur weiterzogen, wo sich die umständliche Verabschiedungszeremonie entspann. Ich werde euch die Einzelheiten ersparen, denn ich hatte mich sowieso längst ausgeklinkt. Abschiede waren für uns inzwischen so normal wie die Karpfen in den Becken des Yu-Yuan-Gartens.

Als Alison endlich gegangen war, kehrten wir zurück ins überheizte Wohnzimmer. Zu meiner und Griffs Überraschung lag nun eine Katze zusammengerollt auf dem Sofa, die vorher ganz sicher noch nicht da gewesen war. Sie war schwarz und karamellfarben und schien tief und fest zu schlafen. Doch als wir näher kamen, hob sie ihren felligen Kopf und sah uns an.

Ich machte mich darauf gefasst, angezischt und angefaucht zu werden.

Aber diese Katze war nicht wie Pudders. Sie musterte uns aufmerksam aus ihren ungewöhnlichen orangefarbenen Augen, dann ließ sie den Kopf wieder sinken und fing an zu schnurren. Etwas Gutes rührte sich in meiner inneren Leere. Ich setzte mich neben sie auf das Sofa, streckte vorsichtig zwei Finger aus und kitzelte sie am Ohr. Die Katze beobachtete mich mit einem Auge, schnurrte jedoch weiter.

»Du bist aber lieb«, flüsterte ich.

Dee sah auf die Katze hinab. »Hab ich dich nicht für heute weggeschickt?« Sie lächelte uns entschuldigend an. »Ich hoffe, Tiere sind kein Problem?«

Griff kniete sich neben mich auf den Boden und streichelte die Katze am Ohr. »Ich mag Tiere. Wie heißt sie denn?«

»Sie heißt Bara Brith«, antwortete Dee.

»Wie?« Es war Griff, der das fragte, aber es hätte genauso gut von mir kommen können.

»Kennst du das gar nicht? *Bara brith.* Das walisische Früchtebrot?«

Griff schien immer noch ratlos.

»Ich glaube, das gibt es in New York nicht«, sagte ich. »Oder in Barcelona. Oder …?« Den Rest der Aufzählung ließ ich in der Luft hängen. Es brachte ja doch nichts.

Owen lächelte verständnisvoll. »Es ist eine walisische Spezialität. Dazu trinkt man am besten eine Tasse Tee.« Er zeigte auf die Katze. »Jedenfalls ist es schwarz und braun, und wenn man es aufschneidet, sieht es aus wie sie hier.«

Griff streckte noch einmal die Hand nach der Katze aus, um sie zu streicheln, und ich nahm meine Hand weg. »Ich glaube, ich nenne sie einfach Barry«, sagte er. »Wenn das o. k. ist?«

»Sie hat bestimmt nichts dagegen.« Owen lächelte noch einmal. Er war ein Guter, das merkte ich jetzt schon. Ich war erleichtert, denn es würde meine Aufgabe, auf Griff zu achten, einfacher machen. »Ich vielleicht schon eher. Schließlich bin ich schon mein ganzes Leben ein Seasiders-Fan, und Barry ist einer unserer größten Rivalen.« Unsere Verwirrung wuchs.

»Die Seasiders, das ist der Verein von Aberystwyth. Liegt in der Tabelle derzeit weit vor dem Verein aus Barry.« Owen kratzte sich am Kopf und sah uns hoffnungsvoll an. »Dem Fußballverein?«

Griff zuckte die Schultern. »Ich kenne Fußball nur aus dem Fernsehen. Bei einem Spiel war ich noch nie. Als wir in München waren, hat Dad Dylan ein paarmal mit ins Stadion genommen, aber mich nicht.«

»Nur weil du noch zu klein warst«, erklärte ich.

»Na, das lässt sich ändern«, sagte Owen. »Wir können das nächste Mal zusammen hingehen, wenn sie unten an der Park Lane spielen. Dort freuen sie sich immer über neue Fans.«

Griffs Gesicht hellte sich ein wenig auf. »Ich war noch nie in einem Fußballstadion. In Barcelona wollten wir immer mal ins Camp Nou, haben es aber nie geschafft.«

Owen kratzte sich wieder am Kopf. »Na ja … Es ist hier nicht direkt wie bei Bayern München oder Barcelona, aber es ist trotzdem ganz guter Fußball. Wir haben eine der besten Mannschaften, die ich kenne.«

Griffs Gesicht fing an zu strahlen. »Spielt Aberystwyth in der Premier League?«

Owen zögerte kurz, ehe er antwortete. »Ja.«

Misstrauisch kniff ich die Augen zusammen. Ich hatte zwar keine Ahnung von Basketball, doch dafür kannte ich mich ein bisschen mit Fußball aus. Genau wie Griff schaute ich manchmal Fußball im Fernsehen. Ich mochte Bayern München und Barcelona und die New York Red Bulls, und außerdem kannte ich Chelsea und Arsenal und Manchester United. Nur Aberystwyth kannte ich nicht. Von diesem Verein hatte ich noch nie gehört.

»Komm, sag dem Jungen die Wahrheit, Owen«, schaltete sich Dee ein.

Owen hob abwehrend die Hände. »Ich sage die Wahrheit! Aberystwyth ist in der Premier League … Allerdings in der walisischen, und nicht in der, die immer den ganzen Ruhm auf Sky abräumt. Nichtsdestotrotz ist es Spitzenfußball – nur eben in Wales.«

Ich musste lächeln. Dieser Mann war eindeutig ein Optimist. Sogar Griff lächelte verhalten.

»Also, gehen wir mal zusammen ins Stadion und feuern sie an? Wobei Stadion wohl übertrieben ist, wir haben eigentlich nur eine Tribüne.«

Griff nickte und ich grinste breit.

»Also wirklich, Owen«, sagte Dee. »Du verlierst auch keine Zeit, oder? Wir sind gerade mal zur Tür rein, da redest du bereits über Fußball.«

»Schon in Ordnung«, sagte Griff. »Ich komme gern mit.«

Owen strahlte. Dann setzte er auf einmal ein ernstes Gesicht auf und räusperte sich. »Dee meint es nicht so. Und ich muss noch etwas Wichtiges loswerden.«

Griff und ich erstarrten und fragten uns, was wohl als Nächstes kommen würde.

»Wir sind froh, dass wir eine Familie sind.«

Ich sah Griff an. Dafür, dass er schon seit siebenunddreißig Stunden wach war, sah er ganz o. k. aus. Eigentlich hatte er seit dem Verabschiedungsdrama mit Blessing nicht mehr so gut ausgesehen.

»Danke«, sagte er.

»Owen hat recht«, bestätigte Dee. »Wir freuen uns wirklich.« Sie biss sich auf die Lippe und ihr Gesicht verdunkelte sich. Ich schauderte innerlich. »Es ist schrecklich, was passiert ist«, sagte sie. »Einfach nur schrecklich. Ich kann es immer noch nicht fassen. Aber immerhin sind wir jetzt als Familie hier zusammen. Und ich glaube wirklich, dass Meg es so gewollt hätte.«

Ich warf noch einen Blick auf Griff. Er sah jetzt nicht mehr ganz so o. k. aus, sondern eher, als würde er gleich anfangen zu weinen. Und vielleicht hätte ihm das sogar gutgetan, denn er strengte sich dermaßen an, tapfer zu sein, dass er fast schon so kalt und von allem abgeschnitten wirkte wie ich. Griff schluckte schwer, bevor er steif nickte und sagte: »Danke.« Wie gerade eben, nur viel leiser.

Und weil man es ruhig zwei Mal sagen konnte, bedankte ich mich auch, und zwar mit einem der wenigen walisischen Wörter, die ich von unserer Mum aufgeschnappt hatte. *»Diolch.«*

Und an irgendeinem nächstfernen Ort – da war ich mir sicher – freute sie sich.

16

Der nächste Morgen kündigte sich mit dem Geschrei von Seemöwen an. Zuerst konnte ich das Geräusch nicht zuordnen und hatte keine Ahnung, wo ich war, doch bald holten mich Raum und Zeit wieder ein, die Welt der Lebenden rutschte wieder an ihren Platz und ich an meinen. Ein ganzes Universum entfernt und doch ganz in der Nähe schlug ich die Augen auf und erinnerte mich. Dann ließ ich mich zu dem Fenster des Zimmers treiben, das ich mit Griff teilte, und sah hinaus. Es hatte aufgehört zu regnen, doch der Himmel hing tief und voll grauer Wolken. Ich hatte noch nie einen Julihimmel wie diesen gesehen. Und dennoch war er da.

Die Katze Barry schlich um meine Beine und schnurrte. Für einen Sekundenbruchteil war ich versucht, sie auf den Arm zu nehmen, besann mich dann aber doch eines Besseren. Unbedachte Handlungen können Katzen verschrecken, ebenso wie sie Menschen verschrecken können. Anstatt sie also hochzuheben, streichelte ich ihr zur Begrüßung nur den Kopf. Sie verzog das Gesicht und leckte mir die Hand. Ihre Berührung und Wärme fühlten sich auf seltsam entfernte Art gut an – so ähnlich, wie wenn man sich an etwas erinnert, das einem passiert ist, als man noch sehr klein war, und es einem so vorkommt, als sei es jemand anderem passiert.

Griff setzte sich in seinem Bett auf und gähnte.

»Hi«, sagte ich.

»Oh Gott.« Griff erstarrte.

Ich runzelte die Stirn. »Was denn?«

Griff atmete lange aus, dann schüttelte er den Kopf und ließ ein kurzes, hohles Lachen hören. »Ich glaube, ich werde langsam verrückt«, murmelte er. »Ich habe vergessen, wo ich bin.«

»Du bist in Aberystwyth.«

Barry wandte sich von mir ab und schlich davon, um sich von Griff bepuscheln zu lassen. Ich konnte es ihr nicht verübeln. Wie hatte Freda noch gesagt? Katzen mögen nur die Menschen, die sie auch füttern. Und das war bei Griff nun mal wahrscheinlicher als bei mir.

»Ja, ja, ich weiß«, sagte Griff, als Barry auf sein Bett sprang. »Du musst mich nicht daran erinnern.« Er streckte eine Hand aus und kraulte ihr den Kopf. »Wir sind in Wales. Und du bist die Katze mit dem komischen walisischen Namen.«

Ich legte den Kopf zur Seite und verschränkte die Arme. »*Bara Brith*. Eigentlich auch nicht viel komischer oder walisischer als Griff, oder?«

Griffs Finger streichelten immer noch die Katze, doch sein Gesicht war ernst und starr. »Wobei – wenn ich darüber nachdenke, ist Dylan auch ein komischer walisischer Name.«

»*Diolch*«, sagte ich.

Mein Bruder starrte in die Luft und seufzte noch einmal schwer. Dann sah er wieder die Katze an. »Ich hatte bestimmt schon mehr Zimmer, als es im Hilton gibt.« Ich beobachtete ihn, während sein Blick durch den Raum wanderte. An der gegenüberliegenden Wand befand sich ein kleiner Schreibtisch mit einem Klappstuhl, an einer anderen Wand ein Bücherregal ohne Bücher. Besonders interessant war die Stereoanlage mit eingebautem Plattenspieler, die auf einem Glastischchen stand und so aussah, als wäre sie noch aus den Achtzigerjahren. Nach seinem Gesichtsausdruck zu schließen, schien Griff davon jedoch nicht besonders beeindruckt zu sein.

»Gib der Sache eine Chance«, sagte ich. »Du weißt doch – *Rom wurde nicht an einem Tag erbaut.*«

Griff nahm Barry auf den Arm und drückte sie an sich. »An den Wänden fehlen eindeutig ein paar Poster«, sagte er.

Auch wenn unser Zuhause nicht gleich an unserem ersten Tag erbaut wurde, musste man Dee und Owen jedenfalls lassen, dass sie sich die größte Mühe gaben. Als Griff und ich endlich nach unten kamen, warteten sie schon beide in der Küche, um uns noch einmal willkommen zu heißen.

»Croeso«, sagte Owen.

»Das heißt ›willkommen‹«, übersetzte Dee. »Willkommen zum ersten Tag in Wales. Wie war die Nacht?«

Griff nickte, doch ich zuckte nur die Schultern. Schlafen oder wach sein – das war inzwischen für mich so bedeutungslos, dass ich den Unterschied gar nicht mehr genau kannte.

»Owen hat heute zur Feier des Tages von seinem Chef freibekommen. Stimmts, O?«, sagte Dee.

Owen nickte. »Wir dachten uns, wir gehen vielleicht alle zusammen frühstücken, irgendwohin, wo es auch *bara brith* gibt. Und wenn wir schon mal dabei sind, können wir uns gleich noch die Stadt anschauen.« Er strich sich über seine Glatze. »Es ist wahrscheinlich eine ziemliche Umstellung. Ich war zwar noch nie in New York, aber ich glaube, hier ist es doch ein bisschen anders.«

»Ein bisschen«, sagte Griff.

»Ich würde nur auf jeden Fall eine Jacke mitnehmen«, empfahl Dee. »Im Augenblick ist es zwar trocken, doch man weiß nie, wie lange das anhält.«

Griff wurde rot. »Ähm … ich …« Er schlug die Arme steif gegen seine Hüfte und sah betreten drein.

Ich biss mir auf die Lippe und zog die Nase kraus. »Er hat keine Jacke«, erklärte ich. »Blessing hat ihn zwar einmal komplett ausgestattet, aber …« Ich brach ab. Ich weiß nicht, wozu ich mir überhaupt die Mühe machte.

»Kein Problem«, sagte Dee sofort. »Wir können alles, was wir noch brauchen, bei *Cheapie Charlie's* kaufen. Dort arbeite ich nämlich. Da bekommen wir sogar noch ein bisschen Rabatt.«

Ich sah wieder zu Griff und konnte mir ein verstohlenes Grinsen nicht verkneifen. Bestimmt dachte er auch gerade an Blessings Schwester – die aus dem Nike-Laden.

»Danke«, sagte er.

Manieren hatte er jedenfalls, das musste man ihm lassen.

»Na, dann wollen wir mal.« Owen klatschte in die Hände. »Ich weiß ja nicht, wie es euch geht, aber ich bin am Verhungern.«

Die Fahrt in die Stadt dauerte nur ein paar Minuten, und sobald wir die Sackgasse verlassen hatten, war es auch schon offensichtlich, wo es hinging. Die schmale Straße fiel steil ab wie bei einer Achterbahn, und unten lag die ganze Stadt winzig klein vor uns ausgebreitet. In der Ebene zwischen den Bergen drängten sich lauter kleine Häuschen, und noch mehr Häuschen krochen an drei Seiten die Hänge empor. Die vierte Seite war nichts als eine Wand aus blauem Meer.

»Hier kann man sogar Delfine sehen«, erklärte Owen, während wir bergab fuhren. »Manchmal jedenfalls.«

Griff saß steif in seinem Sitz. Mir war klar, dass er nicht mehr besonders wild aufs Autofahren war. Ich übrigens auch nicht. Was ja auch kein Wunder war.

»Angeblich bringt es Glück, wenn man einen Delfin sieht«, sagte Dee.

»Das können wir gebrauchen«, sagte ich.

Griff sah seitwärts aus dem Fenster. »Was ist denn das große Gebäude, dort am Meer?«

»Welches?«, fragte Owen. »Das *im* Wasser? Das ist der Pier.«

»Nein«, sagte Griff. »Ich meine das dort, gleich *am* Wasser. Das gelbe mit den Türmen. Das aussieht wie ein Disney-Schloss.«

»Ach so.« Owen nickte. »Das ist kein Schloss, sondern die alte Universität. Wir haben aber auch noch eine richtige Burg. Die ist allerdings bloß noch eine Ruine. Dort drüben.« Er nahm die Hand vom Steuer und zeigte die Richtung.

Doch anstatt Owen mit dem Blick zu folgen, wurde Griff ganz blass und verkrampfte sich. Ich legte ihm kurz die Hand auf den Arm. »Schon gut.«

Griff zupfte nervös an seinem Gurt. Dann wandte er den Blick schließlich in die Ferne. »Ach ja, dort.«

Am Fuß des Berges verzweigte sich die Straße in drei Richtungen, die mit sonderbaren, unaussprechlichen Schildern bezeichnet waren.

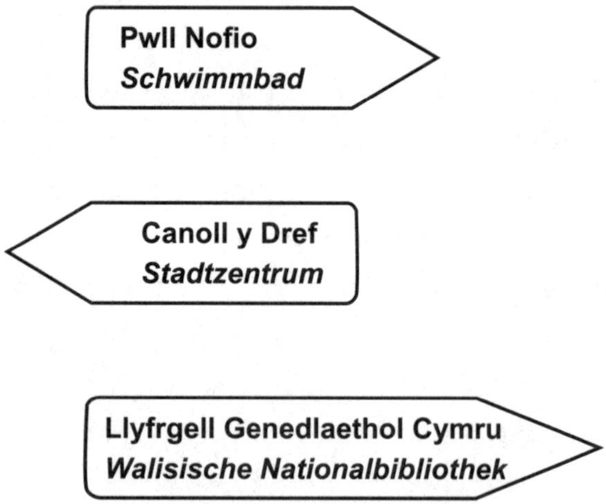

Selbst mit den Übersetzungen darunter sahen die Straßenschilder fremdländisch aus. Mir kamen sie ungefähr genauso exotisch vor wie die Beschriftungen in Shanghai. Ich warf einen Blick auf Griff, der die walisischen Schilder ebenfalls anstarrte und ganz verloren aussah. Ich glaube, ihm wurde erst in diesem Augenblick richtig klar, wie weit entfernt wir von allem waren, was wir kannten.

Doch bald fiel mir auf, dass das Stadtzentrum von Aberystwyth sich zumindest in einer Hinsicht kaum von Brooklyn unterschied: Die Straßen waren genauso vollgestopft mit Autos.

»Ich mache euch einen Vorschlag«, sagte Owen, als er schon wieder an einer Ampel halten musste. »Wie wäre es, wenn ihr schon mal rausspringt und uns einen Tisch in einem Café sucht, und ich komme nach, wenn ich einen Parkplatz gefunden habe?«

Und genau so machten wir es. Die Autotüren flogen auf, Dee und Griff sprangen aus dem Auto und ich hinterher. Allerdings bezweifle ich, dass irgendjemand mich gesehen hat. Denn ich war so metagrobolisiert und überfordert von dieser verrückten neuen Welt, dass ich mir schon wieder vorkam wie herumwirbelnder Staub. Und anstatt auf den engen und überfüllten Gehwegen den entgegenkommenden Fußgängern auszuweichen, schaltete ich einfach auf eine neue Frequenz um und beamte mich woanders hin. Und fand mich plötzlich

oben

auf

einem

Hügel

wieder.

Oder war es sogar ein Berg? Er hieß Montjuïc, und *mont* bedeutet Berg, also musste es wohl ein Berg sein. Vielleicht war ich ein waghalsiger Abenteurer, der den zerklüfteten Gipfel des gefährlichen Montjuïc erklommen hatte? Aber eigentlich sah er eher aus wie ein Hügel. Hinter uns befand sich eine alte Burg, direkt vor uns das blaue Meer und unterhalb sah man auf einen geschäftigen Hafen und über ganz Barcelona. Die Aussicht war ziemlich toll. Doch ich konnte sie nicht genießen, denn ich war erst elf. Mum, Dad und Griff waren auch dort. Wir waren alle verschwitzt und außer Atem.

»Das war jetzt aber mureh trhekrev«, sagte ich.

Meine Familie sah mich an, als wäre ich ein Außerirdischer. Dad blickte zu Mum. »Hast du ihnen etwa wieder Walisisch beigebracht?«

Mum schüttelte den Kopf. »Was auch immer er da gerade gesagt hat, Walisisch war es jedenfalls nicht.«

Ich musste lachen. »Mureh trhekrev«, wiederholte ich. »Das war verkehrt herum verkehrt herum. Das haben wir gerade gemacht. Wir hätten mit dem komischen kleinen Bahn-Dingsda hochfahren und dann runterlaufen sollen. Stattdessen sind wir *hoch*gelaufen und nehmen dann die Bahn nach *unten*. Das ist einfach total mureh trhekrev.«

»Cool«, sagte Griff. »Das sage ich jetzt auch immer in der Schule. Wie ging das noch mal? *Mureh* …?«

»Mureh trhekrev.« Ich grinste stolz.

Mum sah mich an und ein Lächeln breitete sich auf ihrem Gesicht aus. »Du bist ein Poet, Dyl, wirklich und wahrhaftig.

Ich habe dich nach einem Dichter benannt – und jetzt hör sich das einer an! Du spielst mit den Worten wie ein Dichter. Mein kleiner Dylan Thomas.«

Sie strahlte über das ganze Gesicht. In Wirklichkeit hatte ich diese mureh-trhekrev-Geschichte von Ibrahim aus meiner Klasse, aber das musste ich Mum ja nicht unbedingt auf die Nase binden.

Mum zwinkerte mir zu und sah dann wieder zu Dad. »Dylan Thomas hat recht. Warum um alles in der Welt haben wir uns bei dieser Bullenhitze diesen gottverdammten Berg hochgequält, obwohl es eine Seilbahn gibt?«

Dad nahm seine Mütze ab und wischte sich den Schweiß von der Stirn. »Damit wir uns freuen, weil wir etwas geschafft haben, meine Liebste.«

»Ich hätte mich genauso gefreut, wenn ich mit der Seilbahn hier hochgefahren wäre«, sagte Mum – und dann streckte sie die Hand aus und kniff ihn so mir nichts, dir nichts in seinen kurzbehosten Hintern.

Griff und ich lachten.

»Hey!« Dad schlug übertrieben empört ihre Hand weg. »Was erlauben Sie sich! Ich wünsche nicht, dass unsere Söhne solch ein sexistisches Verhalten lernen!«

»Mureh trhekrev, das erlaube ich mir«, entgegnete meine Mum immer noch lachend.

»Du bist ja völlig übergeschnappt«, sagte Dad. »Ich hätte dich in Shanghai lassen sollen.«

Mum legte den Kopf schief und grinste ihn an. »Im Ernst?«

Dads gespielte Empörung schmolz dahin. »Natürlich nicht.« Damit legte er den Arm um ihre Schulter, zog sie zu sich heran und küsste sie.

Griff und ich protestierten lautstark.

»Schon gut, schon gut.« Dad ließ unsere Mum wieder los. »Ihr seid mir aber auch zwei.« Er nahm je einen unserer Arme und zog uns ins Gras. »Also, wie gefällt euch Barcelona von hier oben, Jungs? Besser als Shanghai?«

»NEIN!«, rief Griff.

»Wusste ichs doch«, sagte Dad. »Und was ist mit dir, Dyl?«

Ich rollte mich auf den Bauch, ließ den Blick über die Stadt schweifen und zuckte zufrieden die Schultern. »Weiß nicht. Schon irgendwie anders. Nicht so staubig. Das gefällt mir.«

»Das gefällt uns allen«, sagte Mum.

»Und es ist nicht weit bis nach Großbritannien, falls wir aus irgendeinem Grund mal hinmüssten«, fügte Dad hinzu.

»Was hoffentlich nicht passieren wird«, warf Mum ein.

»Und auch nicht weit bis nach Deutschland, falls wir mal eine Woche nach München fahren wollen.« Dad fuhr mir durch die Haare. »Zum Beispiel, damit du deine Freundin besuchen kannst.«

»Matilda **ist nicht** meine Freundin«, entgegnete ich trotzig. »Ich habe überhaupt keine Freundin. Ich könnte eine haben, wenn ich wollte, aber ich **will nicht**.«

Dad lachte. »Alles klar. Mein Fehler. Aber als du klein warst, da warst du in sie verliebt. Immer wenn ihr euch getroffen habt, wart ihr beide unzertrennlich. Es war richtig süß.«

»Hör auf!« Ich riss ein Büschel Gras aus und warf es nach meinem Dad.

»Na komm, mein hübscher Rotschopf.« Mum zog mich an den Handgelenken hoch. »Wie wäre es, wir beruhigen uns alle wieder und schauen, ob wir irgendwo ein *helado* finden?«

»Mjam!« Meine Empörung war wie weggeblasen, und so wandten wir uns von der Aussicht ab und begaben uns auf den Weg nach unten und auf die Suche nach einem Eisverkäufer.

Aber nur weil wir nicht mehr hinsahen, hieß das nicht, dass die schöne Aussicht sich aufgelöst hätte. Ich wusste, dass sie noch dort war. Ebenso wie ich wusste, dass Matilda noch irgendwo war. Jetzt, wo ich ihren Namen laut ausgesprochen hatte, musste ich beim Gedanken an sie lächeln.

Nach dem Frühstückstee und *bara brith* zeigten uns Dee und Owen die Sehenswürdigkeiten von Aberystwyth. Es dauerte nicht besonders lange. Da war zunächst die hügelige Hauptstraße mit den ganzen Geschäften, dann der Pier und die Burgruine, die wir schon vom Auto aus gesehen hatten, und schließlich die lange Strandpromenade, die mich ein bisschen an die Promenade von Coney Island in Brooklyn erinnerte – nur ohne den Vergnügungspark und die knallende Sonne und die Hotdog-Stände. Es waren aber trotzdem eine Menge Leute unterwegs. Einige von ihnen hatten sich an einer Stelle versammelt und tanzten stocksteif irgendeinen schrägen

Volkstanz zu Country-Musik, wobei sie allerdings so ernst dreinsahen, dass ich mir nicht vorstellen konnte, dass sie besonders viel Spaß dabei hatten.

Griff blieb stehen und sah ihnen fasziniert zu. »Was machen die da?«

Ich hielt ebenfalls an. »Einen Regentanz?«

»Es heißt Line-Dancing«, erklärte Dee. »Das gibt es hier im Sommer jeden Tag. Und jeder kann mitmachen. Schaut mal!« Sie zeigte auf eine alte Dame, die sich gerade mit eingereiht hatte und nun in die Hände klatschte, so steif und ernst wie alle anderen und genau im Takt. Es war nichts Ungewöhnliches an ihr, außer dass sie im Rollstuhl saß und von einem Mädchen geschoben wurde, das ungefähr so alt war wie ich – oder vielleicht auch bloß so alt wie Griff. Das Mädchen war die Einzige in der ganzen Tanzgruppe, die lachte.

»Na, sollen wir mitmachen?«, fragte Dee.

Griff und ich schüttelten den Kopf.

»Gut«, sagte Owen.

Griff wandte den Blick ab und sah zum anderen Ende der Bucht. »Oh! Schaut mal, die kleine Bahn dort! So eine habe ich schon mal irgendwo gesehen. Wo war das nur?«

Ich folgte seinem Blick und sah es sofort – ein kleines Bahnwägelchen, das sich langsam und beinahe senkrecht einen steilen Hang hochschob. Der Geist eines Lächelns breitete sich auf meinem Gesicht aus, während zwei entfernte Orte ein Stück zusammenrückten. »In Barcelona«, sagte ich. »Wir sind auf den Montjuïc gestiegen und haben Eis gegessen, und dann sind wir mit genau so einer Bahn wieder nach unten gefahren. Weißt du noch?«

Griff schnipste mit den Fingern. »Barcelona!«

»Das ist eine Standseilbahn«, erklärte Dee. »Und der Berg heißt Constitution Hill. Sollen wir hochfahren?«

Ich warf einen Blick auf Griff. Er sah zu der kleinen Bahn am Hang und zugleich unendlich weit darüber hinaus. »Schon gut.« Er schüttelte den Kopf. »Irgendwann möchte ich mal dort hoch, aber ich glaube, ich würde lieber laufen. Dann freut man sich umso mehr, dass man etwas geschafft hat, oder?«

Dee sah kurz verunsichert aus, bevor sie sagte: »Ja, wahrscheinlich hast du recht.« Und dann mit einem Kichern an Owen gewandt hinzufügte: »Tanzen will er nicht, aber ich glaube, auf Trab halten wird er uns trotzdem!«

»Gut so«, sagte Owen.

»Wir können anschließend ja immer noch mit der Bahn wieder nach unten fahren«, schlug ich vor.

Genau in diesem Moment fing es an zu donnern, und auf den Pflastersteinen der Promenade ploppten lauter kleine dunkle Kreise auf. Überall wurden Regenschirme aufgespannt und Kapuzen übergezogen, und die Menge, die den Tänzern zugesehen hatte, zerstreute sich, um Schutz vor dem Regen zu suchen. »Wusste ich doch, dass es nicht hält«, sagte Dee.

Owen klopfte Griff auf die Schulter. »Na komm, Kumpel. Wir können dich ja nicht ohne Jacke im Regen rumlaufen lassen. Nicht in Wales. Gehen wir dir etwas zum Anziehen besorgen.«

Griff nickte und so folgten wir vier der Herde zurück zur Hauptstraße und in den Schutz der Geschäfte. Die Musik in unserem Rücken jedoch lief weiter, und auch die Tänzer ließen sich nicht vom Tanzen abhalten. Ich warf einen letzten Blick zurück. Völlig unbeeindruckt vom Wetter klatschten sie in die Hände, stapften und drehten sich im Takt und im Regen. Und ganz am Ende der Reihe saß die alte Dame unter einem durchsichtigen Regenschutz in ihrem Rollstuhl, während das Mädchen sie vor und zurück und im Kreis schob, das Gesicht in den Regen hielt und lachte.

17

Die Zeit tickte vorbei.

Aus Ende Juli wurde Anfang August.

Griff hängte Poster an die Wände unseres Zimmers: die Beatles auf dem berühmten Zebrastreifen, Kurt Cobain, der seine Gitarre im Arm hält und eine Selbstgedrehte raucht, und Beyoncé im sexy Lederdress. Und mittendrin – wie ein uneingeladener Streber auf einer coolen Party – Dylan Thomas als Schwarz-Weiß-Postkarte.

Nicht ich. Der berühmte.

Und ja – er und ich hatten zwar den gleichen Namen und die gleiche Frisur, aber sonst konnte ich zwischen uns keinerlei Ähnlichkeit erkennen. Dylan – der Dichter – trug einen peinlichen Künstlerpullunder, in dem ich mich weder tot noch lebendig irgendwo blicken lassen würde, und glotzte wie ein Tiefseefisch in die Kamera.

»Das ist für dich, Dyl«, hatte Griff geflüstert, als er die Karte an die Wand geklebt hatte. »Dein Dichter.«

Da hatte ich auf einmal so einen Kloß im Hals, dass mir zu dem albernen Aufzug und den Glotzaugen meines Namensvetters nichts mehr einfiel. Plötzlich erschien mir diese Postkarte als das mit Abstand beste Bild an der Wand. Also flüsterte ich nur zurück: »Danke.« Was hätte ich denn sonst noch sagen sollen?

Die Zeit tickte vorüber.

Aus Anfang August wurde Mitte August.

An guten Tagen wanderte Griff mit Owen und mir hoch auf den Constitution Hill, oder er stand auf der kleinen Tribüne am Fußballplatz unten an der Park Lane und tat so, als würde es ihn interessieren, ob die Seasiders ein Tor schossen oder nicht. An guten Tagen bot er an, den Abwasch zu machen, räumte wie besessen in unserem Zimmer herum oder fuhr mit Dee im Zug nach Shrewsbury, um irgendwelchen Kram zu kaufen, der ihm noch fehlte. An einem besonders guten Tag fuhr er nach Birmingham und kam mit einem iPad zurück.

Doch es gab auch andere Tage, an denen er einfach bloß auf seinem Bett hockte und die Beatles und Kurt und Beyoncé und meinen Dichter anstarrte. Oder er kuschelte mit Barry der Katze, flüsterte ihr traurige Sachen ins Ohr und weinte heimliche Tränen in ihr Fell. Manchmal saß er auch mit dem iPad auf dem Schoß da und schrieb lange E-Mails an Blessing in New York, die er nie abschickte.

An solchen Tagen wusste ich nicht, was ich tun sollte. Einoder zweimal überlegte ich, ob ich nicht doch mal mit ihm reden sollte – ganz offen und ehrlich, von Bruder zu Bruder, so wie es Freda mir ans Herz gelegt hatte. Doch jedes Mal, wenn ich es versuchen wollte, traute ich mich dann doch nicht. Es kam mir einfach zu komisch vor. Außerdem hatte ich Angst, dass er sich aufregen und die ganze Sache nur noch tausendmal schlimmer werden würde. Am Ende hielt ich also einfach die Klappe und ließ ihn alles mit sich selbst ausmachen. Und so verstrich die Zeit, und ich wartete.

Aus Mitte August wurde Ende August.

Dee fing an, von der Schule zu reden. Sie zog los und kaufte Hefter, Stifte und Schuluniformen. Mir machte es nichts aus, aber Griff schien es überhaupt nicht recht zu sein. Jedes Mal, wenn das Thema aufkam, verfinsterte sich seine Miene und er zog die Schultern ein. Eines Tages rückte er dann einfach damit raus. »Ich will nicht in die Schule.«

Dee sah ihn überrascht an. »Ach, Griff«, sagte sie. »Es tut mir wirklich leid, mein Liebling, aber du musst.«

Ich ließ meine Knöchel in der darauf folgenden Stille knacken. *Knack. Knack. Knack. Knack.* Dann pflichtete ich ihr bei: »Sie hat recht. Du musst.«

»Alun hat dich schon angemeldet«, sagte Dee, die immer gequälter aussah. »Sie erwarten dich dort.«

Alun war der Typ vom Jugendamt. Der Familienhelfer. Wir hatten ihn ein paarmal getroffen. Er war eigentlich ganz nett. Aber irgendwie auch ziemlich unscheinbar.

Griff sah verzweifelt auf. »Kann ich nicht zu Hause bleiben? Könnt ihr mich nicht unterrichten? Das ist hier doch erlaubt, oder? Ich habe so was mal im Fernsehen gehört. Wie heißt das noch mal? Heimunterricht?«

»Ach, Griff …« Ich schüttelte den Kopf. »Mum und Dad würde das nicht gefallen.«

Dee schüttelte ebenfalls den Kopf. »Ach, Liebling. Du brichst mir das Herz, aber ich kann dich nicht unterrichten. Was soll ich dir denn beibringen? Ich habe doch keinen Schimmer von Büchern! Und du würdest dich doch bis zur Blödsinnigkeit langweilen, wenn du den ganzen Tag hier mit mir eingesperrt wärst.« Sie fuhr sich mit der Hand durch die Haare. »Du brauchst deinen eigenen Raum, mein Liebling. Es wird dir guttun, jeden Morgen das Haus zu verlassen und ein bisschen Mathe und Physik und Englisch zu lernen. Oder was man dort so lernt … Du musst mit ein paar Kumpels lachen und auf dem Schulhof Fußball spielen und im Unterricht heimlich Zettel schreiben und die Lehrer ein bisschen ärgern, ohne dass ich davon erfahre … Du brauchst einfach ein eigenes Leben.«

Griff antwortete nicht, sondern saß bloß finster dreinblickend da, die Schultern so hochgezogen, dass es fast aussah, als hätte er keinen Hals.

»Ich weiß, dass das alles noch sehr früh ist«, redete Dee weiter auf ihn ein. »Aber wenn du nicht zu Schuljahresbeginn anfängst, wird es danach nur noch schwieriger. Und dann willst du überhaupt nicht mehr hingehen.«

Es klang alles sehr vernünftig. Ich nickte ihr zustimmend zu, doch sie reagierte nicht darauf. Sie sah einfach bloß traurig aus.

Griff schlug die Hände vors Gesicht, und als er endlich sprach, klangen seine Worte gedämpft. »Das ist alles so schwer.«

»Ich weiß«, sagte Dee.

Und ich wusste es auch.

Ich wusste es aus tiefster Seele.

Ich rutschte ein Stück näher zu meinem Bruder und tat etwas, das ich sonst normalerweise nicht tat. Ich legte ihm meinen Arm um die Schulter und drückte ihn leicht. »Ich bin ja auch noch da. Und ich lasse dich nicht allein.«

Einen Augenblick war Griff wie erstarrt. Doch dann nahm er die Hände von seinem Gesicht, verschränkte die Finger und ließ seine Knöchel knacken. *Knack. Knack. Knack. Knack.*

»Damit fängst du lieber gar nicht erst an.« Ich ließ meinen Arm sinken. »Es ist eine schlechte Angewohnheit.«

Griff verschränkte die Arme und schob die Hände unter die Achseln. Dann seufzte er und nuschelte schulterzuckend: »Also gut, ich gehe hin.«

Dee atmete erleichtert aus und sah ihn mit Tränen in den Augen an. »Du bist der Beste, wirklich, mein Großer.«

Und sie hatte wieder einmal absolut recht. Genau ins Schwarze. Volltreffer. Alle neune.

Er war der Beste.

Andererseits war sie selbst auch ziemlich beeindruckend – und Owen ebenso. Tatsächlich hätten die beiden wirklich kein bisschen netter sein können. Zum ersten Mal in meinem Leben fragte ich mich, warum Griff und ich eigentlich kaum jemanden aus unserer Verwandtschaft kennengelernt hatten. Einige waren zwar Ärsche, so viel wusste ich. Dads Bruder zum Beispiel, Onkel Dave, der meldete sich immer nur, wenn er sich mal wieder Geld leihen wollte. Und Mums Eltern – unsere sogenannten Großeltern – hatten sich nach Australien verkrümelt, als Mum sechzehn war, und ihre beiden jüngeren Schwestern mitgenommen. Meine Mum hatte nicht mitgewollt, weil sie gerade mitten in ihren Abschlussprüfungen steckte. Also haben sie sie einfach zurückgelassen. Über ein Jahr lang schlief Mum bei ihrer besten Freundin auf dem Sofa, und am Ende waren ihre Noten eher Durchschnitt – was angesichts der Umstände wahrscheinlich immer noch ziemlich beachtlich war. Wenn sie ein eigenes Zimmer, ein richtiges Bett und etwas Unterstützung von ihren Eltern gehabt hätte, hätte sie bestimmt noch besser abgeschnitten.

Nach dieser Geschichte machte sich Mum nicht mehr besonders viel aus ihren Eltern. Und sie machten sich nicht viel aus uns. Nach dem Unfall hatten sie es gerade mal geschafft, eine Beileidskarte zu schicken. Diese Ärsche.

Dee und Owen hingegen gehörten jedenfalls nicht in die gleiche Kategorie wie diese Arschlochverwandten. Sie waren richtig klasse – und gleichzeitig verspürte ich einen Hauch von Ärger auf meine Eltern, weil sie uns die beiden unser Leben lang vorenthalten hatten. Aber den Gedanken verscheuchte ich lieber gleich wieder. Schlechte Energie hilft schließlich niemandem weiter. Am wenigsten mir.

Und wozu sollte ich jetzt die Stimmung verderben? Ich

wollte, dass Griff das Gefühl bekam, als könnte er hierbleiben. Ich wollte, dass es mit Aberystwyth klappte.

Wo sollten wir sonst auch hin?

Aberystwyth war unsere letzte Hoffnung.

18

Dee stand an der Haustür und spähte besorgt nach draußen. »Soll ich auch ganz bestimmt nicht mitkommen?«

»Ganz bestimmt nicht«, sagte Griff.

»Auf keinen Fall«, bestätigte ich. »Wer will denn schon am ersten Schultag mit der Cousine seiner Mutter antanzen? Außerdem hat er ja noch mich.«

Dee biss sich auf die Lippe und rang offenbar mit sich. Schließlich nickte sie. »Also gut. Dann einen schönen ersten Schultag! Und nach der Schule hole ich Pommes von der Frittenbude. Mit Currysoße. Und was es sonst noch Leckeres gibt.«

»Danke«, sagte Griff.

»Für mich eine extragroße Portion«, sagte ich. Manchmal bin ich wirklich so witzig, dass es kaum zum Aushalten ist.

»Also tschüss dann!« Dee warf uns eine Kusshand hinterher.

Griff lief rot an und senkte verlegen den Kopf, doch mir entging nicht, dass er lächelte.

»Sie ist wirklich so was von nett«, sagte ich. »Ich weiß ja

nicht, wie es dir geht, aber ich habe ihr diese Geschichte mit den unsinnigen Büchergutscheinen schon längst verziehen.«

Griff zog seinen MP3-Spieler und seine Kopfhörer aus der Tasche, stellte das Gerät an und setzte die Kopfhörer auf.

Ich verstand den Wink mit dem Zaunpfahl. »Wie du willst.«

Schweigend liefen wir los und bogen am Ende der Sackgasse links ab. Dann machten wir uns auf den steilen Weg stadtauswärts den Berg hinauf. Es gab in Aberystwyth zwei Oberschulen: eine unten in der Stadt und eine oben auf dem Berg. Wir hatten die mit dem obligatorischen Muskelkater in den Beinen erwischt.

Während unseres Aufstiegs füllte sich die Straße nach und nach mit immer mehr Schülern. Ein Seitenblick auf Griff verriet mir, dass seine Nerven zum Zerreißen gespannt waren.

»Entspann dich«, redete ich ihm zu. Doch er hatte immer noch die Kopfhörer auf. Ich sah auf das Kabel, das sich in seine Hosentasche schlängelte, und im nächsten Augenblick baumelte es auch schon lose in der Luft.

Ups.

MP3-Verbindung gekappt. Kosmische Verbindung kurzzeitig wiederhergestellt.

»Das wird schon.« Ich legte ihm die Hand auf die Schulter. »Mach es einfach so wie immer. Sei freundlich zu allen, die keine Vollärsche sind, und halte dich von den anderen fern.«

Griff lächelte schwach. Ich schob meine Hand ein Stück höher und zupfte zaghaft an einer seiner braunen Locken. Mein Bruder musste dringend mal zum Friseur. Sogar die kahle Stelle auf seinem Kopf, wo sie ihn erst vor Kurzem genäht hatten, war schon wieder zugewuchert.

»Wenn deine Matte noch länger wird, siehst du bald aus wie einer von Nirvana«, zog ich ihn auf. Und aus einer Eingebung heraus fing ich an, »Smells Like Teen Spirit« zu singen.

Es ist ein toller Song, aber vielleicht war es in diesem Moment nicht das Passendste.

Griff zuckte zusammen und machte eine Handbewegung, als würde er eine Fliege verscheuchen wollen. Dann zog er seinen MP3-Player aus der Tasche und stöpselte das Kabel wieder ein.

»Das war blöd von mir«, entschuldigte ich mich. Und dann schüttelte ich meinen dämlichen Kopf und hielt die Klappe.

***

Der Neue in der Klasse zu sein, das war mir sozusagen in die Wiege gelegt worden. Und da Griff genauso oft die Schule gewechselt hatte wie ich, galt das wohl auch für ihn. Bis Aberystwyth war er damit immer ganz gut zurechtgekommen. Er wusste, wie es läuft, genau wie ich. Und zwar lief es folgendermaßen:

Am ersten Tag kreuzten wir in der Schule auf. Wir sagten nicht besonders viel und versuchten, es uns möglichst mit niemandem zu verscherzen.

Damit war im Grunde das Schlimmste geschafft.

Am zweiten Tag waren wir schon ein bisschen weniger neu als am ersten.

Am dritten Tag fanden wir den Weg zum Klo und zurück, ohne uns zu verlaufen.

Und mit jedem weiteren Tag waren wir immer weniger die Neuen, und die anderen hörten allmählich auf, uns zu fragen, woher wir kamen, welche Fußball- oder Basketballmannschaft wir mochten und warum wir mit so komischem Akzent sprachen. Und dann – gerade als wir kurz davor waren, von den Neuen zu den Normalen befördert zu werden, wurde es entweder unserer Mum oder unserem Dad langweilig und wir zogen wieder um.

Und dann fing alles wieder von vorne an.

Zuverlässig wie ein Uhrwerk und fast so leicht wie Kekse essen.

Doch in Aberystwyth war es schwierig. Es lag nicht an der Stadt oder an der Schule oder an den anderen Schülern oder den Lehrern – es war wohl vielmehr eine Frage der persönlichen Umstände. Ich glaube, mein Bruder Griff hatte einfach genug davon, immer der Neue zu sein.

Als wir bei den grauen Schulbauten ankamen, gingen wir als Erstes zum Sekretariat. Alun, der Familienhelfer, hatte – genau wie Dee – mit uns kommen wollen, aber Griff mochte auch ihn nicht dabeihaben. Ich konnte es ihm nicht verübeln. Es war schon schwer genug, der Neue zu sein. Das Letzte, was man in einer solchen Situation gebrauchen konnte, war, der Neue mit dem Sozialarbeiter zu sein. Also waren wir nur zu zweit. Griff und ich. Und nachdem endlich alles ausgefüllt und unterschrieben war, blieb ich bei meinem Bruder, und wir folgten Meryl, der Sekretärin, zu Griffs neuem Klassenzimmer. Vielleicht hätte ich das lieber nicht machen sollen. Wahrscheinlich verstieß ich damit gegen irgendeine Schulregel. Doch ich ging trotzdem mit, denn die Schulregeln kamen mir mittlerweile ziemlich sinnlos vor.

»Hier ist es.« Meryl blieb vor einer orangenfarbenen Tür mit einer Glasscheibe stehen. »Zimmer 4a.« Sie spähte durch die Scheibe. »Jamie überprüft gerade die Anwesenheit. Wir warten noch kurz, dann klopfe ich mal an, damit er rauskommt.«

Erst Meryl und jetzt auch noch Jamie. An die Sache mit den Vornamen würde ich mich wohl nie gewöhnen. In Brooklyn mussten wir alle unsere Lehrer mit Sir oder Ma'am ansprechen – sogar, wenn sie unsere Mum oder unser Dad waren.

Griff biss sich auf den Daumennagel.

»Du brauchst keine Angst zu haben, Liebes«, beschwichtigte ihn Meryl.

»Ich habe keine Angst.« Griff nahm seine Hand weg, verschränkte die Finger und ließ seine Knöchel knacken. *Knack. Knack. Knack. Knack.*

Ich schauderte, als würde jemand über mein Grab trampeln. »Du musst damit aufhören«, ermahnte ich ihn. »Im Ernst. Ich finde das richtig gruselig.«

Meryl sah sich lächelnd um. »Ich glaube, er ist fertig. Dann rufe ich ihn jetzt raus. Jamie ist wirklich nett. Du wirst ihn mögen.«

Griff seufzte.

»Ach komm, Kumpel – versuch es wenigstens«, sagte ich.

Die Tür des Klassenzimmers öffnete sich. Ein schlaksiger, etwas streberhaft aussehender Mann kam heraus. Er trug eine Brille, und seine Haare waren noch röter als meine. Ich war erleichtert. Rote Haare sind immer ein gutes Zeichen.

»Das ist Griff. Er kommt in deine Klasse.« Meryl warf dem Rotschopf – Jamie – einen bedeutungsvollen Blick zu. »Du erinnerst dich?«

Jamie nickte kurz und streckte Griff die Hand entgegen. »Sehr erfreut, dich kennenzulernen, Griff. Ich bin Jamie. Falls du irgendwelche Probleme hast – oder sonst irgendwelche Sorgen –, kommst du damit immer zuerst zu mir. O. k.?«

»O. k.«, sagte Griff und entknotete widerwillig die Finger, um seinem neuen Klassenlehrer die Hand zu schütteln.

»Bis später, Kleiner«, sagte ich. »Benimm dich.« Dann drehte ich mich um, ohne abzuwarten, was als Nächstes passieren würde, und ging eilig den Gang entlang davon. Als müsste ich irgendwohin. Und jeder Schritt, mit dem ich mich von Griff entfernte, kam mir vor wie ein Verrat. Doch von den Wänden hallten Dees Worte auf mich ein:

»... du musst mit ein paar Kumpels lachen und auf dem Schulhof Fußball spielen und im Unterricht heimlich Zettel schreiben und die Lehrer ein bisschen ärgern, ohne dass ich davon erfahre ... Du brauchst einfach ein eigenes Leben.«

Und weil ich wusste, dass sie recht hatte, ging ich weiter.

Ohne überhaupt zu wissen, *wohin*.

Ich ging den Korridor nach links, bis ich zu einer Wand kam, an der ein Schild verkündete:

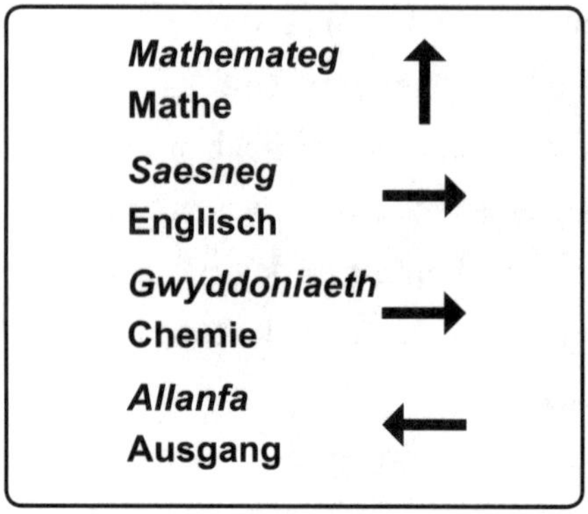

Kurz überlegte ich, ob ich nicht vielleicht die elfte Klasse suchen und ein bisschen Mathe oder Englisch oder was auch immer mitmachen sollte. Vielleicht könnte ich sogar ein paar Reagenzgläser und einen Liebigkühler zertrümmern, wo ich schon mal da war. Doch bald verscheuchte ich diesen dummen Gedanken wieder und wandte mich nach links in Richtung Ausgang. Und bevor ich michs versah, spazierte ich über die Hügel, die Aberystwyth umgaben, und war zurück am nächstfernen Ort. Und diesmal war es das

Klassenzimmer

der

siebten

Klasse

in

Barcelona.

Es war einer der allerschönsten Tage meines Lebens. Nur dass mein elfjähriges Ich das zu diesem Zeitpunkt noch nicht wusste.

Ich saß also in der ersten Schulstunde des Tages in meinem Klassenzimmer. Meine Klassenlehrerin, Señora Lopez, tunkte Teigbällchen in eine Tasse heißen Kakao, und zwischen jedem Bissen, den sie sich in den Mund schob, rief sie einen Namen aus dem Klassenbuch auf. Mir gegenüber am Tisch saßen meine beiden besten Freunde Ibrahim und Emilio, die wie zwei Bekloppte grinsten und sich gegenseitig Zettelchen unter dem Tisch hin- und herschoben.

Señora Lopez war mittlerweile bei Rosa Zambrano sowie ihrem letzten Teigbällchen angelangt. Ihre Brille war beschlagen vom Dampf aus ihrer Kakaotasse.

Rosa Zambrano antwortete: *»Sí Señora.«*

Señora Lopez nickte, wischte ihre Brille mit einem Taschentuch sauber und stand auf. »Entschuldigt mich einen Augenblick.« Damit ging sie zur Klassenzimmertür, öffnete sie und sprach mit irgendwelchen Leuten, die draußen standen.

Ibrahim beugte sich vor. »Du musst dir ansehen, was wir hier schreiben, Dyl. Ich habe Emilio gerade das Wort ›Schniedel‹ beigebracht.«

Dazu fiel mir nichts ein. Zum Glück ging in dem Moment die Klassentür auf und sorgte für Ablenkung. Señora Lopez kam wieder herein, und diesmal hatte sie jemanden dabei. Ein Mädchen. Meine Kinnlade klappte nach unten.

»Matilda«, flüsterte ich. Ihre blonden Haare waren jetzt bloß noch schulterlang, und sie sah ein wenig erwachsener aus, als ich sie in Erinnerung hatte, aber sie war es eindeutig.

»Ihr Lieben, darf ich um eure Aufmerksamkeit bitten?«, sagte Señora Lopez. »Wir haben ab heute eine neue Schülerin in unserer Klasse. Das ist Matilda Sommer. Sie kommt eigentlich aus Deutschland, aber jetzt haben wir das Vergnügen, sie hier bei uns begrüßen zu dürfen. Also, wer mag sich heute ein bisschen um sie kümmern?«

Señora Lopez sah sich in der Klasse um, und ihre Augen wanderten wie Suchscheinwerfer von links nach rechts und wieder zurück, bis sie schließlich bei mir hängen blieben. Ich setzte mich so gerade hin wie möglich, die Arme so hoch vor der Brust gefaltet, dass sie praktisch unter meinem Kinn klemmten. Ich muss ausgesehen haben wie ein bettelnder Hund.

»Dylan«, fragte Señora Lopez, »kann ich dir diese verantwortungsvolle Aufgabe übertragen?«

Ich ließ die Arme auf die Tischplatte plumpsen und grinste bis über beide Ohren. »Ja«, sagte ich. »Auf jeden Fall.« Dann winkte ich Matilda zu.

Matilda grinste genauso breit wie ich und winkte zurück.

Señora Lopez nickte zufrieden und zwinkerte Matilda zu. »Ich glaube, einen guten Freund hast du schon in dieser Klasse.«

An diesem Abend fragte Dee bei Pommes mit Currysoße: »Und, wie wars in der Schule?«

»Ganz o. k.«, erwiderte Griff.

Ich zuckte die Schultern und dachte an die Mathe- und Chemiestunden, bei denen ich nicht gewesen war.

»Und die Lehrer? Wie waren die?«, wollte Dee wissen.

»Auch o. k.«, sagte Griff.

Ich zuckte wieder bloß die Schultern.

»Und die anderen Schüler? Habt ihr euch schon ein bisschen angefreundet?«

Diesmal zuckten Griff und ich beide die Schultern.

Owen tunkte eine Pommes in die Soße, die die Farbe von Vogelkacke hatte. »Jetzt lass doch mal das Verhör bleiben, Dee«, sagte er. »Es war doch erst der erste Tag. Überhaupt, solche Dinge soll man nicht überstürzen. Da trifft man am ersten Tag eine falsche Entscheidung, und dann hat man den Rest der Zeit einen Haufen Ärsche am Hacken.«

Griff und ich prusteten überrascht los und wollten ihm zustimmen, doch Dee starrte Owen entgeistert an. »Also wirklich, Owen! Man sagt doch nicht ›Ärsche‹ am Abendbrottisch. Benimm dich ein bisschen, ja?« Sie tunkte ebenfalls eine ihrer Pommes ein und klopfte sich auf den Bauch. »Puh, ich bin gestopft wie eine Ente. Will jemand meine restlichen Pommes?«

Ich lehnte dankend ab. Also teilten sich Griff und Owen ihre übrig gebliebene Portion. Und wie ich da so saß, inmitten dieser ganz gewöhnlichen Szene, und ganz gewöhnlichen Leuten dabei zusah, wie sie ganz gewöhnliche Dinge taten, konnte ich mir fast einbilden, dass ich dazugehörte.

19

Am nächsten Tag saßen Matilda und ich

auf

einer

Bank

auf

unserem

Schulhof.

Es war sonnig und warm, aber noch nicht richtig heiß, denn es war erst April. Obwohl ich einen Kapuzenpulli über meinem Schul-Poloshirt trug, spürte ich die Gänsehaut auf meinen Armen kribbeln. Matilda trug nur ein kurzärmliges Hemd. Ihre Arme sahen glatt und schön und gänsehautfrei aus.

»Warum frierst du nicht?«, wollte ich von ihr wissen.

Matilda schüttelte lächelnd den Kopf. »Hier ist es viel wärmer als in München.«

»Ach ja.« Ich nickte, während ich versuchte, mich an München zu erinnern, doch mir fiel nur der Sandkasten in unserem Kindergarten ein und ein Vergnügungspark.

Matilda stupste mich an. »Worüber lachst du?«

»Nichts«, sagte ich. Dann drückte ich ganz fest meine beiden Daumen und wagte die entscheidende Frage: »Wie lange bleibst du diesmal?«

»Drei Monate«, antwortete Matilda. »Wie damals in Shanghai. Mein Papa hat wieder irgendeinen Auftrag für die Bank. Eine dreimonatige Entsendung.«

Ich nickte verständnisvoll, obwohl ich keine Ahnung hatte, was eine Entsendung war. Was ich aber verstanden hatte, war *drei Monate.* Das klang einerseits ziemlich lang. Andererseits klang es auch, als könnte es bald wieder vorbei sein. Ich ließ meine Daumen wieder los.

»Jetzt können wir wieder beste Freunde sein«, sagte Matilda.

»Wenn du willst«, meinte ich, während ich versuchte, mir keinen abzugrinsen.

»Ich will«, erklärte sie und lachte ihr unverkennbares Triangellachen.

Ein Fußball kam über den Schulhof geflogen und blieb genau vor meinen Füßen liegen. Matilda und ich sahen auf. Ibrahim und Emilio standen nur wenige Meter entfernt und beobachteten uns. Widerwillig hob ich den Ball auf und warf ihn den beiden zurück.

»Kommst du jetzt und spielst mit uns Fußball?«, rief Ibrahim.

Ich sah zu Matilda. Dann wieder zu meinen Freunden.

»Ich muss bei Matilda bleiben.«

»Was?« Ibrahim ließ den Ball vor sich auf und ab springen und kam näher.

»Ich muss hier bei Matilda bleiben«, wiederholte ich. Als ich es zum zweiten Mal sagte, klang es sogar noch schlimmer als beim ersten. Wie eine doppelt so große Lüge. Aus dem Augenwinkel sah ich Matilda schmollen.

»Du *musst* überhaupt nicht hierbleiben«, sagte sie.

Ich wusste nicht, was ich darauf antworten sollte, also schwieg ich.

»Das war gestern«, sagte Ibrahim. »Aber du musst dich doch nicht für immer um sie kümmern. Los, komm Fußi spielen.«

»Vielleicht will er ja lieber mit seiner Freundin zusammensitzen«, gab Emilio zu bedenken.

»Sie ist nicht meine Freundin«, erwiderte ich. »Ich kenne sie nur schon ewig.«

Matilda stand auf.

»Warte«, rief ich. »Wo willst du hin? Ich soll mich doch um dich kümmern.«

»Geh du mal Fußball spielen«, sagte sie. »Du brauchst dich nicht mit mir zu langweilen.«

»Ich langweile mich doch gar nicht«, sagte ich.

Aber Matilda war schon gegangen. Einen Augenblick lang überlegte ich, ob ich ihr hinterherrennen sollte, doch noch bevor der Gedanke überhaupt bei meinen Füßen angekommen war, hatte eine Gruppe von Mädchen aus meiner Klasse Matilda schon umringt und sie in ihre geheime, nur für Mädchen zugängliche Welt aufgenommen.

»Jetzt, wo sie weg ist, können wir ›Schweinchen in der Mitte‹ spielen«, schlug Ibrahim vor. »Du bist in der Mitte.«

»Du kannst dich ruhig bei uns bedanken«, meinte Emilio. »Schließlich haben wir dich gerettet.«

Ein Auge noch auf Matilda gerichtet erhob ich mich. Ibrahim und Emilio verteilten sich und kickten den Ball hin und her, während ich ab und zu den Fuß ausstreckte – in dem halbherzigen Versuch, ihn den beiden abzunehmen. Und als ich den Ball schließlich – endlich – erobert hatte, musste ich meine ganze Selbstbeherrschung aufbringen, um ihn nicht einem von ihnen an den verdammten Kopf zu donnern.

***

Aus September wurde Oktober. Eines Abends erkundigte sich Dee bei Spaghetti Bolognese: »Und, wie war es denn heute in der Schule?«

»Ganz o. k.«, antwortete Griff.

Ich seufzte und schüttelte den Kopf. Das war gelogen, denn es war nicht o. k. Griff war in der Schule genauso abwesend wie ich.

»Erzähl doch mal von deinen neuen Freunden«, schlug Dee vor.

»Sie sind ganz o. k.«, sagte Griff.

Ich schüttelte wieder den Kopf. »Lügner.«

Dee legte ihre Gabel auf den Teller. »Ich hätte da einen Vorschlag. Ich habe mit Mavis gesprochen, die auch bei *Chea-*

pie Charlie's arbeitet, und sie hat mir erzählt, dass ihr Enkel bei den Pfadfindern ist. Es gefällt ihm richtig gut. Sie fahren zelten und machen Sport und alles Mögliche. Er würde dich mal mitnehmen, wenn du willst. Sie treffen sich immer donnerstags. Vielleicht wäre das ja auch was für dich?«

»Ja«, sagte Griff. »Ich glaube nicht.«

Owen stocherte in seinen Nudeln. »Lass es bleiben, Dee. Das hilft ihm nicht.«

Griff schob seinen Teller von sich. »Kann ich hochgehen? Ich habe keinen Hunger.«

»Sei nicht so, Liebling.« Dee schien bestürzt. »Iss wenigstens zu Ende. Hätte ich doch bloß nichts gesagt.«

Doch Griff war schon aufgestanden und auf dem Weg nach draußen. Kurz überlegte ich, ob ich ihm hinterhergehen sollte. Aber was sollte das bringen? Mein Bruder schien immer weiter davonzugleiten in seine Einsamkeit, und das einzige Wesen, mit dem er überhaupt manchmal sprach, war nicht mal ein Mensch – sondern Barry die Katze. Also blieb ich einfach am Tisch sitzen und sah Dee und Owen zu, wie sie schweigend ihr Abendessen aufaßen. Und ich musste meine ganze Selbstbeherrschung aufbringen, um die Stimmung nicht noch schlechter zu machen, als sie ohnehin schon war.

20

Aus Oktober wurde November und aus November wurde Dezember. Weihnachten kam und ging. Dee und Owen schenkten meinem Bruder ein Mountainbike.

»Besser als ein Büchergutschein«, sagte ich.

Doch das Fahrrad rang meinem Bruder kaum ein Lächeln ab und blieb in der Garage stehen.

»Lass ihm Zeit«, sagte Owen. »Sie heilt vielleicht nicht alle Wunden, aber meistens hilft sie trotzdem.«

Also ließen wir Griff Zeit, während wir warteten und hofften. Schließlich gab es sonst kaum etwas, das wir tun konnten.

Nebenbei fing ich an, Griff zum Unterricht zu begleiten. Nicht immer. Aber manchmal. Eine Klassenleiterstunde hier, eine Englischstunde da. Da es sowieso niemanden einen Furz interessierte, was ich trieb, machte ich einfach, was ich wollte.

Eines Morgens, als ich mal wieder uneingeladen in Griffs erster Stunde saß, zog sich Jamie – der Klassenlehrer – einen Stuhl an unseren Tisch und setzte sich zu uns. Er fuhr sich mit der Hand durch seinen roten Schopf und fragte: »Können wir mal reden?«

Ich zeigte überrascht mit dem Finger auf mich. »Ist es wegen mir?«

Und gleichzeitig fragte Griff: »Ist es wegen meiner Hausaufgaben in Walisisch?«

Einen kurzen Augenblick herrschte Verwirrung, bevor Griff hinzufügte: »Wenn es darum geht, dann kann ich Ihnen gleich sagen, dass ich die Hausaufgaben nicht gemacht habe, weil ich sie nicht konnte, weil ich sie nicht kapiere.« Mein Bruder hatte sich mittlerweile eine ziemlich grimmige Art zugelegt.

Jamie lehnte sich auf seinem Stuhl zurück und sah uns ebenso besorgt wie überrascht an. »Nein.« Er schüttelte den Kopf. »Es geht nicht um deine Hausaufgaben. Aber wenn du Probleme mit Walisisch hast, dann solltest du das mit deiner Walisischlehrerin besprechen. Eigentlich wollte ich dich fragen, ob du mittwochnachmittags schon etwas vorhast.«

Ich entspannte mich wieder. Es hatte also nichts mit mir zu tun. Gut.

Griff sah zur Decke und seufzte. Nach einer Pause, die sich schon verdächtig in Richtung unhöflich dehnte, sagte er schließlich: »Rugby.«

Jamie nickte. »Macht dir das Spaß?«

»Nein«, antwortete Griff.

Jamie nickte erneut. »Vielleicht kannst du dir ja vorstellen, Rugby sausen zu lassen und bei ENKL mitzumachen?«

Griff verzog das Gesicht. Ich auch. »Enkel?«

»Ja.« Jamie rückte seine Brille zurecht. »Das habe ich mir

selbst ausgedacht, und ich bin ehrlich gesagt ziemlich stolz drauf. E-N-K-L. In Großbuchstaben. Es ist die Abkürzung für ›Einen Nachbarn kennenlernen‹. Das Projekt läuft bereits seit ein paar Jahren, und zwar recht erfolgreich. Wir haben sogar schon Preise gewonnen.«

Griff rollte wieder mit den Augen und sah so angeödet aus, dass Jamie mir schon fast leidtat. »Ach komm schon, Griff«, flüsterte ich. »Jetzt bist du einfach nur ein Arsch.« Ich versuchte ihm unter dem Tisch einen Tritt zu verpassen, traf ihn jedoch nicht.

»Ich will aber niemanden kennenlernen«, maulte Griff.

Jamie lächelte. »Vielleicht solltest du genau deshalb mitmachen.«

Stirnrunzelnd sah Griff zu mir.

»Mich brauchst du gar nicht so anzuschauen. Ich verstehe es auch nicht.« Ich schnaubte resigniert. »Und seien wir doch mal ehrlich – auf mich hörst du doch sowieso nicht.«

Griff wandte sich wieder Jamie zu.

»Es ist unser Freiwilligenprojekt«, erklärte dieser. »Es funktioniert folgendermaßen: Wir schicken euch zu den Leuten hier in der Stadt, die nicht mehr so einfach rauskommen, um andere Menschen zu treffen.«

Ich zog die Augenbrauen hoch und sah meinen Bruder an, dessen Gesicht vor lauter Misstrauen schon fast in der Mitte zusammengeklappt war. Er grübelte einen Augenblick angestrengt nach, bevor er fragte: »Aber warum sollte ich das wollen?«

»Weil es einem ein gutes Gefühl gibt«, entgegnete Jamie.

»Das Gefühl, ein aktives und wichtiges Mitglied der Gemeinde zu sein. Jemand, den Aberystwyth braucht. Jemand, auf den sich einsame Menschen freuen.«

Griff sah ihn ausdruckslos an. Doch ich wusste, dass das nur Fassade war. Wir beide wussten nur zu gut, wie schrecklich Einsamkeit sein kann.

Jamie beugte sich vor und senkte verschwörerisch die Stimme. »Und wenn dich das nicht überzeugt, dann wäre da immer noch die kleine und nicht ganz unbedeutende Tatsache, dass du damit vom Rugby loskommst.«

Da endlich flackerte ein Licht in den Augen meines Bruders auf.

»Ich denke drüber nach.«

»Gut.« Jamie stand auf. »Wir treffen uns in der Mittagspause. Da gibt es die Gelegenheit, mit ein paar anderen Schülern zu reden, die bei dem Projekt mitmachen. Wie sieht es aus?«

»Na los, Griff« ermutigte ich ihn. »Wenigstens zu dem Treffen heute kannst du doch gehen.«

»Ich denke drüber nach«, wiederholte Griff.

Und er ging tatsächlich hin.

Ihm blieb gar nichts anderes übrig – ich zwang ihn praktisch dazu.

Nachdem es zur Mittagspause geklingelt hatte, hatte Griff seine Sachen eingepackt und war schnurstracks in Richtung Ausgang gerauscht. Als ich das sah, war ich aus tiefster Seele verzweifelt. Denn ich wusste, wo er hinwollte. Er wollte runter zum Pier. Wenn er erst mal dort war, würde er sein gesamtes Essensgeld in kleine Münzen tauschen und das ganze Kleingeld in einen dieser blöden Automaten werfen, in denen die Münzen ruckweise über eine Kante geschoben werden. So würde er dann ewig dort sitzen und sinnlos sein Geld einschieben, bis der Spielhallenbetreiber ihm mit dem Rauswurf drohen würde. Und dann würde er sich draußen in den Musikpavillon hocken und warten, bis es Zeit war, wieder den Berg hochzustiefeln, zu Dee und Owen nach Hause. Und Dee würde ihn fragen, wie sein Tag war, und er würde lügen und sagen, er war o. k.

Das alles wusste ich, weil Griff es schon seit Wochen so machte. Ihr sollt jetzt nicht denken, dass ich ihm hinterherspionierte oder so. Ich passte bloß auf ihn auf.

Doch diesmal beschloss ich, das Muster zu durchbrechen. Als mein Bruder also wieder den falschen Gang nahm, rannte ich vor ihm durch die Ausgangstür und knallte sie ihm vor der Nase zu. Dann schrieb ich mit dem Finger ein einziges Wort auf die regennasse Scheibe:

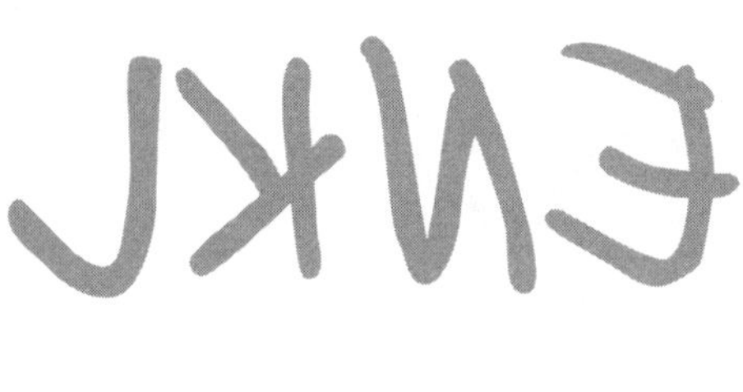

Griff stand wie angewurzelt da und starrte mich durch das regennasse Fenster an. Er war kreidebleich.

»Ach verdammt! Tut mir leid, wenn ich dich erschreckt habe«, rief ich ihm durch die Glastür zu. »Ich wollte nicht verkehrt herum schreiben.« Resigniert zuckte ich die Schultern. »Aber mit dir kann man ja nicht reden, Griff. Du bist unmöglich.«

Ich weiß nicht, ob er mich hören konnte. Doch irgendetwas musste zu ihm durchgedrungen sein, denn er drehte sich mit einem Ruck um und lief den Gang entlang zurück. Und als ich durch die Tür kam und ihn einholte, gingen wir gemeinsam zu Jamies Klassenzimmer.

Draußen vor der Tür zögerte Griff und spähte durch das Fenster. Ich auch. Drinnen sprach Jamie zu einer Gruppe von Schülern, ungefähr neun oder zehn. Ein paar waren Neuntklässler wie Griff, aber die meisten schienen etwas älter, etwa so alt wie ich.

»Die sehen doch alle ganz o. k. aus«, sagte ich.

Griff schwieg einen Augenblick, bevor er ganz leise fragte: »Wer ist sie denn?«

Ich sah ihn fragend an, folgte dann aber seinem Blick und entdeckte ein Mädchen, das im hinteren Teil des Raumes etwas abseits von der Gruppe saß. Sie war ziemlich hübsch. Ihr langes braunes Haar war zu einem Pferdeschwanz gebunden, und sie war ungefähr im gleichen Alter wie ich – oder vielleicht auch nicht, vielleicht war sie auch in Griffs Alter. Ich war mir ziemlich sicher, dass ich sie noch nie in meinem Leben gesehen hatte. Und doch erkannte ich sie wieder.

Oder klingt das merkwürdig?

Griff flüsterte noch einmal: »Wer *ist* sie?«

Von draußen war ein Donnern zu hören, gefolgt von einem immer stärker werdenden Regen. Laut trommelte er auf die Oberlichter im Gang. Eine Ahnung machte sich in meinem Kopf breit. Doch noch ehe der Gedanke Gestalt annehmen konnte, schwang plötzlich die Tür auf. Griff und ich sprangen erschrocken zurück.

»Ach, schön«, sagte Jamie mit einem breiten Lächeln. »Das Treffen ist fast vorbei, aber besser spät als nie. Dann habe ich also nicht umsonst gehofft. Hereinspaziert.«

Wir folgten ihm nach drinnen, wo Griff unschlüssig stehen blieb und die anderen Schüler beobachtete. Ich tat das Gleiche, um ehrlich zu sein.

»Hier vorn sind noch Plätze frei«, sagte Jamie. »Wir teilen uns gerade auf. Wir arbeiten immer in Zweierteams – jeweils ein neuer und ein erfahrener Freiwilliger. So funktioniert es am besten.«

Griff nickte nervös, während ich mir langsam wie ein richtiger Vollidiot vorkam. Ich hatte meinen Bruder ja praktisch hierher gezwungen – mit meinem blöden Rückwärtsgeschreibe und allem.

»Oh Mann, tut mir wirklich leid«, flüsterte ich.

Doch Griff beachtete mich gar nicht, sondern hörte interessiert Jamie zu, der, als ich ihm meine Aufmerksamkeit auch wieder zuwandte, gerade Folgendes erklärte:

»Also, Griff – du gehst am besten mit Harry. Ein sehr netter älterer Herr namens Powell Roberts hat gefragt, ob er in unser Programm aufgenommen werden kann. Powell lebt in der Wohnanlage, die Harry immer besucht. Das heißt also, du und Harry, ihr könnt dort nächsten Mittwoch zusammen hin. Geh einfach einmal mit und schau, wie es klappt, und dann können wir danach darüber reden … O. k.?«

Griff nickte unsicher.

»Ist das für dich auch in Ordnung, Harry?«, fragte Jamie.

Und irgendwo hinter uns muss Harry wohl ebenfalls genickt haben.

Denn Jamie klatschte in die Hände und erklärte: »Gut, dann wars das für heute. Ich gebe euch noch die Umschläge mit euren Ausweisschildern und einigen wichtigen Informationen. Denkt daran, eure Schilder auch zu tragen, und vergesst nicht, dass ihr euch immer erst bei der Heimleitung melden müsst, beziehungsweise bei der Person, die gerade Dienst hat. Ihr könnt nicht einfach so mir nichts, dir nichts in diese Einrichtungen reinspazieren. Die Anmeldung dient der Sicherheit aller Beteiligten.«

Während alle schon anfingen, ihre Sachen zusammenzupacken, fiel Jamie noch etwas ein. »Ach, das Wichtigste zum Schluss: Vergesst nicht, es gibt keine schönere Art, den Mittwochnachmittag zu verbringen. Ihr seid alle ganz, ganz wunderbare Menschen. *Diolch yn fawr.*«

Ich sah, wie Griff ein wenig rot wurde, und ich wusste, dass er ein schlechtes Gewissen wegen seiner niederen Beweggründe hatte.

»Nur weil du so aus Rugby rauskommst, heißt das nicht,

dass du nicht auch ein wunderbarer Mensch bist«, sagte ich. Doch Griff hörte mal wieder nicht hin. Er stand auf und wollte gehen.

»Warte kurz, Griff«, hielt Jamie ihn zurück. »Renn nicht gleich weg. Sag erst noch Harry Guten Tag.« Er winkte Harry irgendwo hinter uns heran und ging dann weiter, um noch etwas mit jemand anderem zu besprechen.

Gleichgültig drehte Griff sich um, um Harry zu begrüßen. Ich auch.

Und da stand er. Nur dass er gar kein Junge war. Sondern ein Mädchen. Und zwar das Mädchen mit dem seltsam bekannten Gesicht, das uns vorhin schon aufgefallen war.

Sie winkte Griff fröhlich zu. »Ja, ich weiß. Schocker! Harry ist ein Mädchen! Nur schreibt man es bloß mit einem r, und einem i statt dem y. Hari. Und es ist nicht die Abkürzung für Harriet, klar? Sondern kurz für Angharad.«

Schüchtern war sie jedenfalls nicht, dieses Mädchen namens Hari.

Griff lächelte sie unsicher an. Dann sagte er: »Ich bin Griff.« Nach einer Pause fügte er hinzu: »Auch mit einem r und i.«

»Ha! Guter Spruch.« Ich klopfte meinem Bruder anerkennend auf die Schulter.

»Das ist es!« Griffs Gesicht hellte sich plötzlich auf. »Jetzt weiß ich wieder, wo ich dich schon mal gesehen habe! Es ist ewig her. Du warst beim Line-Dancing auf der Promenade.«

»Sauber«, bemerkte ich. »Meine Güte, Griff, ich wusste ja gar nicht, dass du so geschmeidig mit der Damenwelt bist!«

»Oh Gott!« Hari verdrehte die Augen. »Dabei war ich nicht mal meinetwegen da – sondern wegen meiner Omi, Enid! Ich habe sie nur geschoben! Musstest du jetzt unbedingt das Line-Dancing erwähnen?«

Mein Bruder lief lila an. Es schien ihm die Sprache verschlagen zu haben.

»Halt einfach den Mund«, riet ich ihm. »Man muss nicht immer reden, nur damit man irgendwas gesagt hat.«

Doch Griff ignorierte meine Warnung. »Weißt du, was? Ich habe eine Katze, die heißt Barry – also fast wie du, oder? Nur dass Barry zwei rs und ein y hinten hat.« Sein Gesicht wurde langsam dunkellila. Er räusperte sich und murmelte: »Und vorne mit B. Aber eigentlich ist das gar nicht ihr richtiger Name.«

Ich schlug mir verzweifelt die Hand vor die Stirn.

»Vielen Dank für diese Information.« Lachend griff Hari nach ihrer Tasche. »Hör zu, ich bin am Verhungern. Ich gehe mir noch ein Sandwich holen, bevor die Cafeteria zumacht. Willst du mitkommen?«

Griff schienen schon wieder die Worte zu fehlen. Aber dann fiel ihm zum Glück doch noch eins ein. »Ja.« Damit nahm er seine Tasche und folgte Hari nach draußen, ohne sich noch einmal umzublicken.

Ich stand da wie angewurzelt und sah ihnen nach. Als ich mich schließlich umdrehte, bemerkte ich, dass Jamie die beiden ebenfalls beobachtet hatte. Er lächelte, und zwar so zufrieden, wie Einstein möglicherweise gelächelt hatte, als er die Relativitätstheorie entdeckte, oder John Lennon, als er »Imagine« schrieb, oder wie Dylan Thomas, wenn er überhaupt irgendetwas schrieb. Und in diesem Moment wurde mir klar, dass Jamie genauso ein Genie war wie sie alle. Denn er hatte es tatsächlich fertiggebracht, dass mein Bruder mit jemandem redete. Ich hob den Arm, winkte ihm quer durchs Klassenzimmer zu und reckte den Daumen. Dann boxte ich einmal in die Luft und verschwand ebenfalls aus der Tür.

An diesem Abend fragte Dee bei Fischstäbchen, Pommes und Erbsen: »Und, wie wars in der Schule?«

»Ganz o. k.«, sagte Griff.

Owen warf Dee einen mahnenden Blick zu.

»Hast du dich mit irgendjemandem unterhalten?«, bohrte Dee weiter.

Griff zögerte, während er eine Gabel voll Erbsen vor sich in der Schwebe hielt. »Ja«, sagte er schließlich. »Ich habe mit einem Mädchen namens Hari geredet.« Dann schob er sich lächelnd seine Erbsen in den Mund.

21

Der Mittwoch kam so schnell, dass ich ihn fast über die Berge heranrauschen hörte. Als er endlich da war, ließ ich jede Minute des belanglosen Morgens einzeln vorbeigleiten. Dann ging ich Griff suchen. Ich fand ihn schnell. Er saß in der Cafeteria und stopfte sich den letzten Bissen eines Fleischsalatbrötchens rein. Als er es endlich hinuntergewürgt hatte, wischte er sich die Krümel von der Jacke und ging zu seiner Verabredung mit Hari.

Hari wartete auf dem Schulhof. Sie war in der Masse der Schüler nicht zu übersehen, denn sie trug einen grünen Parka und dazu eine hellgelbe Wollmütze. Bei ihrem Anblick musste ich an die bunten Vögel denken, die im Yu-Yuan-Garten herumflatterten. Als sie uns kommen sah, winkte sie. »Hey, Griffindor! Hast du den Umschlag, den Jay-Z dir gegeben hat?«

Griff sah sie verwirrt an. »Ich heiße bloß Griff – nicht Griffindor. Und was hat denn Jay-Z damit zu tun?«

»Sie meint Jamie«, sagte ich.

»Ich meine Jamie«, sagte sie.

»Ach so.« Griff zog den Umschlag aus seiner Tasche und schwenkte ihn in der Luft.

»Cool«, sagte Hari. »Und hast du auch dein Schild?«

»Ja, habe ich.«

»Braver Junge.« Hari warf sich ihren Rucksack über die Schulter, verschränkte die Arme und grinste. »Und hast du auch eine Tüte Lächeln eingepackt, dein bestes Paar Lauscher und deine Sonntagsmanieren?«

Leider hatte sie vergessen, Humor aufzuzählen. Denn den hatte Griff ganz offensichtlich zu Hause gelassen. »Wer bist du denn? Meine Mum oder was?«, fauchte er sie an und starrte dann verbissen zu Boden.

Ich warf den Kopf in den Nacken und sah zum Himmel auf. Das fing ja gut an.

Hari schob sich mit ihrer behandschuhten Hand die Mütze aus der Stirn. »Wow! Entschuldige, dass ich was gesagt habe. Ich wollte dir nur helfen, weil heute dein erstes Mal ist und weil du in der neunten Klasse bist und ich in der zehnten. Aber wenn du nicht willst, dann lasse ich es eben. Du bist ein richtiger *pudin-pants*, jawohl!« Damit drehte sie sich um und marschierte in Richtung Schultor.

Griff blieb stehen und starrte ihr nach. *»Pudin-pants?«*

Ich nickte. »Aber weißt du, sie hat recht.« Ich berührte ihn am Arm. »Jetzt versau es bloß nicht, Großer. Geh ihr nach.«

Einen Augenblick lang rührte sich Griff nicht von der Stelle. Dann stopfte er den Umschlag zurück in seine Tasche und spurtete Hari hinterher.

Ich ließ noch ein oder zwei Sekunden verstreichen, bevor ich ihm nacheilte. Das hätte ich vielleicht nicht machen müssen – aber ich hatte ja auch nicht wirklich etwas Besseres zu tun.

Hari war schon zum Tor raus und hüpfte mit großen federnden Schritten und weit ausholenden Armen voran. Um ehrlich zu sein: Es sah ziemlich verrückt aus, wie sie da so ging – auf eine Art, die eher in die Straßen von Bed-Stuy passen würde, wo alle laufen, wie es ihnen passt. Auf einer steilen, einsamen Straße in Aberystwyth wirkte es dagegen ein bisschen fehl am Platz. Aber ich mochte Hari. Und wie sie da den Fußweg langpogte, das war wenigstens eine erfrischende Abwechslung zu Griff, der immer nur schweigend vor sich hin schlurfte und dabei auf seine Schuhe starrte.

Und auch zu meinem schweigenden Schlurfen.

Hari sah sich um. »Ach, du bist ja noch da.«

»Ja«, sagte Griff. »Tut mir leid.« Er zögerte kurz. »Wie hast du mich noch mal genannt eben?«

»Griffindor – wie bei Harry Potter. Sag bloß, ihr kennt in Amerika Harry Potter nicht? Du bist doch Amerikaner, oder? Zumindest klingst du so.«

»Nein, klingt er nicht«, schnaubte ich.

»Eigentlich bin ich Engländer«, erklärte Griff. »Na ja, eigentlich auch irgendwie Waliser. Aber ich habe bis letzten Sommer in New York gelebt. Und noch an ein paar anderen Orten.«

»Aaaah, verstehe, ein Mann von Welt«, sagte Hari. Ihre

Arme schlenkerten immer noch wild herum. Griff schlenkerte auch ein bisschen mit den Armen – was wahrscheinlich daran lag, dass der Berg so steil war. Wenn man bergab geht, ist es gar nicht so einfach, immer die Kontrolle über alle seine Gliedmaßen zu behalten.

»Und doch, wir kennen Harry Potter in Amerika«, sagte Griff. »Aber ich meinte das andere – *pudin-pants*?«

Hari lachte. »Ja, das tut mir leid. Das war walisisch. Das habe ich von meiner Nein.«

Griff und ich sahen sie perplex an. »Deine Nein?«

Hari schüttelte den Kopf. »Verdammt noch mal. Jetzt merke ich den halben Engländer auch. Nicht *nein*. *Nain*. N-A-I-N. Das heißt ›Oma‹.«

Griff biss sich auf die Lippe. »Daran werde ich mich nie gewöhnen.«

»Aber klar doch«, sagte ich.

»Doch, wirst du, du Weltmann«, sagte Hari. »Du brauchst einfach ein bisschen Zeit, nicht?«

Ich lächelte. Genau das haben wir ihm auch immer gesagt. Ich und Angelo, Blessing und Dee – und vor allem Owen. Und jetzt auch noch dieses Mädchen mit dem durchgeknallten Gang. Doch nun schien es zum ersten Mal so, als würde Griff tatsächlich zuhören.

»Es war nur komisch, als du mich *pudin-pants* genannt hast, weil meine Mum das auch immer gesagt hat«, erklärte Griff.

Überrascht fuhr ich zu ihm herum. Er war leicht rosa angelaufen, sah ansonsten aber ganz o. k. aus. Wir marschierten schweigend und in halsbrecherischem Tempo weiter bergab. Haris Arme schwangen noch immer wild herum, aber mir fiel auf, dass ihr Schritt nicht mehr ganz so federnd war. Es dauerte eine Minute oder sogar länger, bis sie einen kleinen Seitenblick auf meinen Bruder wagte. »Hat sie dich auch immer *mein Süßerchen* genannt?«

Griff schüttelte den Kopf.

Hari lächelte ihn an. »Das hätte sie mal machen sollen, denn es ist auch so ein typisch walisischer Ausdruck. Und außerdem bist du ja auch ziemlich süß, wenn du nicht gerade ein *pudinpants* bist.« Dann holte sie wieder weit mit den Armen aus und stapfte uns voraus bergab.

»Sie mag dich. Eindeutig«, sagte ich zu Griff.

Griff biss sich grinsend auf die Lippe.

Und obwohl ich mich eigentlich gar nicht aus dem Gespräch verabschieden wollte, bemerkte ich, dass ich schon wieder abschweifte. Diesmal lagen Matilda und ich nebeneinander

in

einer

Hängematte

unter

dem

makellosen

Himmel

Barcelonas

und

schaukelten

wie

verrückt.

Die Hängematte gehörte Matildas Eltern und hing auf der Terrasse ihrer damaligen Wohnung. Die Wohnung war viel größer und die Terrasse viel schicker, als ich es von uns zu Hause gewohnt war. Es gab sogar einen Pool. Ich hatte noch nie irgendwo gewohnt, wo es einen eigenen Pool gab. Was wohl daran lag, dass meine Eltern keine erfolgreichen hohen Tiere bei irgendwelchen Banken waren – im Gegensatz zu Sven, dem Börsenmakler.

»Das ist so was von cool«, sagte ich. »Ihr wohnt bestimmt in der besten Wohnung von Barcelona. Ich wette, nicht mal Lionel Messie hat so ein tolles Haus.«

»Sei nicht albern«, sagte Matilda. »Er hat bestimmt eine bessere Hängematte, und wahrscheinlich hat er sogar eine Wasserrutsche in seinem Schwimmbad.« Sie rückte ihren Arm zurecht und rammte mir dabei ihren Ellbogen zwischen die Rippen. »Aber wie auch immer, wir gehen ja bald zurück nach München, also solltest du das Beste draus machen, solange es noch geht.«

Ich hörte auf zu schaukeln und ließ die Hängematte einfach ausschwingen. Dann sah ich in den makellosen Himmel auf. »Willst du denn nach München zurück?«, fragte ich sie – und hoffte natürlich insgeheim, dass sie Nein sagen würde.

Matilda verschränkte die Hände hinter dem Kopf, wobei sie mir aus Versehen den Ellbogen ins Ohr stieß.

»Ja«, antwortete sie.

Ich setzte mich auf, und die Hängematte geriet gefährlich ins Schleudern.

»Pass auf«, sagte Matilda. »Sonst kippen wir noch um.«

»Wirklich?« Ich stellte meine Füße seitlich auf den Boden, um uns zu stabilisieren. »Du willst wirklich ganz im Ernst zurück?«

Matilda blinzelte mich an und nickte. »Ja. Meine Oma und mein Opa sind in München. Sie fehlen mir.«

»Hm.« Ich nickte ratlos. Mir hatten meine Großeltern nie gefehlt. Ich hatte ja nicht mal wirklich welche.

Matilda stemmte sich hoch und sah mich an. Ihre Augen funkelten verschmitzt, wie ich es noch nie bei ihr gesehen hatte. *Oh Gott*, dachte ich. *Was kommt jetzt als Nächstes?*

»Na, wenigstens musst du dann in der Schule nicht mehr so tun, als ob du mich nicht leiden kannst.«

Ich sprang auf. Die Hängematte schlingerte und ich musste sie festhalten, damit Matilda nicht herausfiel. Als sie aufgehört hatte zu kreischen, sagte ich: »Ich tue doch gar nicht so, als ob ich dich nicht leiden kann.«

»Doch«, beharrte sie. »Die ganze Zeit! Du redest fast nie mit mir. Und wenn Emilio oder Ibrahim dabei sind, schaust du mich nicht mal an. Weißt du, was witzig ist? Ich habe Mama davon erzählt, und sie findet es süß.«

Ich stand da in meinem Barcelona-Shirt und Fußballshorts und sah sie schockiert an. »Das hast du deiner Mutter erzählt?«

Matilda schlug sich kichernd die Hand vor den Mund. »Ja. Und willst du wissen, was sie gesagt hat?«

»Nein.« Ich sah mich nach meinem peinlichen Telefon um, mit dem ich nicht ins Internet kam und nur Nachrichten verschicken konnte, um meiner Mum zu schreiben, dass sie mich abholen soll.

»Mama meint, dass du nur so tust, als ob du mich nicht leiden kannst, damit deine Freunde nicht denken, dass du in mich verliebt bist.«

Völlig außer mir vor Entsetzen griff ich mir an den Kopf. »Da liegt sie absolut falsch! Deine Mutter spinnt!«

Hinter mir hörte ich erst ein Hüsteln, dann eine Stimme. »Hallo, Dylan.«

Ich fuhr herum. Matildas Mutter Silke stand hinter mir und hielt ein Tablett mit zwei Gläsern Cola. »Oje«, sagte sie. »Das ist jetzt aber peinlich, was?«

»Ich … ääh … das meinte ich nicht …« Hilflos starrte ich sie an. Manchmal, wenn man in der Falle sitzt, ist es am besten, man hält einfach die Klappe.

»Na, da bin ich aber erleichtert«, sagte sie. »Ich dachte schon, du meinst das ernst, dann hätte ich dich in den Pool schubsen müssen.«

Matilda kicherte.

Silke sah zu ihr und anschließend wieder zu mir. »Hat sie dich geärgert? Manchmal kann sie wirklich unausstehlich sein. Dann musst du sie einfach ignorieren.«

Matilda zog ein empörtes Gesicht, während ich mir ein

triumphierendes Feixen nicht verkneifen konnte. Silke stellte das Tablett auf einem Plastiktischchen ab. »Verzeihst du mir also, was auch immer ich falsch gemacht habe? Sind wir noch Freunde?«

»Klar.« Ich strahlte sie an.

»Gut«, sagte Silke. »Und hör nicht auf Matilda. Bleib einfach so, wie du bist. Immer.« Sie lächelte mich an, drohte Matilda scherzhaft mit der Faust und ging wieder ins Haus.

Ich frage mich, wie viel von unserem Gespräch sie damals mitbekommen hat. Und vermute fast, dass sie alles gehört hat.

Matilda stieg aus der Hängematte, nahm sich ein Glas Cola, setzte sich an den Pool und ließ die Beine ins Wasser baumeln. Dann trank sie einen Schluck, stellte das Glas ab und fragte: »Bist du denn in mich verliebt?«

Einen Augenblick lang starrte ich sie verzweifelt an, bevor ich schließlich lachend aufgab. »Ein bisschen«, räumte ich ein. »Aber *wirklich* nicht sehr.« Und dann tat ich endlich, was ich schon viel früher hätte tun sollen, und schubste sie in den Pool.

Unten am Berg angekommen bogen wir links ab, dann rechts und wieder links, dann gingen wir quer durch einen Park, bis wir schließlich vor einem gepflegten mehrstöckigen Wohnhaus stehen blieben.

»Hier ist es«, verkündete Hari.

Griff und ich sahen uns um.

»Sieht gar nicht aus wie ein Altersheim«, stellte Griff fest.

»Es ist auch kein Altersheim«, erklärte Hari. »Sondern eine

betreute Wohnanlage. Die Leutchen, die hier wohnen, haben alle ihre eigene Wohnung, weil sie sich noch selbst versorgen können. Sie brauchen nur eine Betreuerin, die ab und zu nach ihnen sieht. Na los, gehen wir rein und melden uns bei ihr an. Sie heißt Hev.«

Hev? Oder hatte sie *Heth* gesagt?

»*Wie* heißt sie?«, fragte Griff.

Hari verdrehte die Augen. »H-E-D-D. Es bedeutet Frieden. Man spricht es so aus: *Hevth.*« Sie schob die Zunge durch die Zähne und machte diesen seltsamen Laut, der irgendwas zwischen *v* und *th* war, aber doch keines von beiden. »Das ist walisisch«, fügte sie helfend hinzu, bevor sie den Klingelknopf neben der Eingangstür drückte.

Die Gegensprechanlage knisterte, dann war die Stimme einer Frau zu hören, die erst irgendetwas Unverständliches auf Walisisch brabbelte und anschließend fragte: »Wer ist da?«

»Hari Perry«, antwortete Hari.

»Oh mein Gott«, sagte ich. »Das ist ja wohl der beste Name aller Zeiten.«

Griff lächelte.

»Ich habe den Neuen dabei – Griff Taylor«, sagte Hari in die Sprechanlage.

»Ach ja. Kommt rein, ihr Lieben. Ich mache euch auf.«

Ein lautes Summen ertönte, und Hari drückte die Tür auf.

Hedd erwartete uns an ihrer Wohnungstür gleich hinter dem Eingang im Treppenhaus. Sie sah aus wie eine blonde Version von Dee. Klein, kurzhaarig, mittelalt und freundlich.

»Hiya, ihr Lieben«, sagte sie. »Hiya, Griff. Wie schön, dass du dich gemeldet hast – es tut den Bewohnern richtig gut, weißt du. Pass auf, es ist nur eine Formalität, aber ich muss mir beim ersten Mal immer den Ausweis zeigen lassen.«

»Klar.« Griff zog den Reißverschluss seiner Jacke auf und zeigte ihr sein Ausweisschild.

»Ich bin sein Bruder«, erklärte ich, nur um dazuzugehören. »Ich verspreche, dass ich niemanden stören werde.«

»Alles klar.« Hedd lächelte Griffs Namensschild an. »Alles wunderbar. Hari weiß, wo es langgeht, denn Powell wohnt direkt neben Enid. Ich habe die beiden schon angeklingelt, damit sie euch die Tür aufmachen. Soll ich heute vielleicht noch mitkommen, Griff? Um dich vorzustellen?«

»Schon gut.« Griff winkte ab.

»Na gut«, meinte Hedd. »Aber wenn irgendetwas ist, zieh einfach an der roten Schnur, dann komme ich. Es gibt eine in der Küche und eine im Bad. Und Powell trägt außerdem noch einen Piepser an einer Schnur um den Hals, aber den fasst du lieber nicht an. O. k.?«

»O. k., Ma'am«, antwortete Griff und lief augenblicklich rot an.

Hedd und Hari starrten ihn an.

»Du bist nicht mehr in New York, weißt du«, sagte ich.

»Ma'am?«, wiederholte Hari.

»Ach, du bist ja entzückend«, sagte Hedd. »Aber bitte, nenn mich doch einfach Hedd.« Da war er wieder – dieser unaussprechliche *vth*-Laut.

»O. k., Ma'am«, sagte Griff noch einmal und wurde noch röter.

Nachdem Hedd wieder in ihrer Wohnung verschwunden war und wir oben auf der Treppe standen, seufzte Griff. »Ich wünschte, sie hätte einen einfachen Namen. Wie Griff oder … oder Dee. Walisisch finde ich noch schwieriger als Chinesisch.«

Hari zuckte die Schultern. »Dee ist doch gar kein richtiger Name, oder?«

»Doch«, sagte Griff und schien plötzlich gekränkt. »Ich kenne eine Dee. Sie ist meine …« Er brach ab und wusste nicht weiter.

»Sie ist dein Vormund«, half ich ihm.

»Deine *was*?«, fragte Hari.

»Egal.« Griff deutete mit dem Kopf zu den beiden angelehnten Türen auf dem Treppenabsatz und murmelte: »Los, bringen wir diese ENKL-Sache hinter uns.«

Zaghaft klopfte er an die Tür, auf der ein kleines Pappschild mit der Aufschrift *Powell Roberts* klebte.

Hari zögerte. »Bist du sicher, dass du das hinkriegst?«

»Nein«, sagte Griff. »Aber ich kann ja auch nicht den ganzen Tag hier blöd rumstehen.« Damit klopfte er noch einmal an, diesmal etwas lauter.

Von drinnen rief eine Stimme: »Komm rein, Junge.«

»Dann sehen wir uns in einer Stunde«, verabschiedete sich Hari. »Viel Glück.«

Nervös betrat Griff die Wohnung. Ich folgte ihm auf dem Fuß. Wir waren kaum drin, da tauchte ein alter Mann auf.

Er ging auf einen Gehstock gestützt, hatte volles weißes Haar und sah ziemlich grimmig aus. »Hah!«, sagte er. »Da kommt ja meine Gesellschaft!«

Griff zuckte die Schultern. »Sieht so aus. Ich bin übrigens Griff.«

»Und ich bin Dylan«, sagte ich. Einfach nur weil.

Der alte Mann stützte sich mit einer Hand auf den Stock und streckte seine freie Hand aus. »Ich bin Powell.« Er schüttelte meinem Bruder stürmisch die Hand. »Immer schön hereinspaziert, ich mache gerade Tee.« Er hatte einen ungewöhnlichen Akzent. Obwohl das Walisische ganz eindeutig herauszuhören war, klang er so walisisch, wie Griff und ich englisch klangen. Und das heißt: fast, aber eben nicht ganz.

Wir folgten Powell durch den Flur, und ich merkte Griff an, wie schwer ihm jeder Schritt fiel. Er ging, als hätte er Blei an den Füßen. Jetzt tat er mir wieder leid. Vielleicht war das Ganze doch keine so geniale Idee gewesen. Was um alles in der Welt sollten Griff und dieser alte Mann bloß eine ganze Stunde lang zu besprechen haben?

Doch in Powells Wohnzimmer erwartete uns eine Überraschung. Der kleine Raum war voller Dinge. Und die meisten dieser Dinge waren alte Schallplatten. Eine Wand bestand nur aus Plattenregalen, an einer anderen hingen lauter gerahmte Fotos. In einer Ecke stand ein alter Plattenspieler in einem glänzend polierten Holzkoffer und in einer anderen ein großer alter Kastenfernseher. Es sah fast ein bisschen aus wie bei Blessing.

»Sie haben ja Schallplatten.« Griff strahlte auf einmal wie die Sonne.

»Cool«, sagte ich, und wie eine Motte zum Licht zog es mich zum Plattenregal.

Auch Powells Gesicht hellte sich auf. Auf einmal sah er gar nicht mehr so grimmig aus. »Plattenliebhaber, hm?«

Wir nickten beide.

»Ha!«, sagte Powell. »Und ich dachte immer, die jungen Leute heute interessieren sich nur noch für Musikdownloads und solchen Mist. Da sieht mans mal wieder: Man kann nie wissen, was?«

Ich ließ meine Finger vor dem Regal in der Luft zappeln und fuhr in einer unsichtbaren Linie an den Rücken der Plattenhüllen entlang. Powell hatte einen Haufen alte Sachen – vieles davon schien sogar noch älter zu sein als die Beatles oder die Beach Boys – und er hatte sie alle alphabetisch sortiert, so wie es sich gehört. Ich beugte mich näher, neigte den Kopf zur Seite und studierte die winzig klein gedruckten Titel. Frank Sinatra. Matt Monro. Tom Jones. Buddy Holly. *Richtig* viel von Buddy Holly.

Hinter mir hörte ich Griff fragen: »Haben Sie denn auch etwas von Kanye West da?« Möglicherweise hatte er seinen Humor doch eingepackt.

»Nein«, sagte Powell, »aber dafür die letzte Platte von Jay-Z.«

Ich fuhr herum und sah Powell ungläubig an. »Echt?«

»Ha!« Powell umfasste seinen Gehstock mit beiden Händen, warf den Kopf in den Nacken und lachte. »Kleiner Scherz!« Er hatte also auch Humor. Vielleicht würde es ja doch noch ganz lustig werden.

Griff grinste betreten. »O. k.. Aber jetzt mal im Ernst: Haben Sie etwas von den Beatles oder den Beach Boys?«

»Sowohl als auch«, antwortete Powell. »Sonst wäre es ja wohl keine Plattensammlung, oder?«

Griff lächelte wieder. »Nicht wirklich.« Er biss sich auf die Lippe und ich konnte sehen, wie es in seinem Hirn arbeitete, während er überlegte, was er als Nächstes sagen könnte.

Wenn du nicht weiterweißt, einfach die Klappe halten, sagte ich. Aber nicht laut. Nur in meinem Kopf.

Ich hätte mir gar keine Sorgen machen müssen. Mein Bruder kam gerade erst in Fahrt. »Und von Aretha Franklin? Sie ist die Queen of Soul, wissen Sie.«

Powell starrte ihn an. »Ich weiß, wer Aretha Franklin ist, mein Junge.« Auf seinen Stock gestützt kam er zum Plattenregal gehinkt und stellte sich neben mich. Ich trat einen Schritt beiseite und beobachtete, wie er mit dem Finger in einem bestimmten Fach bis zum F fuhr und dort eine Platte herauszog.

»Ist das ihre Platte von 1961?«, fragte Griff. »Wenn es die Originalpressung ist, dann ist sie ein Vermögen wert!«

Ich schüttelte den Kopf. Jetzt gab er aber an.

»Ich finde dich immer interessanter, mein Junge«, sagte Powell. »Offen gestanden habe ich mir von dieser ganzen Sache nicht besonders viel erhofft. Ich dachte, sie schicken mir irgend so einen jungen Hohlkopf, der die ganze Zeit nur auf sein Telefon starrt.« Seine Augen blitzten. »Selbst schuld, was?«

»Da sieht man mal wieder: Man kann nie wissen«, gab Griff zurück. Und zum ersten Mal seit einer Ewigkeit sah ich es auch in seinen Augen wieder blitzen.

***

An diesem Abend fragte Dee bei Hackfleischpfanne mit Bohnen: »Wie lief es denn heute? Mit dem alten Mann?«

»Ganz o. k.«, sagte Griff.

»Und diese Hari? Sie war doch auch mit, oder?«

»Mhmm.« Griff schob etwas Hackfleisch auf seinem Teller herum, ehe er sich schließlich ein Herz fasste. »Dee, kann ich dich etwas fragen?«

Dee hielt überrascht mit ihrer Gabel in der Hand inne. Ihre Augen huschten zu Owen und dann wieder zurück zu Griff. »Natürlich, mein Liebling.« Und noch bevor mein Bruder auch nur ein einziges Wort herausgebracht hatte, fügte sie hinzu: »Ist es etwas Persönliches?«

Owen wandte den Blick zur Decke und schob sich einen Happen Bohnen in den Mund.

»Äh … ich denke schon, ja«, sagte Griff.

Ich zog die Augenbrauen hoch und beugte mich erwartungsvoll nach vorne.

Dee legte ihre Gabel beiseite und wischte sich den Mund mit der Serviette. »Pass auf, Herzchen«, sagte sie. »Ich mache es kurz: Wenn es um unsere Situation hier geht, kann ich nur sagen, dass wir es ganz wunderbar finden, wie es ist. Oder etwa nicht, O?«

Owen nickte kauend.

Dee beugte sich vor. »Ich bin jetzt mal ganz ehrlich, mein Liebling. Owen und ich haben ja keine eigenen Kinder, nicht wahr? Ich habe polyzistisches Ovarialsyndrom und Owens Spermien kommen nicht richtig voran. So ist es nun mal, da kann man nichts machen. Und wir waren auch immer zufrieden zu zweit. Doch dann hörten wir von dem Unfall, und alles wurde anders. Aber du sollst nicht denken, dass es eine Last für uns ist. Das ist es nämlich ganz und gar nicht. Im Gegenteil. Wir sind sehr froh darüber, wie es jetzt ist.«

Owen und Griff starrten Dee an, und ich weiß nicht, wem von beiden es peinlicher war.

Die Zeit tickte weiter, so laut wie Bombeneinschläge.

»Ähm … das ist wirklich lieb«, stammelte Griff. »Danke. Aber … ähm … eigentlich wollte ich dich etwas anderes fragen.«

Owen schüttelte den Kopf und lachte kurz auf. »Ich glaube, ich brauche ein Bier.« Er stand vom Tisch auf und holte sich eins aus dem Kühlschrank.

Dee hüstelte in ihre Serviette. Dann räusperte sie sich und fragte: »Um was geht es denn, mein Liebling?«

»Ähm …«, sagte Griff, »ich habe mich nur gefragt, ob Dee eigentlich dein richtiger Name ist oder eine Abkürzung von irgendwas.«

»Ach so.« Dees Gesicht war mittlerweile auch ziemlich rot. Hinter ihrem Rücken riss sich Owen eine Bierdose auf, und das Zischen klang original wie ein frustrierter Seufzer. Plötzlich musste Dee lachen. »Ich und meine große Klappe«, sagte sie. »Ich sollte vielleicht einfach mal zuhören, was?«

»Ja«, bestätigte Owen.

»'tschuldigung.« Dee zuckte die Schultern und Griff lächelte. »Aber wenn du es genau wissen willst: Dee ist die Abkürzung von Doissilie. Das ist ein walisischer Name.«

Oder zumindest klang das, was sie sagte, wie Doissilie.

Griff runzelte die Stirn. »Wie schreibt man das?«

»Genau wie man es spricht«, antwortete Dee. »D-W-Y-S-L-I. *Dwysli.*«

Griff schüttelte den Kopf und lächelte verzagt. »Daran werde ich mich einfach nie gewöhnen.«

»Doch, wirst du«, sagte Owen.

»Du brauchst einfach noch Zeit«, sagte ich.

Dee schenkte uns ihr breitestes Lächeln. »Er hat recht.«

Und obwohl er Tränen in den Augen hatte, brachte Griff schließlich auch ein Lächeln zustande. »Ich weiß«, sagte er.

22

Am nächsten Morgen ging ich nicht mit Griff zur Schule. Er fuhr nämlich mit seinem Mountainbike. Erstaunt sah ich zu, wie er das bislang ungeliebte Fahrrad aus der Garage schob, ein Bein über die Stange schwang und ohne mich davonradelte.

»Hey!«, rief ich ihm noch hinterher, während er um die Biegung am Ende der Sackgasse verschwand. »Pass auf dich auf!«

Ich hatte nicht damit gerechnet, dass er mich hören würde. Keine Sekunde hatte ich damit gerechnet. Doch dann kam er wieder zurück. Er machte eine Vollbremsung vor Dees und Owens Haus, legte das Rad in der Einfahrt ab und verschwand noch einmal in die Garage. Als er kurz darauf wieder herauskam, trug er einen schwarzen Skaterhelm.

Anscheinend reicht so eine Stimme manchmal doch viel weiter, als man denkt.

»Du siehst aus wie ein Klonkrieger«, zog ich ihn auf.

Griff bückte sich, um sich im Seitenspiegel von Owens Auto zu begutachten, und nickte seinem Spiegelbild zufrieden zu. Dann hob er sein Fahrrad auf, stieg wieder auf und brauste davon. Ich folgte ihm bis zum Ende der Sackgasse, wo ich stehen blieb und ihm nachsah, wie er sich mit seinem ganzen Gewicht in die Pedale stemmte und den Berg hochquälte. Anerkennend schüttelte ich den Kopf. Für so eine Steigung braucht man ganz schön Biss, und mein bissiger kleiner Bruder hatte anscheinend noch welchen übrig. Ich sah ihm nach, bis er außer Sicht verschwand, und dann machte ich mich allein auf den Weg.

Doch schon nach wenigen Schritten bergauf hielt ich inne.

Weil ich überhaupt nicht vorankam.

Als würde ich auf einem Fahrrad sitzen und wie verrückt in die Pedale strampeln, obwohl die Kette abgefallen war.

Es war absolut und vollkommen sinnlos.

Wie festgewurzelt stand ich auf dem Fußweg und wusste nicht weiter. Dann drehte ich mich ganz langsam einmal um meine eigene Achse. Und wohin ich auch sah, in jeder Richtung wirkte die Welt riesengroß und grau und leer.

»Komm schon, Dyl«, murmelte ich. »Reiß dich zusammen.«

Ich schloss die Augen, breitete die Arme aus und drehte mich noch einmal. Diesmal etwas schneller. »Immer schön positiv bleiben«, ermahnte ich mich. »Bloß nicht hängen lassen.«

Die schlechte Stimmung verlor sich allmählich.

Ich drehte mich noch schneller, die Augen noch immer geschlossen. »Die Zeit vergeht«, rief ich. »Horch – die Zeit vergeht.« Und ich drehte mich immer weiter und weiter, immer schneller und schneller, bis ich mir sicher war, dass ich genau wie eine Säule aus Staub herumwirbelte, und dann löste ich mich auf und war

wieder

in

Barcelona.

Diesmal war ich zwölf Jahre alt und wir lieferten uns Fahrradrennen den Strand entlang. Nur dass wir kaum vorankamen. Direkt vor mir schnaufte und keuchte und strampelte Ibrahim mit aller Kraft, und sein Fahrrad, auf dem wir beide saßen, rutschte in Zickzacklinien durch den Sand. Aber mir war das egal. Ich hielt mich an ihm fest und lachte mich halb kaputt. »Schneller!«, feuerte ich Ibrahims Rücken an, »sonst hat er gleich gewonnen!«

»Ihr beide seid ja so was von lahm!«, höhnte Emilio, der auf seinem eigenen Fahrrad neben uns herfuhr. »Ihr seid so lahm wie eine …« Er suchte nach Worten, während er verbissen an uns vorbeistrampelte. Schließlich drehte er sich noch einmal um, schwenkte seinen Finger und ergänzte auf Spanisch: »… *tortuga!*« Dann schlitterte sein Vorderrad durch den Sand, der Lenker rutschte ihm aus der Hand und sein Fahrrad krachte zu Boden.

»Haha!«, rief ich, während Ibrahim und ich gefährlich nah an ihm vorbeieierten und die Ziellinie überquerten, die wir in den Sand gezogen hatten. »*Las tortugas ganan!* Die Schildkröten haben gewonnen!«

Ibrahim hörte auf zu strampeln und wir kippten zur Seite

um. Dann lagen wir alle drei ausgestreckt im Sand. Emilio gab theatralische Laute von sich, als sei er schwer verletzt, während Ibrahim immer noch hechelte und keuchte und ich mich immer noch nicht wieder einkriegte vor Lachen.

»Aber jetzt mal im Ernst«, schnaufte Ibrahim. »Du brauchst ein eigenes Fahrrad, Dyl. Du wiegst eine Tonne.«

»Gar nicht wahr«, widersprach ich, noch immer lachend, doch auch etwas gekränkt.

»Es ist einfach kein faires Rennen«, erklärte Ibrahim. »Derjenige, bei dem du mitfährst, verliert immer.«

Ich setzte mich auf. »Aber wir haben doch eben gewonnen.«

»Nur weil ich gefahren bin wie ein Schniedel«, sagte Emilio. Und obwohl ich wegen Ibrahims Bemerkung immer noch etwas verletzt war, musste ich lächeln. Denn Emilio hatte gerade ein Wort benutzt, das ich den beiden beigebracht hatte.

»Ich meine es ernst.« Ibrahim setzte sich ebenfalls auf und knuffte mich in den Arm. »Sag deinen Eltern, sie sollen dir endlich ein Fahrrad kaufen.« Er grinste mich durchtrieben an und fügte hinzu: »Du kannst ja behaupten, dass es das Einzige ist, was dich aufheitern kann – jetzt wo Matilda wieder zurück in München ist.«

Ich trat nach ihm.

»Autsch«, sagte er. »Erwischt.«

Ich zog mir mein Basecap tiefer in die Stirn und schmollte. Aber nicht wegen Matilda – darüber war ich schon ewig hinweg –, sondern wegen meiner Fahrradlosigkeit. Ich hatte noch nie ein Fahrrad besessen, und das lag nicht daran, dass ich mir keins wünschte. In Shanghai hatte jeder ein Fahrrad, doch als ich eines Tages endlich fragte, ob ich nicht auch eins haben könnte, hatte Mum nur den Kopf geschüttelt. »Warum ist dir das nicht ein bisschen früher eingefallen? Nächsten Monat ziehen wir nach Spanien, und da kannst du wohl schlecht ein Fahrrad im Koffer mitnehmen, oder? Es würde ja nicht reinpassen.«

Als wir dann in Spanien waren, vergaß ich, meine Eltern noch einmal darum zu bitten. Stattdessen benutzte ich einfach die Fahrräder der anderen oder fuhr bei jemandem mit.

»Also gut.« Ich gab Ibrahim einen Stoß und stand auf. »Ich gehe jetzt gleich nach Hause und frage sie. Und wenn sie Ja sagen, dann machen wir drei ein Wettrennen – und ich gewinne.«

Also ging ich geradewegs nach Hause mit dem festen Vorsatz, mich diesmal nicht abwimmeln zu lassen. Doch als ich dort ankam, saßen Mum und Dad mit einer Flasche Wein auf dem Balkon. Griff war auch dabei – nur dass er Cola trank. Sie schienen irgendetwas zu feiern.

»Da bist du ja«, begrüßte mich Mum. »Hol dir irgendwas zum Anstoßen – wir haben tolle Neuigkeiten.«

»Da kommst du nie drauf«, rief Griff.

Aber ich wollte mich nicht ablenken lassen. Ich drückte mir hinter dem Rücken beide Daumen und fragte: »Bekomme ich ein Fahrrad, bitte? Emilio hat eins, und Ibrahim hat eins, und ich möchte auch eins.«

Mum und Dad sahen sich an. Dad schob seine Sonnenbrille hoch und zog eine komische Grimasse. »Du hattest zwei Jahre Zeit, dir ein Fahrrad zu wünschen«, sagte er. »Warum kommst du erst jetzt damit?«

Und Mum fügte hinzu: »Es tut mir leid, Liebes. Aber wir ziehen nächsten Monat nach New York. Und dort wirst du auf keinen Fall mit dem Fahrrad rumfahren!«

23

Ich nahm das Mountainbike als Zeichen und hörte auf, Griff zur Schule zu begleiten. Allerdings ging ich weiterhin mit ihm und Hari jeden Mittwochnachmittag den Berg hinunter in die Stadt. Ich hatte sonst sowieso nichts weiter zu tun, als dem Ticken Hunderttausender Uhren zuzuhören.

Die Zeit verging, ob ich nun zuhörte oder nicht.

Aus Januar wurde Februar, und Powell zeigte uns Fotos von seiner Familie. »Das ist mein Sohn, Leon.« Er deutete auf die Aufnahme eines Mannes im mittleren Alter im Kreis seiner Familie. »Er lebt in London und arbeitet als Rechtsanwalt. Ich sehe ihn nur selten.« Er zeigte auf ein anderes Familienfoto. »Und das ist meine Tochter Julia mit ihrer Familie. Sie leben in Warschau, deshalb sehe ich sie noch seltener.«

»Warschau?«, fragte Griff. »Wo ist das denn?«

»In Polen«, antwortete Powell.

»Da war ich noch nie«, erklärte Griff. »Aber sonst war ich schon überall.«

Powell lächelte ihn schweigend an.

Ich beugte mich vor, um ein anderes Bild zu betrachten,

das gerahmt auf einer Anrichte stand. Es zeigte eine Frau, die um einiges jünger war als Powell, vielleicht um die fünfzig, höchstens sechzig. Sie hatte kurz geschnittenes graues Haar und strahlende, sehr blaue Augen.

Powell nahm das Bild in die Hand. »Das ist meine Frau, Shirley. Sie ist immer in der Nähe.«

Griff sah sich suchend um. »Wo ist sie denn gerade?«

»Hier drin.« Powell tippte sich auf die Brust. Er küsste seine runzligen Fingerspitzen und drückte sie auf das Glas des Bilderrahmens, bevor er das Foto bedächtig wieder an seinen Platz stellte, exakt so, wie es vorher stand.

Griff fühlte sich sichtbar unwohl und fing an, mit den Knöcheln zu knacken. *Knack. Knack. Knack. Knack.*

»Lass das«, murmelte ich.

Schnell zeigte Griff auf ein anderes Bild. »Sind Sie das?«

Powell und ich drehten uns um. Das Foto, das Griff meinte, war so alt, dass es noch schwarz-weiß war und aus einer ganz anderen Zeit zu stammen schien. Eigentlich sah es so aus, als gehörte es in ein Museum. Ein Junge von sechs oder sieben Jahren sah uns aus dem Bild entgegen. Sein Haar war sauber an der Seite gescheitelt und sein Mund zu einem schmalen Strich zusammengekniffen, als würde er sich alle Mühe geben, nicht zu weinen.

»Ja.« Seufzend betrachtete Powell das Foto. »Das ist der kleine Junge, der ich einmal war. Aber das ist lange her.« Er zog ein Taschentuch hervor und schnaubte geräuschvoll hinein. Dann stopfte er es wieder zurück in seine Hosentasche. »Und was ist mit dir, mein Junge? Erzähl mir doch etwas über deine Familie. Du bist ja so diskret wie ein Geheimagent. Ich weiß überhaupt nichts über dich.«

Einen Augenblick schien Griff ganz erschrocken. »Ich habe eine richtig süße Katze, die heißt Bara Brith«, sagte er schließlich. »Aber ich nenne sie meistens einfach Barry.«

Ich schüttelte den Kopf und ließ die Zeit vorbeiticken.

Aus Februar wurde März, und Powell spielte uns jede einzelne Platte von Buddy Holly vor. »Dagegen kann Elvis einpacken«, erklärte er. »Buddy Holly war ein Genie.«

»Ja, aber Kurt Cobain auch«, wandte Griff ein – und sein Mund verzog sich zu einem schmalen Strich, fast wie bei dem Jungen auf dem alten Foto.

»Ja, und Kanye West ist auch ein Genie«, fügte ich hinzu. Einfach nur so.

Powell schüttelte den Kopf und brummte: »Darüber werden wir wohl geteilter Meinung bleiben müssen.«

Die Zeit verging.

Aus März wurde April, und eines Mittwochs machten wir auf dem Weg zu Powell und Enid einen Umweg über einen Musikladen, weil Hari einen Satz Gitarrensaiten brauchte. »Ich wusste gar nicht, dass du Gitarre spielst.« Griff schien ehrlich beeindruckt.

»Tja, es gibt so einiges, was du nicht über mich weißt.« Hari schob eine ihrer blonden Strähnen unter ihre Mütze. »Und es gibt noch viel mehr, was ich nicht über dich weiß. Ich kenne dich jetzt schon seit Monaten, und du erzählst fast nie von dir. Oder eigentlich nie. Ich meine – wer sind denn zum Beispiel Dee und Owen, und warum lebst du bei ihnen?«

Griff biss sich auf die Lippe und wurde leicht grünlich. Einen schrecklichen Augenblick lang befürchtete ich ernsthaft, er würde gleich auf den Fußweg kotzen.

»Verdammt noch mal, Griff«, sagte ich. »Es ist doch kein verbotenes Thema. Sag es ihr halt. Erzähl ihr von uns. Bitte.«

Doch Griff bat: »Können wir uns das vielleicht für ein andermal aufheben?«

Hari zuckte die Schultern. »Wie Sie wünschen, Mr Mysterious.« Dann drückte sie die Ladentür auf und ging nach drinnen, um ihre Saiten zu kaufen. Phosphor-Bronze Akustik in Custom Light. Was auch immer das heißen soll.

Als sie wieder herauskam, fragte Griff: »Wie lange spielst du denn schon Gitarre?«

»Seit ich sechs bin«, sagte Hari. »Hier, fühl mal meine Fingerspitzen. Die sind wie Leder.« Sie zog einen ihrer Handschuhe ab und streckte Griff ihre Hand entgegen – mit der Handfläche nach oben –, damit Griff ihre Finger befühlen konnte. Das Gesicht meines Bruders wechselte die Farbe, von Kotzgrün zu Schamrot. »Schon gut«, wehrte er ab. »Ich glaube dir auch so.«

»Wie du willst«, meinte Hari, doch dann hob sie die Hand und drückte ihre Fingerspitzen fest an Griffs Wange. »Siehst du? Wie steinhartes Leder, oder?«

Griff zog sein hochrotes Gesicht weg. »Ist ja gut, ich habs

verstanden«, brummelte er. Doch ich sah, wie er dabei angestrengt versuchte, sich ein Lächeln zu verkneifen. Ich meine – vielleicht täuschte ich mich ja auch –, aber ich bin mir ziemlich sicher, dass vorher noch nie ein Mädchen meinem Bruder die Hand an die Wange gelegt hatte.

Schweigend liefen wir ein Stück weiter. Schließlich brach Hari das Schweigen. »Spielst du denn irgendein Instrument?«

»Nein«, sagte Griff.

Wir gingen weiter.

»Ich könnte es dir beibringen, wenn du willst«, schlug Hari vor. »Ich meine – Gitarre spielen.«

Griff flog fast der Kopf vom Hals. »Was? Echt?«

»Klar, warum denn nicht?«

»Wow.« Diesmal lächelte er ganz offen, und ich sah einen Ausdruck auf seinem Gesicht, den ich schon ewig nicht mehr gesehen hatte – einen Ausdruck reinster Freude.

»Gut gemacht, Hari«, sagte ich. Ich freute mich so sehr für meinen kleinen Bruder, dass es mich gar nicht störte, dass sie es mir nicht beibringen konnte.

Die Zeit verging.

Aus April wurde Mai, und Griff und Hari schoben Powell und Enid in ausgeliehenen Rollstühlen über die Promenade.

»Ihr könntet ja mal ein Wettrennen machen«, schlug ich vor – einfach nur, um irgendwas zu sagen.

Griff tippte Powell auf die Schulter. »Wollen wir ein Wettrennen machen? Du und ich gegen Hari und Enid.«

Panisch schlug ich mir die Hände an den Kopf. »Das war ein Witz!«

Doch da rief Hari auch schon: »Auf die Plätze … fertig … los!«, und sie und Griff schoben in ziemlich gemächlichem Tempo los, während Enid und Powell vor ihnen jauchzten und kreischten und sie anfeuerten. Ich setzte mich auf die Ufermauer und lachte. Denn es war das langsamste Rennen, das ich je gesehen hatte. Aber auch das schönste.

Die Zeit verging.

Aus Mai wurde Juni, und eines Tages ging ich nicht mit hinein, als Griff Powell besuchen ging. Ich weiß nicht, warum. Vielleicht, weil er ganz gut allein mit ihm klarkam. Als er und Hari also im Eingang verschwunden waren, spazierte ich um das Haus herum und in den dahinterliegenden öffentlichen Park. Es war eine schöne Anlage – nicht so schön wie der Yu-Yuan-Garten natürlich, aber trotzdem ein ziemlich netter Ort zum Abhängen. Es gab eine große Wiese mit einer Beeteinfassung, in der Blumen und Pflanzen wuchsen, und im hinteren Teil stand ein Apfelbaum mit einer Bank darunter, auf der jedoch niemand saß, denn es war ja erst Juni – und da ist es zwar in Brooklyn und in Barcelona und Shanghai schon verdammt heiß, in Aberystwyth jedoch noch nicht mal richtig warm. Erst recht nicht warm genug für alte Leute. Außer mir war nur noch eine alte Dame im Garten. Sie trug graue Omahosen und eine Steppjacke und schnitt die abgestorbenen Blüten von den Pflanzen und sammelte sie in einem Weidenkörbchen. Ich setzte mich auf die Bank unter dem Apfelbaum und sah ihr zu. Ich hatte gerade sowieso nichts anderes zu tun. Nachdem eine ganze Weile vergangen war, drehte sich die Dame um und lächelte mich an. Ich war ziemlich überrumpelt, denn damit hatte ich nicht gerechnet.

»Hiya, mein Lieber«, sagte sie.

Ich sah sie überrascht an. Dann zeigte ich mit dem Finger auf meine Brust. »Meinen Sie mich?«

Die Dame sah nach links. Dann nach rechts. Dann wieder zu mir. »Ich sehe hier niemand anderen. Du etwa?«

»Ähm … nein.«

Die Dame lächelte. Sie hatte strahlend blaue Augen und kurzes graues Haar. Sie kam mir irgendwie bekannt vor, aber ich konnte nicht genau sagen, woher.

»Ich kenne dich«, sagte sie.

Wieder zeigte ich auf mich. »Wirklich?«

Sie nickte. »Ja, ich habe dich schon öfter gesehen. Du bist ziemlich auffällig, mein Lieber.« Lachend fügte sie hinzu: »Du trägst immer kurze Hosen, bei jedem Wetter.«

Unwillkürlich sah ich an mir herunter. Sie hatte recht. Meine Kleidung passte wohl besser zu einem brüllend heißen New Yorker Sommertag. Andererseits hatte ich das Gleiche an wie jeden Tag. Nachdenklich musterte ich sie. Sie trug eine Steppjacke – als wäre es tiefster Winter. Im Grunde lagen wir beide ungefähr gleich falsch.

»Du bist der Junge, der immer mit Griff zusammen ist«, stellte sie fest. »Bist du sein Bruder?«

Ich nickte stumm, während ich mich fragte, woher sie den Namen meines Bruders kannte. Hatte sie etwa auch so eine *Gabe* wie Freda in Bed-Stuy? Doch dann sah ich noch einmal in ihre strahlend blauen Augen – und da wurde mir alles klar. Sie war nicht wie die verrückte Freda. Wenn überhaupt, dann war sie eher wie ich und Angelo. »Sie sind Powells Frau, nicht wahr?«, fragte ich sie lächelnd. »Natürlich!«

»Natürlich.« Die Dame nickte, legte ihre Schere und ihr Körbchen beiseite und setzte sich zu mir auf die Bank. »Ich bin Shirley. Ich sehe dich immer kommen und gehen. Du hältst dich die ganze Zeit im Hintergrund, und ich weiß gar nicht, wie du heißt.«

»Ich bin Dylan.«

Shirley lehnte sich zurück und lächelte. »Dylan? Wie Dylan Thomas?«

»*Genau* wie Dylan Thomas«, sagte ich. »Ich bin nach ihm benannt.«

Shirley schloss die Augen, und als sie weitersprach, klang es *noch* walisischer und noch *schöner* als alles, was ich je gehört hatte. »Geh *nicht* gelassen in die gute Nacht.« Sie schlug die Augen wieder auf. »Kennst du das Gedicht?«

Ich nickte. Ich kannte es sehr gut. Es handelte vom Tod. Und dennoch war es wohl das berühmteste, das Dylan Thomas je geschrieben hatte.

»Geh nicht gelassen in die gute Nacht«, wiederholte Shirley, dann lächelte sie halb und machte halb *hmmmpf.* »Apropos – solltest du nicht eigentlich woanders sein?«

Ich sah zu Boden.

Shirley hmmmpfte noch einmal und tätschelte mir den Arm. »Ach, mach dir nichts draus, mein Lieber. Du bist nicht der Einzige. Ich selbst bin auch weder hier noch dort. So lange, wie ich mich schon herumtreibe – da ist es geradezu ein Wunder, dass ich noch nicht zu einer schaurigen Touristenattraktion geworden bin.« Sie lachte kurz und bitter auf. »Du weißt schon, wie ich meine. Hier anstellen, um den Geist im Garten zu besichtigen.« Sie lachte noch einmal, und diesmal klang es sogar noch sarkastischer als beim ersten Mal. »Ich klinge wahrscheinlich so verrückt wie ein Märzhase, oder?«

Ich hatte zwar keine Ahnung, was ein Märzhase sein sollte, doch das war nicht schlimm. Traurig lächelte ich sie an. »Vielleicht für die meisten Leute«, sagte ich. »Aber nicht für mich.«

Shirley nickte. »Tja, du bist eben nicht wie die meisten Leute, stimmts, Dylan? Und ich auch nicht. Wir befinden uns beide in einer sehr außergewöhnlichen Lage.«

Ich wusste nicht, was ich darauf antworten sollte. Also fragte ich sie: »Wie kommt es, dass ich Sie noch nie gesehen habe?«

Shirley lächelte und nickte erneut, wobei sie den Blick durch den Garten schweifen ließ. »Hier draußen gefällt es mir am besten. Ich habe schon früher immer gern gegärtnert, weißt du? Powell und ich hatten nur einen gepflasterten Hof, weil wir mitten in der Stadt lebten. Natürlich hatte ich Topfpflanzen und Hängepflanzen – aber nie so etwas wie hier. Keine Bäume. Kein richtiges Grün.« Ihr Lächeln wurde breiter, während ihre blauen Augen sich träumerisch in die

Ferne richteten. Ich wusste, was dieser Blick bedeutete. Es hieß, dass sie hier neben mir war und zugleich an irgendeinem nächstfernen Ort. Schweigend wartete ich, ob sie noch weitererzählen würde.

»Aber das hat mich nie davon abgehalten, anderen zur Hand zu gehen«, fuhr Shirley schließlich fort. »Powell hat immer gesagt, ich bin wie eine richtige Gartenplage. Die Leute hatten mich im Garten, ob sie nun wollten oder nicht.« Sie verschränkte die Finger und lachte, und obwohl ich mich wirklich null fürs Gärtnern interessierte, lachte ich ebenfalls. Weil es guttat, mit ihr zusammen auf dieser Bank zu sitzen. Und weil es guttat, endlich mal wieder richtig mit jemandem zu reden.

Shirley seufzte. »Aber eigentlich dürfte ich gar nicht hier sein, oder?« Der verträumte Blick schwand aus ihren Augen, und sie sah sich traurig und ratlos im Garten um. »Ich kann einfach nicht loslassen, Dylan. Ich muss in der Nähe bleiben – ich muss doch ein Auge auf meinen Powell haben.«

Ich sah zu Boden. »Ich weiß.«

Shirley tätschelte mir den Arm. »Natürlich weißt du das, mein Lieber. Sonst wärst du ja auch nicht hier, nicht wahr? Du passt auf Griff auf und schwimmst im Meer der Zeit auf der Stelle – genau wie ich.« Damit stand sie auf, nahm ihr Körbchen und ihre Gartenschere und machte sich wieder daran, die verblühten Pflanzen zu beschneiden.

Ich blieb still auf der Bank sitzen und rührte mich nicht. Wie gelähmt saß ich da und war nur damit beschäftigt, mich einer Tatsache zu stellen, vor der ich bislang stets die Augen verschlossen hatte.

Irgendwann fiel mir auf, dass ich weinte. Doch meine Tränen waren nicht nass und salzig wie vor dem Unfall – es waren Tränen, die man nicht wegwischen oder sehen oder gemeinsam vergießen konnte. Absolut alles an dieser ganzen Geschichte war einfach zu traurig. Denn sosehr Shirley auch stutzte und schnitt und herumhantierte – die Pflanzen im Garten blieben ganz genauso, wie sie waren. Es tat sich überhaupt nichts. Ihr Weidenkörbchen, das schon längst voller abgestorbener Blüten hätte sein sollen – es war leer.

Und mir war klar: Was die Pflanzen und den Garten und die Welt anging, war Shirley überhaupt nicht da.

Und ich auch nicht.

Vierter Teil

Immer hier und dort

24

Ich muss euch etwas Schwieriges gestehen.

Wobei »schwierig« bloß ein Wort ist. Es bedeutet eigentlich nicht viel, wenn man nicht weiß, wie schwierig diese Schwierigkeit ist.

Also will ich es einfacher machen, indem ich etwas äußerst Schwieriges tue. Ich gehe zurück bis an Den Schlimmsten Punkt. Und ich spule zurück

und

weiter zurück

und

zurück

und lasse die Zeit rückwärtslaufen, vorbei an

Shirley und dem Garten und

den Besuchen bei Powell und

Hari

und der Schule oben auf dem Berg und

Dee und Owen

und Bara Brith und der Ankunft in Aberystwyth

und dem Abschied von Bed-Stuy und

Blessing und Marlon

und dem Raum voller Gedichte und Platten

und **der Schlussmusik im Kino und**

den Spaziergängen um den Block und

Basketball mit Kayland und Gregory

und der verrückten Freda

und der schlecht gelaunten Pudders und der Rettung

durch

Blessing und vorbei an den braunen

Reihenhäusern von Brooklyn und

dem Krankenhaus mit meinem Bruder drin und

Eva und Angelo

– meinem ganz persönlichen Engel – und

den Krankenwagen,

die zu einem schrecklichen Unfall rasen

auf dem Brooklyn-Queens Expressway.

Ich sehe zwei Jungen, die auf der Rückbank eines zerquetschten Mini Cooper eingeklemmt sind. Der vordere Teil des Wagens ist so vollständig zerstört, dass die entsetzten Augenzeugen, die auf dem Highway abbremsen müssen, nur hilflos die Köpfe schütteln. Allen ist vollkommen klar, dass Fahrer und Beifahrer unter keinen Umständen überlebt haben können. Einer der Jungen hinten im Auto hat Blut im Gesicht und an den Armen, und er weint laut und hemmungslos. Der ältere Junge neben ihm sieht hingegen mehr oder weniger unversehrt aus. Er hat kaum eine Schramme oder einen Kratzer abbekommen, und er weint auch nicht. Er sitzt bloß ganz still in seinem Sitz und rührt sich nicht.

Der weinende Junge beugt sich zu seinem Bruder und rüttelt ihn am Arm. »Dylan!«, ruft er.

Doch er bekommt keine Antwort.

Immer noch weinend rüttelt er seinen Bruder erneut, diesmal heftiger, und durch seine Tränen hindurch ruft er noch lauter: »Dylan!«

Doch wieder bekommt er keine Antwort.

Er wird nie eine Antwort bekommen. Denn sein Bruder mag vielleicht o. k. aussehen, doch er ist es nicht. Eine winzige Glasscherbe, die aus dem Wrack geflogen kam, hat sich in seinen Hals gebohrt – nur ein Haarbreit unterhalb seines rechten Ohrs. Hätte diese Scherbe ihn irgendwo anders getroffen, könnte der Junge nun wahrscheinlich den Kopf wenden und sagen: »Alles o. k., Griff, ich bin hier.« Doch die Scherbe ist in sein Rückenmark eingedrungen und hat es durchtrennt.

Und jetzt ist er tot.

Und natürlich will ich mir das alles nicht noch einmal ansehen müssen.

Das versteht sich von selbst.

Denn dieser tote Junge, das bin ich.

Und selbstverständlich hatte ich nie vor, zu bleiben, nachdem meine Uhr stehen geblieben war. Doch das Entsetzen und die Angst und die Einsamkeit in den Augen meines kleinen Bruders hielten ein Stück von mir zurück. Also blieb ich – sozusagen –, obwohl ich eigentlich hätte gehen sollen.

Ich hatte ja schon angekündigt, dass ich euch etwas Schwieriges gestehen muss. Und zuzugeben, dass man eigentlich tot ist – das ist wohl die schwierigste und metagrobolisierendste Sache überhaupt.

Aber

irgendwo

in

einem

Park

in

London

da steht ein hohler Baum. Der hohle Baum ist nicht tot. Er ist immer voller Leben. Kleine Kinder spielen darin Verstecken, und Teenager verkriechen sich zum Rauchen oder Knutschen in sein Inneres. Hunderte Kilometer entfernt donnert in einem Münchner Vergnügungspark eine Achterbahn über ihre gewundenen Schienen, und die Passagiere kreischen vor Vergnügen. Und irgendwo geht ein Mädchen namens Matilda zur Schule und hängt mit ihren Freundinnen ab und lebt ihr Leben. Und vielleicht – möglicherweise – schweift sie manchmal ab an irgendeinen nächstfernen Ort und denkt an einen Jungen, den sie einmal kannte und der Dylan Thomas Taylor hieß. Auf einem anderen Erdteil beschäftigen sich zur gleichen Zeit Geschäftsleute im Shanghai Tower mit ihren Geschäften. Draußen vor dem Turm lässt ein Puppenspieler seine Marionetten tanzen. Und in einem wunderschönen Garten, der einst Teil einer verbotenen Stadt war, schwirren gelbe und grüne Vögel über Wasserbecken voll riesiger Karpfen. Und genau zur selben Zeit quälen sich in einem anderen Teil der Welt Touristen die steilen Pfade auf den Montjuïc in Barcelona hinauf, während einheimische Jungen mit ihren Fahrrädern den Strand entlangrasen. Und all dies geschieht in jeder einzelnen Sekunde, die vergeht.

All dies und noch eine Milliarde Fantastilliarden mehr.

Denn das Leben geht weiter, ob ich nun dabei bin oder nicht.

Und auch wenn ich tot bin, ist diese Geschichte noch nicht zu Ende.

25

Die Zeit verging und es wurde Juli. Es war fast ein ganzes Jahr vergangen seit jenem Tag, der alles verändert hatte. Ich saß auf meinem üblichen Platz auf dem leeren Stuhl, während Griff mit Dee und Owen zu Abend aß. Würstchen, Erbsen und Kartoffelbrei.

»Am Ende war es doch gar keine so üble Saison für die Seasiders«, sagte Owen. »Mir wäre es zwar lieber gewesen, wenn wir unter die besten drei gekommen wären, aber Vierter ist auch nicht schlecht.«

»Ja, sie waren ganz o. k.«, sagte Griff.

Owen legte seine Gabel mit gespielter Empörung ab. »Nicht *sie*. Wir! Wir waren ganz o. k.. Du bist doch auch ein Seasider, oder etwa nicht?«

Griff stach in sein Würstchen und zuckte die Schultern. »Schätze schon.«

Owen schüttelte den Kopf. »Du *schätzt* schon?«

»Lass ihn in Ruhe, O«, sagte Dee. »Griff kann sich selber aussuchen, für welche Fußballmannschaft er ist.«

Owen verdrehte die Augen. »Das weiß ich doch. Ich habe

ja nicht mal was dagegen, dass er die Katze Barry nennt.« Glucksend belud er seine Gabel mit Kartoffelbrei. »Wobei man nicht vergessen darf, dass Barry Town dieses Jahr wirklich abgestunken hat. Bankrott *und* Abstieg. So was kann man sich nicht ausdenken!«

Es klingelte an der Tür. »Das ist bestimmt Hari.« Griff ließ die Gabel fallen und sprang auf. »Sie ist früh dran heute. Ist es o. k., wenn sie kurz mit reinkommt?«

»Aber natürlich, Liebes«, sagte Dee. »Wir können sie doch nicht draußen stehen lassen, oder?«

Griff ging hinaus, um Hari die Tür zu öffnen, während ich sitzen blieb. Es war ja schließlich nicht so, dass Hari wegen mir hier war.

Owen beugte sich über den Tisch zu Dee. »Was läuft denn eigentlich zwischen Griff und dieser Hari?«, flüsterte er. »Ich weiß, dass sie ihm Gitarrenstunden gibt, aber sind die beiden zusammen oder was?«

»Sei doch nicht albern«, erwiderte ich. »Griff ist noch nicht so weit, dass er sich in jemanden verknallt. Er hat einen fünfzig Meter dicken Schutzwall um sich herum.«

»Sei nicht albern«, flüsterte Dee. »Denkst du ernsthaft, er würde mir so etwas erzählen?«

»Da hast du auch wieder recht.« Owen warf einen kurzen Blick zur Tür. »Sie ist älter als er, oder?«

»Bloß ein Jahr«, flüsterte Dee.

»Das macht ihn noch nicht zu ihrem Toyboy«, erklärte ich.

Griff und Hari erschienen in der Küchentür.

»Hiya, Liebes«, sagten Dee und Owen – eine Spur zu gut gelaunt.

»Hi«, sagte Hari.

»Muss ich noch aufessen?«, fragte Griff.

»Ja, musst du«, antwortete Dee. »Aber im Ofen sind noch Würstchen und auf dem Herd steht Kartoffelbrei, falls Hari auch etwas will.«

Hari lehnte ihre Gitarre an die Wand und ging auf meinen Stuhl zu. Ich schlüpfte davon, damit sie sich hinsetzen konnte, ohne dass es mich gruselte. »Danke, aber ich habe schon gegessen«, sagte sie. »Ist es in Ordnung, wenn ich mich einfach dazusetze und warte?«

»Aber gerne doch.« Dee schmierte Kartoffelbrei auf ein Stück Würstchen. »Und, wie macht sich dein Schüler so? Neulich abends klang es richtig gut – also, soviel ich durch die Decke hören konnte.«

Griff wurde rot und fing an, eilig den Rest seines Abendessens in sich hineinzuschaufeln. Doch Hari schob sich grinsend eine Haarsträhne hinters Ohr. »Das war bestimmt, als wir den Anfang von »Wonderwall« gespielt haben. Ich habe ihm die Akkordfolge e-Moll – G – D – A beigebracht. Heute machen wir uns an den Refrain.«

Dee sah richtig beeindruckt aus. »Der Song von Oasis? *Niemals!*« Bewundernd schüttelte sie den Kopf. »Du musst ja richtig gut sein, dass du ihm das alles beibringen kannst!«

»Ich weiß«, grinste Hari. »Es ist kaum zu fassen.«

Owen prustete über seinem Teller los.

Griff kaute rabiat und schob dann seinen Teller von sich. »Fertig. Können wir jetzt hochgehen?«

»Na los, ab mit euch«, sagte Dee. »Aber räum vorher noch deinen Teller in die Spülmaschine.«

Griff und Hari sprangen auf und ich ebenfalls. Griff räumte sein Geschirr ab, Hari nahm ihre Gitarre, und dann stapften die beiden die Treppe nach oben in unser Zimmer. Ich meine: in *sein* Zimmer. Und obwohl mich niemand eingeladen hatte, ging ich mit. Es war ja schließlich nicht so, dass einer von ihnen mich rauswerfen würde.

In Griffs Zimmer lag Barry die Katze eingerollt auf dem Bett. Ich setzte mich neben sie, zog die Knie an die Brust, lehnte mich an die Wand und streichelte sie unterm Kinn. Sie blinzelte mich mit einem Auge an und fing an zu schnurren.

»Diese Katze ist so was von verschmust«, sagte Hari, während sie den Reißverschluss ihrer Gitarrenhülle aufzog. »Kaum kommt man ins Zimmer, da fängt sie schon wie verrückt an zu schnurren.« Sie holte einen dünnen quadratischen Umschlag aus ihrer Gitarrenhülle hervor. Es war eine alte Singleschallplatte.

»Verdammt noch mal.« Ich schüttelte den Kopf. »Nicht schon wieder dieser Zirkus! Du sollst deine Hausaufgaben selber machen, Griff.«

Griff biss sich auf die Lippe. »Ist es auch echt o. k. für dich?«

Hari legte die Schallplatte auf den Plattenspieler unseres alten Stereoanlagen-Dingsbums und drückte ein paar Knöpfe.

Der Teller fing an, sich zu drehen, der Plastikarm schob sich über den Rand der Platte und die Nadel senkte sich auf das schwarze Vinyl. Erst war ein Ploppen und ein Knacken zu hören, dann erklangen Gitarrenakkorde. Es waren die gleichen Akkorde, die Hari neulich mit Griff geübt hatte – nur dass sie auf der Platte um einiges besser klangen. Hari griff noch einmal in ihre Gitarrentasche und zog ein altes, verknicktes Arbeitsheft hervor. »Hier, bitte schön. Mein Walisisch-Hausaufgabenheft vom letzten Jahr. Du kannst es gerne behalten.« Sie blätterte durch das Heft und seufzte. »Aber ehrlich gesagt, Griff, würde ich dir lieber bei den Hausaufgaben helfen, damit du es richtig lernst.«

»Ach, das würde viel zu lange dauern«, winkte Griff ab. »Außerdem – wozu? Das mit dem Walisisch schnalle ich sowieso nie.« Er zuckte die Schultern. »Ich werde wahrscheinlich eh nicht ewig hierbleiben. Da schreibe ich lieber bei dir ab. So bleibt uns mehr Zeit zum Gitarrespielen.«

Hari warf ihm ihr Heft zu. »Wie du meinst. Aber ich verstehe nicht, warum du dabei unbedingt ›Wonderwall‹ hören musst.«

Griff setzte sich an seinen Schreibtisch und fing an, hastig die walisischen Wörter und Sätze aus Haris Heft abzuschreiben. »Damit Dee und Owen denken, dass wir zur Platte Gitarre üben. Es wäre doch ziemlich verdächtig, wenn wir hier oben hinter geschlossener Tür sitzen würden und nichts zu hören wäre.«

»Warum?« Hari verzog das Gesicht zu einem großen Fragezeichen. »Kann doch sein, dass wir gerade nachdenken. Was soll denn daran verdächtig sein?«

Griff wurde rot und schrieb weiter.

»Wonderwall« lief immer noch.

»OMG!«, rief Hari. »*Jetzt* verstehe ich, was du meinst. Dee und Owen könnten denken, wir haben Sex!«

Ich schlug mir die Hände vor den Mund und verbiss mir das Lachen.

Mein armer Bruder sah völlig metagrobolisiert aus. Einen Augenblick hielt der Stift in seiner Hand inne. Dann schüttelte Griff den Kopf und fuhr zu schreiben fort. Noch eiliger als vorher. Und die Platte lief und lief.

»Träum weiter, Griffindor«, kicherte Hari. »Träum weiter.«

Griff legte den Stift beiseite und warf ihr das Heft wieder zurück. »Träum *du* weiter, Harold«, sagte er. »Aber egal. Fangen wir an mit Spielen. Ich habe keine Lust mehr auf Hausaufgaben. Und jetzt sieht es wenigstens so aus, als hätte ich es versucht.«

Hari, die direkt vor mir auf der Bettkante saß, schlug die Beine übereinander, legte sich die Gitarre übers Knie und fing an, die letzten Akkorde auf der Platte mitzuspielen. Doch dann entdeckte sie etwas und hielt inne. »Du hast da ja ein Bild von Dylan.«

Die Platte war zu Ende, die Nadel hob sich, und der Plattenteller hörte auf zu rotieren. Griff sah erschrocken zu ihr hoch. Ich auch.

»Ich wusste gar nicht, dass du Dylan Thomas magst.« Hari wies auf die kleine Schwarz-Weiß-Postkarte an der Wand. »Das ist mir vorher noch nie aufgefallen.«

»Es hängt aber schon die ganze Zeit da«, sagte Griff ein wenig schroff.

»Siehst du?« Hari grinste. »Was deine Walisisch-Hausaufgaben betrifft, bist du vielleicht ein hoffnungsloser Fall, aber immerhin magst du Dylan Thomas. Irgendwo in dir drin steckt also doch ein echter Waliser, der unbedingt rauswill.«

Griff sah auf den Teppich. Dann verschränkte er seine Finger und ließ die Knöchel knacken. *Knack. Knack. Knack. Knack.*

Hari und ich zuckten zusammen.

»Mach das nicht«, sagte Hari. »Das ist eklig.«

Doch anstatt ihr zu widersprechen oder sich zu entschuldigen, sagte Griff: »Ich hatte einen Bruder, der Dylan Thomas hieß. Bis vor einem Jahr.«

Hari erstarrte. Ich ebenfalls. Griff hatte den Blick noch immer auf den Teppich gerichtet.

Die Zeit tickte vorbei.

Hari schlang die Arme um ihre Gitarre. »Willst du mir von ihm erzählen?«

Hinter ihr – so nah und doch so unfassbar weit weg – presste ich die Handflächen aneinander, fast so als würde ich beten. »Bitte«, flüsterte ich. »Erzähl ihr von mir, Griff.«

Die Zeit tickte vorbei.

Griff blies die Backen auf, lächelte Hari traurig an und schüttelte den Kopf. »Nicht jetzt.«

Hari nickte. Sie hob den rechten Arm und legte die Finger um den Gitarrenhals. »Na, dann komm, Hase«, sagte sie sanft. »Bezwingen wir unser ›Wonderwall‹-Cover.«

An dieser Stelle ließ ich sie allein. Sie übten die Akkordfolge e-Moll – G – D – A – und ich schweifte davon an den nächstfernen Ort.

Und

dieses

Mal

fand

ich

mich

in

New

York

wieder.

Manhattan, um genauer zu sein.

Wir standen oben auf dem Rock – ich, Griff, Mum und Dad. Um ganz genau zu sein, standen wir siebzig Stockwerke über der Stadt und drückten uns die Nasen an den Glaswänden der Aussichtsplattform des Rockefeller Center platt.

»Da wären wir also«, sagte Dad. »New York City. Ist es so, wie ihr es euch vorgestellt habt?«

»Sieht aus wie Shanghai«, stellte ich fest. »Nur ohne den Smog.«

»Es ist fantastisch«, sagte Griff.

Mum und Dad lächelten sich an. Mum zog Griffs Kopf zu

sich und küsste ihn. »Gefällt es dir, Griff Rhys Taylor? Das ist fantastisch. Und du wirst wunderbar hierherpassen.«

»Cool«, sagte Griff. »Das ist die allerfantastischste Stadt, in der wir je gelebt haben. Ich finde, wir sollten für immer hierbleiben.«

»Na, dann machen wir das vielleicht.« Mum blickte zu Dad. »Was meinst du, Steve? Ob es wohl an der Zeit ist, Wurzeln zu schlagen?«

Dad zuckte die Schultern. »Du kennst mich doch, Meg. Ich bin da ganz unkompliziert. Wenn wir bleiben wollen, bleiben wir. Wenn nicht, dann eben nicht.« Damit wandte er den Blick von der spektakulären Aussicht und küsste unsere Mum mitten auf den Mund.

Griff und ich verzogen die Gesichter und heulten empört auf. Ein paar Touristen drehten sich zu uns um und wandten sich dann kopfschüttelnd ab.

»Igitt!« Griff sah hinab auf die Stadt, die zu unseren Füßen ausgebreitet dalag. »Ich kotze gleich jemandem auf den Kopf.«

»Schon gut«, beruhigte ihn Dad. »Entspann dich wieder, wir sind fertig.«

Mum lachte. Dann fing sie meinen Blick auf und lächelte. »Es passt, dass du jetzt hier lebst, Dyl, auch wenn es nur für eine Weile sein sollte. Dylan Thomas hat auch mal hier gelebt, wusstest du das? Dein Dichter.«

»Ich dachte, er kam aus Wales«, sagte ich.

»Das stimmt«, sagte Mum. »Aber das hat ihn anscheinend

nicht davon abgehalten, auch mal in ein Flugzeug zu steigen, was?«

»Anscheinend nicht.« Ich lehnte die Stirn wieder ans Glas, starrte auf das Wolkenkratzermeer und flüsterte: »Hoffentlich bleiben wir für immer hier.«

26

Die Zeit verging und die Sommerferien standen vor der Tür. Zum letzten Mal in diesem Schuljahr liefen Griff und Hari mittwochs den Berg hinunter.

»Powell wird mir fehlen«, sagte Griff. »Ohne ihn hätte ich nie von Buddy Holly gehört.«

»Nur weil die Schule vorbei ist, heißt das ja nicht, dass du ihn gleich mit abservieren musst«, sagte Hari. »Du kannst doch nächstes Jahr wieder bei ENKL mitmachen. Ich kenne Enid jetzt schon seit ein paar Jahren. Sie ist so eine Art Ersatzoma für mich geworden. Ich war sogar mit ihr beim Line-Dancing, weißt du noch?« Sie drückte den Knopf an einem Fußgängerüberweg und wartete, dass das grüne Männchen aufleuchtete. »Solange du Hedd Bescheid sagst, wenn du kommst, ist es in Ordnung. Die alten Leutchen freuen sich immer über Besuch.«

Mein Bruder schob sich eine Haarsträhne aus den Augen. Seine Haare waren mittlerweile so lang wie noch nie. Obwohl Owen ständig anbot, mit ihm zum Friseur zu gehen, hatte er sie noch nicht schneiden lassen. Er selbst war auch gewachsen und nun schon ein ganzes Stück größer als ich. Irgendwie sah er aus wie ein richtiger kleiner Rockstar. »Und was ist mit dir?« Er berührte Hari sanft am Ellbogen. »Sehen wir uns noch, wenn die Schule aus ist?«

Überrascht zog ich die Augenbrauen hoch. Mein kleiner Bruder ja richtig gewieft.

Der Verkehr vor uns kam zum Halten und das grüne Männchen leuchtete auf. Griff hingegen wurde rot und eilte gebeugten Kopfes über die Straße. Doch Hari grinste von einem Ohr zum anderen – genau wie ich. Als wir alle sicher die andere Straßenseite erreicht hatten, sagte sie: »Das hoffe ich doch, Griffindor. Schließlich gebe ich dir ja weiterhin Gitarrenstunden, oder? Noch bist du nicht Buddy Holly, weißt du?«

Griff biss sich auf die Lippe und lächelte. »Schönen Dank auch, Harold.« Doch plötzlich hielt er inne und starrte in das Schaufenster eines kleinen Geschäfts neben der Fußgängerampel. *Lew's Emporium*. Es war einer dieser schäbigen Trödelläden, die bei Studenten so beliebt sind – weil sie eben einen Haufen Trödel verkaufen. Griff musste schon Hunderte Male an diesem Geschäft vorbeigegangen sein, aber jetzt bestaunte er das Schaufenster, als hätte er es eben zum ersten Mal bemerkt.

Hari stellte sich neben ihn. »Was hast du denn entdeckt?«

»Das da.«

Das Schaufenster war unübersichtlich. Ich weiß nicht mal, ob es überhaupt als Auslage gedacht war. Da standen Unibücher neben Stapeln von CDs mit gesprungenen Plastikhüllen,

Abziehtattoos lagen zwischen Tabakdöschen mit aufgedruckten Hanfblättern und uralte Gameboys neben ebenso alten Spielkassetten. Und mittendrin stand an einen Stapel vergilbter Musikmagazine gelehnt eine alte Schallplatte.

»Oh mein Gott«, sagte ich.

»Oh mein Gott«, flüsterte Griff.

Hari beugte sich näher an die Scheibe. »20/20. The Beach Boys.« Sie trat einen Schritt zurück. »Von der habe ich noch nie gehört. Ist sie gut?«

Griff nickte. »Blessing hatte die. Sie ist eine Freundin aus Brooklyn … ich meine, eigentlich war sie meine Schulleiterin, aber … aber … Jedenfalls … erinnert mich die Platte an sie … und … und ich weiß nicht, warum, aber sie erinnert mich auch an meinen Bruder und an meinen Dad. Ich glaube, sie hätte ihnen gefallen, weißt du? Und meiner Mum vielleicht auch.«

Hinter ihm – unfassbar weit weg und doch so eigentümlich nah – presste ich meine Handflächen aneinander. »Bitte kauf die Platte, Griff«, flüsterte ich.

»Ich gehe rein und kaufe sie«, beschloss Griff.

Hari nickte schweigend. Sie sah ein bisschen erschrocken aus. Ich glaube, sie fing gerade erst an zu begreifen, warum es meinem Bruder so schwerfiel, über sein Leben vor Aberystwyth zu sprechen. »Ich warte draußen«, erklärte sie. »Als ich das letzte Mal in diesem Laden war, hat der Mann, der dort arbeitet – vermutlich Lew –, gesagt, ich hätte schöne Backenknochen. Was für ein Perversling! Ich geh da nie wieder rein.«

Griff grinste. »Du hast aber auch schöne Backenknochen.«

»Halt die Klappe und geh deine Platte kaufen«, sagte Hari.

Griff drückte die Tür auf und betrat den Laden.

»Es geht ihm wirklich langsam besser«, sagte ich leise. Zu Hari. Zu niemandem. »Er fängt an, von uns zu erzählen. Er fängt an, damit klarzukommen.«

Doch Hari hörte mir nicht zu. Natürlich nicht. Sie sah durch die Scheibe in den Laden und ihre Augen füllten sich mit Tränen. »Ach Griff«, flüsterte sie. »Was auch immer dir passiert ist – es war etwas richtig Schlimmes, oder?«

Ein paar Minuten später ging die Tür wieder auf. Hari blinzelte und wischte sich mit dem Arm über die Augen. Griff kam heraus, er hatte allerdings keine Platte dabei. »Ich fasse es nicht«, schimpfte er. »Der Spinner da drin wollte mir die Platte nicht verkaufen! Er hat gemeint, ich bin noch zu jung, um sie wertzuschätzen. Was ist das denn bitte für ein Service?«

»Ich habe dir doch gesagt, der ist verrückt«, erklärte Hari.

Griff warf einen finsteren Blick auf den Laden und schüttelte den Kopf. »Dann bin ich wahrscheinlich genauso verrückt, denn ich habe ihm trotzdem etwas abgekauft. Hier.« Er drückte Hari etwas in die Hand. »Für dich. Er hatte eine ganze Kiste davon am Tresen.« Es war eine kleine tränenförmige Plastikscheibe – genau richtig, um Gitarrensaiten damit zu zupfen.

»Ein Plektrum«, rief Hari. »Danke!« Dann sah sie noch einmal genauer hin. »Oh, Griffindor – da steht ja *I pick you.* Wie süß ist das denn? *Du* wählst *mich*?«

»Träum weiter, Harold«, sagte Griff. »Es soll heißen, dass du damit die Gitarrensaiten zupfen sollst. ›Pick‹ heißt auch zupfen, falls du das noch nicht wusstest.«

»Ich weiß, was es heißt.« Hari steckte das Plektrum in ihre Hosentasche und schlug die Hände vor dem Herzen zusammen. »Ich werde es für immer und ewig in Ehren halten, *pudin-pants.*«

Ich schüttelte lachend den Kopf. Griff und Hari standen so was von aufeinander. Auch wenn sie es vielleicht nicht wahrhaben wollten: Die Signale waren eindeutig.

Wir bogen links ab, dann rechts, dann wieder links und nahmen die Abkürzung durch den Park, bis wir zur Wohnanlage kamen. Hari drückte den Klingelknopf und Hedd ließ uns ein. Kurz überlegte ich, nachzuschauen, ob Shirley im Garten war, entschied mich schließlich aber doch dagegen. Tot sein an sich ist schon schlimm genug. Ich brauchte nicht noch irgendwelche gesellschaftlichen Verpflichtungen obendrauf.

Also ging ich mit Griff die Treppe hoch.

Oben wartete Powell bereits auf seinen Stock gelehnt an der Tür. »Du schon wieder«, sagte er. »Ich habe gerade Wasser aufgesetzt.«

Griff folgte ihm in die Wohnung und ließ seine Tasche auf den Esstisch fallen. »Haben Sie etwa jemand anderes erwartet?«

Doch Powell hatte ihn entweder nicht gehört oder er wollte nicht antworten. Er war schon wieder in der Küche und klapperte mit den Teelöffeln.

Griff und ich setzten uns. Griff streckte die Arme aus und fing an, auf einer imaginären Gitarre seine Akkorde zu üben. Ich hingegen starrte auf den Tisch. Er war übersät mit Fotos – den Fotos, die sonst an der Wand hingen oder in Rahmen auf der Kommode standen. Daneben lagen ein Staubwedel und eine Sprühflasche mit Glasreiniger. Powell war offenbar gerade beim Putzen.

Als Powell zurück ins Zimmer kam, schob er einen altmodischen Servierwagen vor sich her, auf den er sich wie auf einen Rollator stützte. Griff sah von seiner Luftgitarre auf und wurde rot. »Entschuldigung. Ich hätte Ihnen wohl lieber helfen sollen.«

»Wenn ich Hilfe gebraucht hätte, hätte ich schon Bescheid gesagt«, knurrte Powell, der heute in ganz besonders griesgrämiger Stimmung zu sein schien. Er nahm eine der Tassen vom Tablett und stellte sie vor Griff hin, bevor er sich mit der anderen uns gegenüber an den Tisch setzte. Es schien mir nicht ganz die richtige Jahreszeit für heißen Tee zu sein. Aber was wusste ich schon?

Aus dem Durcheinander auf dem Tisch zog Powell ein kleines Päckchen in der Form eines Buches hervor. Es war in zerknittertes Papier mit ebenfalls nicht zur Jahreszeit passenden Weihnachtsbäumen eingewickelt. Powell schob das Päckchen über den Tisch zu Griff, der allerdings schon wieder mit seiner Luftgitarre beschäftigt war. Ich stieß ihn an. »Hör mal auf. Er hat ein Geschenk für dich.«

Griff ließ überrascht die Arme sinken. »Was ist das?«

»Eine Kleinigkeit als Zeichen meiner Verbundenheit«, erklärte Powell. »Dafür, dass du dir jeden Mittwochnachmittag die Mühe gemacht hast, mich zu besuchen. Du bist zwar nicht gerade gesprächig, aber … hier, bitte. Du wirst mir trotzdem fehlen. *Diolch yn fawr*, Griff Taylor.«

Griff sah noch erstaunter aus und wurde rot. »Das wäre doch nicht nötig gewesen«, stotterte er. »Es war überhaupt keine Mühe. Eigentlich wollte ich Sie sogar fragen, ob ich nicht einfach weiterhin vorbeikommen kann.« Er biss sich verlegen auf die Lippe. »Außerdem habe ich ja gar nichts für Sie.«

Alle Griesgrämigkeit war aus Powells Gesicht gewichen, der nun genauso überrascht aussah wie Griff. Doch es war eher eine freudige Überraschung. Er nahm einen Schluck Tee, bevor er lächelnd antwortete: »Es wäre mir eine Freude, wenn du weiterhin vorbeischauen würdest, mein Junge. Aber nimm das hier trotzdem.« Er wies auf das Päckchen. »Und du musst mir nichts schenken. Du hast mir jeden Mittwoch deine Zeit geschenkt, dich mit mir unterhalten und mich in diesem grauenhaften Rollstuhl herumgeschoben. Wegen dir habe ich meine ganzen alten Buddy-Holly-Platten noch mal gehört, und außerdem hast du mich mit Kanye West bekannt gemacht. Du hast mir schon genug geschenkt.«

Griff klappte die Kinnlade runter. »*Ich* habe Sie mit Kanye West bekannt gemacht?«

»Ja«, bestätigte Powell. »Gleich am ersten Tag. Du hast mich gefragt, ob ich eine Platte von ihm habe. Nun, ich kannte ihn zwar vom Namen her, aber ich hatte mich noch nie richtig hingesetzt und mir seine Musik angehört. Also habe ich ihn mir im Fernsehen angeschaut, als sie Ausschnitte von dieser Glastonbury Pop-Fete gezeigt haben. Er ist zwar ein ziemlicher Angeber, hat aber eine ganz gute Show hingelegt.«

Griff starrte Powell ungläubig an. Ich auch, um ehrlich zu sein.

»Sie verarschen mich«, sagte Griff. »Jetzt muss ich Ihnen eine Playlist machen.«

Powell nickte noch einmal in Richtung des Geschenks. »Jetzt mach es halt auf.«

Griff nahm das Päckchen, schob einen Finger in den Schlitz zwischen den Tesafilmstreifen und riss das Papier auf. Dann lehnte er sich zurück – äußerst metagrobolisiert. »Danke«, stammelte er. »Ein Walisisch-Englisches Wörterbuch. Ähm ... das ist ... das ist ja toll.«

»Übertreib es bloß nicht«, murmelte ich.

Powell lächelte. »Ich dachte, du könntest es vielleicht gebrauchen.« Er beugte sich vor und legte verschwörerisch die Hand an den Mund. »Weißt du, Griff, deine Freundin Hari und meine Freundin Enid unterhalten sich oft. Daher weiß ich zufällig, dass ein gewisser junger Mann Schwierigkeiten mit seinen Walisisch-Hausaufgaben hat.«

Ich schlug mir lachend die Hände vors Gesicht.

Griff war puterrot angelaufen. »Es geht schon«, wiegelte er ab. »Hari hilft mir. Aber das hier ist bestimmt auch hilfreich. Danke.«

Powell ließ die Hand sinken und schüttelte den Kopf. »Soweit ich es verstanden habe, hilft sie dir weniger, als dass sie dich vielmehr aus ihrem alten Hausaufgabenheft abschreiben lässt. Aber du musst es wenigstens versuchen, mein Junge. Sprache ist wichtig. Sie ist untrennbar mit der Seele eines Ortes verbunden, und selbst wenn du nur ein paar Brocken kennst, wirst du dich gleich viel mehr zu Hause fühlen.«

Langsam wurde es meinem Bruder sichtlich unangenehm. »Ich habe mal in China gelebt«, sagte er. »Aber Chinesisch habe ich nicht gelernt.«

»Und?« Powell beugte sich vor. »Hast du dich denn in China zu Hause gefühlt?«

Unsicher zuckte Griff die Schultern. »Weiß nicht.«

»Siehst du.«

Griff rutschte unruhig auf seinem Stuhl hin und her. Ich beobachtete ihn aufmerksam. Ich wusste nicht genau, warum, aber langsam fing ich an, mir Sorgen zu machen.

»Sie haben leicht reden«, verteidigte sich Griff. »Sie gehören hierher, und Sie können offenbar auch Walisisch – aber ich kann es nun mal nicht.« Seine Stimme wurde lauter. »Ich kann nicht mal die Wörter auf den blöden Straßenschildern nachsprechen, weil es alles *völlig unaussprechbar* ist. Und ich bin auch nur hier, weil ich sonst *nirgendwohin* kann.«

Die Zeit verging in absoluter Stille.

Griff stützte die Ellbogen auf die Tischplatte und vergrub das Gesicht in den Händen. Erschrocken sah ich Powell an. Powell sah erschrocken Griff an.

Die Zeit tickte vorbei.

Powell räusperte sich geräuschvoll. »Es tut mir leid, mein Junge. Vielleicht war das nicht besonders geschickt von mir.«

Ich stieß Griff noch einmal an. »Um Gottes willen, Griff, jetzt quäl den armen Mann nicht so. Er wollte dir doch nur helfen.«

Zu meiner Erleichterung drang ich zu ihm durch. Griff hob den Kopf und murmelte: »Tut mir leid.«

Powell nickte nachdenklich. Dann streckte er eine zittrige Hand aus und fing an, in den Fotos und Rahmen auf dem Tisch herumzukramen, bis er ein kleines Schwarz-Weiß-Foto aus dem Haufen herauszog. Es war das, das ihn als ernsten, nicht lächelnden Jungen zeigte. »Griff«, sagte er ganz leise. »Sieh dir das mal an.«

Griff rieb sich heftig mit dem Handballen sein Auge, bevor er aufblickte.

Sanft schob ihm Powell das Foto in die Hand. »Das war ich als kleiner Junge. Schau auf die Rückseite.«

Griff sah erst Powell an, dann die Aufnahme. Und dann drehte er sie um.

»Dort steht mein Name«, erklärte Powell.

Griff zog das Foto näher zu sich heran. In bräunlich verblasster Tinte hatte jemand vor langer Zeit folgende Worte geschrieben:

Pawel Ciechanowski, 7

Angestrengt versuchte Griff, die Schrift zu entziffern. »Pa-wel … Ki … Si … ch …« Schließlich gab er kopfschüttelnd auf und legte das Foto auf den Tisch zurück. »Das verstehe ich nicht. Sie sind doch Powell Roberts.«

Powell nickte, hob das Foto auf und betrachtete es. Einen Augenblick lang dachte ich, dass er weinte. Doch dann sah ich, dass er lächelte, und alles schien o. k. zu sein. Ich glaube, seine Augen tränten nur ein bisschen – wie es eben bei alten Leuten manchmal ist. »Ich *bin* Powell Roberts«, bestätigte er. »Aber früher war ich Pawel Ciechanowski.«

Verblüfft sah ich den alten Mann an. Die Laute, die gerade aus seinem Mund gekommen waren, schienen kaum etwas mit den Buchstaben auf der Rückseite des Fotos zu tun zu haben.

Pawel Tschi-ka-nowski

Es war schon wieder so wie mit Dwysli / Doissilie.

»Damals war ich ein kleiner Junge aus Polen. Es ging mir nicht viel anders als dir. Als ich zum ersten Mal nach Wales kam, erschien mir alles hier fremd und weit entfernt von zu Hause, und ich war sehr einsam.«

Griff und ich starrten Powell – oder Pawel – schweigend an. Ich glaube, Griff hatte sogar vergessen zu atmen. Ich atmete jedenfalls nicht.

»Dieses Bild wurde ein paar Tage vor meiner Abreise aufgenommen«, fuhr Powell fort. »Meine Mama schrieb meinen

Namen und mein Alter – sieben – auf die Rückseite. Und ich lächle nicht, weil ich unglücklich bin. Ich weiß, dass sie mich wegschicken in die Ferne, wo ich bei irgendwelchen fremden Leuten leben soll.«

Griff streckte die Hand aus, und zu meiner Überraschung ergriff er die Hand des alten Mannes, bevor er die Frage stellte, die auch mich beschäftigte. »Aber warum?«

Powell legte seine freie Hand auf den Bilderstapel und schüttelte traurig den Kopf. »Als ich klein war, da geschahen fürchterliche Dinge. Schreckliche Dinge. Die ganze Welt stand am Abgrund eines Krieges, und in Polen war es besonders schlimm.« Er schüttelte erneut den Kopf und zuckte die Schultern. »Du hältst mich für einen Waliser, aber früher, da war ich ein Pole. Nur damals, als dieses Foto aufgenommen wurde, war Polen kein sicherer Ort.«

Griff und ich starrten ihn an. Egal, wie viele Lehrpläne in wie vielen Schulen man auch anfängt und nie zu Ende bringt, um den Krieg kommt man nie herum.

»Also … ähm …«, fing Griff an, doch dann brach er ab.

»Also«, fuhr Powell fort, »ich erzähle dir das alles, weil ich das Gleiche durchgemacht habe wie du. Ich kam aus einem anderen Land hierher nach Wales und dachte, ich würde mich nie eingewöhnen. Ich dachte, das hier würde nie mein Zuhause werden und ich müsste nur die Zeit in diesem fernen, fremden Land herumbringen, bis ich wieder nach Hause kann.« Er tippte auf das Wörterbuch. »Aber weißt du, was? Sobald ich aufhörte, mich wie ein Außenseiter zu verhalten, und das alles hier ein wenig akzeptierte, fühlte ich mich auch gleich etwas mehr akzeptiert.«

»O. k.«, sagte Griff. »Gut, das habe ich verstanden. Ich werde mich um meine Walisisch-Hausaufgaben kümmern – aber … aber das meinte ich nicht.«

»Nicht?«

»Nein. Ich meine … was war denn los? Als das Foto aufgenommen wurde?«

Powell seufzte. »Ich hatte großes Glück – und ich war das einzige Kind meiner Eltern. Sie hatten nicht genug Geld, damit wir alle fliehen konnten, aber sie wollten wenigstens mich außer Landes bringen, bevor es zu spät war.«

Griff schien noch immer nicht zu begreifen. »Also … also … sind Sie Jude?«

»Nein«, sagte Powell. »Bloß Pole.« Er schwieg einen Augenblick, während dessen nur das Ticken einer großen Uhr auf der Kommode zu hören war. Schließlich holte Powell tief Luft und fuhr mit seiner Geschichte fort. »Eine Cousine meiner Mutter hatte einen englischen Seemann geheiratet und war zu ihm nach England gezogen. Oder zumindest dachte meine Mutter, sie wäre in England. Es stellte sich dann aber heraus, dass der Seemann Waliser war und ihre Cousine in Cardiff lebte. Mama schrieb ihr – ich nannte sie Tante Dora – und Dora schrieb zurück, dass Mama den kleinen Pawel mit dem Schiff zu ihr schicken sollte. Sie würde ihn abholen und sich um ihn kümmern, bis er wieder nach Hause könnte. Und so geschah es.«

Griff hatte seine Hand wieder zurückgezogen und drückte

nun seine Handflächen aneinander. Fast als würde er beten. »Aber … aber Sie sind ja immer noch hier«, flüsterte er.

Powell stützte sich mit den Händen auf den Tisch, stand auf und sah sich nach seinem Gehstock um. »Das stimmt. Ich blieb bei Tante Dora und Onkel John, bis sie mich schließlich irgendwann adoptierten und ich ihren Familiennamen annahm – Roberts. Meinen konnte sowieso niemand aussprechen. Und aus Pawel wurde Powell – das war auch einfacher.« Er entdeckte seinen Gehstock, der an der Wand lehnte, nahm ihn und ging langsam darauf gestützt in die Küche.

Griff sprang auf und folgte ihm, und ich sprang auf und folgte Griff. »Aber was ist denn mit Ihren Eltern?«

Powell hatte den Wasserkessel wieder befüllt. Ohne sich umzudrehen stellte er ihn ab und beugte den Kopf, sodass wir nur noch seinen Nacken sehen konnten. »Ich habe sie nie wiedergesehen.«

Einen Augenblick lang stand mein Bruder wie festgefroren an der Küchentür. Als hätte man bei einem Film das Bild angehalten oder so. Als wieder Bewegung in ihn kam, gaben seine Beine nach und er rutschte einfach am Türrahmen herunter.

»Griff!«, rief ich, während ich noch versuchte, ihn aufzufangen, doch er rutschte mir einfach durch die ausgestreckten nicht existierenden Arme. Ich fasste mir mit meinen nicht existierenden Händen an den nicht existierenden Kopf und fühlte mich ganz und gar nutzlos und verzweifelt.

Powell fuhr herum, griff nach seinem Stock und kam eilig

zu Griff gehumpelt. Ganz vorsichtig ließ er sich ebenfalls zu Boden gleiten, wobei er seinen Stock als eine Art Feuerwehr-Rutschstange verwendete, bis er neben Griff kniete und ihm die Hand auf die Schulter legte. Mein Bruder weinte. Richtig hemmungslos und untröstlich und unkontrollierbar. Es war so ein Weinen, das von unten aus dem Bauch kommt und dann wie bei einem Vulkanausbruch aus einem herausbricht. Ich hatte ihn davor nur ein einziges Mal so weinen sehen. Und das war damals, als ich neben ihm starb.

»Na, na«, versuchte Powell ihn zu beschwichtigen. »Na, na, Kleiner. Was ist denn? Mir geht es doch gut. Das ist alles schon so lange her.«

Doch Griff konnte nicht aufhören zu weinen.

Powell sah meinen Bruder an, und da fiel mir etwas in seinem Blick auf: Trauer, ja, das ganz bestimmt, aber auch noch etwas anderes. Ich glaube, es war Verständnis. Die Uhr tickte, während der alte Mann die Arme um meinen schluchzenden Bruder legte und ihn festhielt. »Lass es raus«, sagte er sanft. »Was auch immer es ist – lass es einfach raus.«

27

Immer wenn du dich trösten willst, musst du einfach nur an etwas Schönes denken.

Und das Erste, was mir einfiel, war ein Bild von

mir

und

meiner

Mum

in der kleinen Küche unserer Wohnung in Brooklyn. Die Küche war so winzig, dass sie mit uns beiden darin eigentlich schon überfüllt war. Ich saß auf der Arbeitsplatte und war ziemlich niedergeschlagen. Meine Mum stand am Herd und wartete darauf, dass das Wasser in einem Topf anfing zu kochen. »Ich werde nie verstehen, warum die Amerikaner keine Wasserkocher haben«, sagte sie kopfschüttelnd. Dann warf sie mir über die Schulter einen Blick zu. »Was hast du denn, *pudin-pants*?«

»Du sollst mich nicht so nennen«, schmollte ich.

»Tut mir leid«, sagte Mum. »Ich fange noch mal an. Was ist denn los mit dir, Dylan-Schatz?«

Ich ließ die Beine baumeln und seufzte schwer, bevor ich

schließlich damit rausrückte. »Es ist wegen Lester.« Lester war ein Junge aus meiner Klasse. Wahrscheinlich auch irgendwie mein Freund. Aber nur, wenn Freunde auch Leute sind, denen man hin und wieder ein paar reinhauen will.

»Ich dachte, er ist dein Freund«, sagte Mum. »Was hat er denn angestellt?«

»Er gibt eine große Party zu seinem Geburtstag.«

Mum warf erst einen skeptischen Blick auf ihr immer noch nicht kochendes Wasser und dann auf mich. »Und er hat dich nicht eingeladen?«

»Nein«, sagte ich, »hat er.«

Mums Blick wurde noch skeptischer. »Nein, hat er? Was soll das denn heißen? Doch, hat er – oder nein, hat er nicht?«

Genervt rollte ich mit den Augen. »Nein – ich meine, er hat mich eingeladen.«

Mum zuckte die Schultern. »Warum ziehst du dann so ein Gesicht?«

Ich seufzte erneut. Noch lauter als beim letzten Mal. »Sein Geburtstag ist morgen. Aber rate mal, wann er seine blöde Party feiert?«

»Keine Ahnung«, sagte Mum. »Ich hab keine Lust auf Ratespiele. Soll ich mich jetzt etwa durch den ganzen Kalender durchfragen?«

»Übernächstes Wochenende«, sagte ich. »An *meinem* Geburtstag.«

Nachdenklich beobachtete Mum die Wasserbläschen, die vom Topfboden aufstiegen, und kratzte sich am Kopf. »Also ich finde, das klingt doch gar nicht schlecht. Dein Vater und ich wollten dich eigentlich schick zum Burgeressen ausführen, aber das können wir auch einfach an einem anderen Tag nachholen.« Sie drehte die Gasflamme etwas höher. »Und wenn Lester dich eingeladen hat, ist doch eigentlich alles gut. Alle deine Freunde werden dort sein, und es ändert doch nichts daran, dass es dein Geburtstag ist, oder?«

Ich sah sie frustriert an. »Ja, aber es ist *mein* fünfzehnter Geburtstag – und *Lesters* Party.«

Die Blasen im Topf spielten jetzt richtig verrückt. Mum stellte den Herd aus und nahm zwei Becher von ihren Haltern. »Dann geh halt nicht hin.«

»Was?!« Ungläubig starrte ich sie an. Begriff sie denn *gar nichts*? »Natürlich gehe ich hin«, sagte ich. »Alle gehen hin.«

Mum warf in jeden Becher einen Teebeutel und übergoss sie mit kochendem Wasser. »Dann hör auf zu jammern und sieh zu, dass du dich amüsierst.« Auf dem Fensterbrett fing ihr Telefon an zu klingeln. »Warte kurz.«

Ich blieb auf der Arbeitsplatte sitzen und baumelte wütend mit den Beinen.

»Silke! Hallo, wie geht es dir? [Lange Pause] Ist nicht wahr! Wann denn? [Kurze Pause] Ach, das ist ja toll! [Noch eine kurze Pause] Ja, wir sind da. [Kurze Pause] Ja, ja, auf jeden Fall! [Kurze Pause] O. k. … O. k., ja, klar! Ja, dann bis dann! Tschüss!«

Meine Mum legte das Telefon zurück aufs Fensterbrett und strahlte mich begeistert an. »Rate mal, wer das war?«

»Silke Sommer«, sagte ich. »Ganz sicher. Letzte Antwort.«

»Genau!«, rief Mum. »Wir haben uns ja schon seit Jahren nicht mehr gesehen! Sie haben sich irgendeinen verrückten Shopping-Trip nach New York gebucht und wollten wissen, ob wir uns mit ihnen zum Essen treffen wollen.« Plötzlich schlug sie sich erschrocken die Hand vor den Mund. »Oh, verdammt!«

»Was denn?«, fragte ich. Besorgt.

»Es ist an deinem Geburtstag!« Sie biss sich auf die Lippe und sah mich bedauernd an. »Oje, das tut mir leid, Dyl. Sie hat mich wirklich kalt erwischt. Ist das schlimm?«

Ich runzelte die Stirn. So aufregend es auch sein mochte, Matilda wiederzusehen, wollte ich Lesters Party eigentlich nicht verpassen – auch wenn er mir meinen Tag klaute. »Ach, Mum.« Ich legte den Kopf in den Nacken und starrte an die Decke. »Heißt das jetzt, ich muss an meinem fünfzehnten Geburtstag in irgend so einem langweiligen Laden in Manhattan hocken und Sven zuhören, wie er irgendwelchen langweiligen Banker-Kram faselt, während meine ganze Schule auf Lesters Party ist?«

Mum sah mich nachdenklich an und schüttelte schließlich den Kopf. »Nein«, sagte sie. »Das heißt es nicht. Wir werden Silke und Sven hierher zu uns nach Hause einladen, und du kannst Matilda mit auf Lesters Party nehmen.« Sie zuckte die Schultern. »Das heißt, natürlich nur, wenn sie mitkommen will und Sven und Silke nichts dagegen haben – und du auch nicht?«

Ich spürte ein Zucken um meine Mundwinkel. Und dann breitete sich ein Lächeln über meinem ganzen Gesicht aus, über meinem Körper und meiner Seele.

»Hm … Ja, warum nicht«, sagte ich. So gleichgültig wie möglich.

28

Griff konnte nicht aufhören zu weinen, und Powell kniete auf dem Küchenfußboden, bis seine Beine steif wurden. Schließlich tastete er nach dem Notfalldrücker, den er an einer Schnur um den Hals trug, und betätigte den Knopf.

Innerhalb von Sekunden eilte Hedd zu ihrer Rettung herbei. Sie bugsierte die beiden vom Fußboden in zwei riesige Lehnstühle und machte jedem eine Tasse Tee. Weil Griff danach immer noch weinte, ging sie nach nebenan zu Enid, um Hari zu holen. Erst da beruhigte Griff sich allmählich. Es rannen ihm zwar immer noch ein paar Tränen die Wangen herab, doch die schlimmste Flut schien vorbei zu sein. Bald war er nur noch rot gefleckt und beschämt und wollte unbedingt gehen.

»Pass auf dich auf, Liebes«, hatte Hedd ihm besorgt hinterhergeschickt. »Es passiert nicht jeden Tag, dass man sich die Last der ganzen Welt von den Schultern weint.« Griff hatte sich die Nase gerieben und den Kopf geschüttelt. Denn schließlich hatte sie recht – das passierte nicht jeden Tag. Aber manchmal musste es eben sein. Und mit einem Mal fühlten sich dieser Augenblick und das Zimmer und das Weltall und meine Seele schon viel besser an.

»Na komm, Griffindor«, sagte Hari. »Gehen wir ein bisschen raus in die Sonne.«

»Vergiss deine Schultasche nicht, mein Junge«, rief Powell.

»Ach ja«, schniefte Griff. »Und mein Walisisch-Wörterbuch.« Er schenkte dem alten Mann ein schüchternes Lächeln.

Powell drückte meinem Bruder das Wörterbuch in die Hand und musterte ihn aus seinen wässrig-blassen Augen. »Du kommst also wieder?«

»Ganz bestimmt.« Und obwohl Griff nur ganz leise gesprochen hatte, war es doch das bestimmteste *Bestimmt*, das ich je gehört hatte. »Danke, Powell«, sagte er. »Und es tut mir leid, falls ich Sie erschreckt habe.«

»Du musst dich nicht entschuldigen.« Powell streckte die Hand aus und berührte meinen Bruder am Arm. »Es kann verdammt schwer sein, zu weinen. Und manchmal ist es leichter, über andere zu weinen als über sich selbst.«

Griff sah dem alten Mann geradewegs in die Augen und nickte. »Sie haben ja so recht.«

»So sollte es auch sein«, erklärte Powell. »Dafür bin ich schließlich alt genug.«

Griff und Hari saßen auf einer Bank mit Blick auf das Meer, als Griff Hari alles erzählte. Es war zwar nur eine kurze Version von allem, aber das genügte. Es gibt Geschichten, die man mit spektakulären Adjektiven und großer dichterischer

Freiheit aufmotzen kann, und dann gibt es solche, bei denen das nicht geht. Es geht einfach nicht.

Als er fertig erzählt hatte, zog Griff seine Nikes hoch auf die Bank und saß da, mit den Ohren zwischen den Beinen wie eine Heuschrecke. Hari neben ihm blieb ungefähr eine Minute lang einfach nur stocksteif sitzen. Dann zog sie ebenfalls die Beine hoch, und so saßen sie dann beide, die Köpfe auf die Knie gestützt, und starrten auf das Meer.

»Scheiße«, murmelte Hari schließlich und schüttelte den Kopf. »Ich dachte mir schon, dass dir in Amerika irgendwas richtig Schlimmes passiert ist, aber … aber … Oh Gott, Griff … Es tut mir ja so leid.«

Griff schüttelte ebenfalls den Kopf. »Nein … es ist … es ist …« Er holte tief Luft. »Können wir einfach noch ein bisschen hier sitzen bleiben und … nicht reden?«

Hari nickte.

Über ihnen kreisten die Möwen, stießen hin und wieder herab und kreischten mit ihren komischen Möwenstimmen. Weit hinter ihnen dröhnte der entfernte Verkehrslärm von den geschäftigen Sträßchen im Stadtzentrum. Links und rechts hallten die vergangenen Stimmen vergangener Menschen durch die Ruinen der verfallenen Burg. Und vor ihnen schwieg das weite und endlose Meer und funkelte wie eine Myriade Saphire in der Sommersonne.

So saßen sie noch eine ganze Weile da.

»Mein Bruder hätte ein Dichter werden können«, sagte Griff schließlich. »Wie Dylan Thomas.« Ein Lächeln erschien auf seinem Gesicht. »Dyl konnte gut mit Worten umgehen. Bestimmt wäre ihm irgendwas Tolles über diesen Ort hier eingefallen.« Das Lächeln breitete sich aus. »Und meiner Mum hätte es auch gefallen – hier auf der Bank, meine ich. Bestimmt hätte es ihr gefallen. Sie war eine richtige Waliserin – so wie du.« Griff wandte den Kopf und sah Hari an. »Sie war echt cool, meine Mum, weißt du? Sie hatte einen kleinen Silberstecker in der Nase und hat immer gelacht. Mein Dad war auch cool. Die beiden waren die coolsten Eltern, die ich mir wünschen konnte.«

»Sie klingen toll«, sagte Hari.

Griff antwortete nicht. Er nickte bloß.

Hari schlang die Arme um ihre Beine. »Ich kann mir gar nicht vorstellen, wie es dir damit geht«, sagte sie leise. »Aber immerhin wirst du immer diese Liebe für sie haben. Wenigstens wirst du immer wissen, wie sehr sie dich geliebt haben.«

»Ich weiß.« Griff nickte noch einmal.

Ein Windstoß blies ihnen die Haare ins Gesicht. Hari drehte sich zur Seite und zog ein Haargummi aus der Tasche ihres Schuljacketts. Während sie sich die Haare zusammenband, fiel ihr Blick auf ein kleines Metallschild, das an der Lehne der Bank befestigt war.

In liebender Erinnerung
an John und Didi Morgan.
»Die Liebe überwindet alles.«

»In liebender Erinnerung an John und Didi Morgan«, las sie vor. *»Die Liebe überwindet alles.«* Behutsam fuhr sie mit der Fingerspitze über das Schild. »Siehst du? Was habe ich gerade gesagt? Die Liebe hilft dir durch alles hindurch.« Sie neigte den Kopf zur Seite. »Schön, dass jemand diese Bank für John und Didi aufgestellt hat. Das heißt doch, dass sie irgendwie noch da sind, oder? Weil alle, die sich hier hinsetzen, ihre Namen lesen und sich fragen, was wohl die Geschichte dazu war.«

Griff schob sich die Haare aus den Augen. »Die Menschen, die man liebt, sind nie wirklich weg«, sagte er. »Diese ganze Energie muss schließlich irgendwohin.« Er wurde rot und starrte auf seine Turnschuhe. Dann holte er tief Luft und sah wieder auf das Meer. »Das ist ein physikalisches Gesetz, glaube ich.«

Und auch wenn ich wusste, dass er nicht mit mir sprach, antwortete ich ihm. Ich hatte mich bis jetzt rausgehalten und versucht, Griff ein wenig Raum zu lassen, doch jetzt konnte ich mich nicht mehr zurückhalten. »Du hast es erfasst!«, rief ich und stieß erleichtert mit der Faust in die Luft. »Ich bin hier, Griff!«

Griff rieb sich etwas aus dem Augenwinkel und starrte weiter auf das Meer. »Ich denke die ganze Zeit an sie«, sagte er. »Wirklich. Ständig. Vor allem an Dylan. Ich frage mich, was er über dieses oder jenes denken würde und was er in bestimmten Situationen sagen würde und … ich weiß, es ist nicht gerade viel … aber irgendwie bleibt er auf diese Weise bei mir.«

Der Wind wurde wieder stärker und auf der Promenade knatterten die Fahnen laut von ihren hohen weißen Fahnenmasten. Obwohl die Sonne schien, zitterte Griff.

»Der Wind weht mal heiß und dann wieder kalt«, sagte Hari. »So ist es hier immer. Du gewöhnst dich schon noch daran.«

Griff setzte sich plötzlich gerade auf, schirmte die Augen mit einer Hand ab und starrte angestrengt aufs Meer. »Da ist irgendwas im Wasser«, sagte er. »Sieh mal.«

Hari setzte sich ebenfalls auf. »Oh wow! Delfine!«

Und sie hatte recht. Drei, vier, fünf Delfine – vielleicht sogar noch mehr – sprangen aus dem Wasser, schwammen im Kreis und rollten sich spielerisch durch die Wellen.

»Das bringt Glück«, sagte Griff. »Das weiß ich von Dee oder Owen.«

»Willst du wissen, was *wirklich* Glück bringt?« Haris Gesicht, das sich schon beim Anblick der Delfine aufgehellt hatte, strahlte plötzlich. »Wenn man gegen die Stange tritt.«

»Wenn man *was*?«

»Das ist eine Tradition hier in Aberystwyth«, erklärte Hari. »Man geht bis ganz zum Ende der Promenade, und dann tritt man dort gegen die unterste Stange am Geländer. Das machen alle so. Es bringt Glück. Deswegen sind hier alle so glücklich.« Sie zuckte die Schultern. »Na ja, nicht alle. Dieser Perversling Lew aus *Lew's Emporium* vielleicht nicht. Aber die *meisten* Leute schon.«

»Los, das machen wir.« Griff stand auf. »Wir gehen hin

und verpassen der Stange aber so was von einem verdammten Tritt.«

Ohne auch nur eine Sekunde zu zögern, sprang Hari auf und rannte durch die Burgruine davon. »Wer als Letzter dort ist, ist ein *pudin-pants*!«

29

Ich lehnte mich an die uralten Steine der Burgruine und sah meinem Bruder nach, wie er seiner Freundin über die Promenade hinterherstürmte. Nachdem sie hinter einer Kurve verschwunden waren, spazierte ich zurück zu John und Didi Morgans Bank und setzte mich hin. Ich streckte meine geisterhafte Hand aus und berührte ganz leicht die hölzerne Sitzfläche. Für Griff hatte sich etwas verändert. Diese Bank stand nun für etwas Bedeutsames, sie war eine Stufe auf seinem Weg aus der gewaltigen Trauer. Doch für mich gab es keine Stufen und null Chance auf Veränderung. Ich sah mich um. Über mir in der Luft kreischten noch immer die Möwen. Die Delfine streckten die Nasen aus dem Wasser, und hin und wieder kamen Leute vorbei, die einfach durch mich hindurchsahen. Mütter mit ihren kleinen Kindern. Rentner beim Spazierengehen. Irgendwelche Leute, die ihre Hunde ausführten. Die Hunde hoben manchmal den Kopf und witterten etwas in der Luft, doch sie waren die Einzigen, die meine Anwesenheit überhaupt bemerkten. Noch nie in meinem Leben hatte ich mich so einsam gefühlt.

»Die Liebe überwindet alles«, flüsterte ich. Zu niemandem. Zu mir. Und es muss eine Magie in diesen Worten mitgeschwungen haben, denn auf einmal, als hätte ich Abrakadabra gesagt und Feenstaub verstreut, erschien mir meine Lage nicht mehr ganz so trostlos. Ich meine, ich war zwar immer noch tot und alles – daran war nicht zu rütteln. Aber wer auch immer sich dieses Schild für Johns und Didis Bank ausgedacht hatte, war da einer Sache auf der Spur. Die Liebe kann viele Grenzen überwinden. Sogar die zwischen Leben und Tod. Und ehe ich michs versah, waren Raum und Zeit aufgehoben und ich war wieder woanders.

Diesmal

saß

ich

auf

der

Treppe

bei Lester Diario zu Hause.

Auf seiner Geburtstagsparty. An *meinem* Geburtstag. Und an einem sehr wichtigen Tag.

Leute aus meiner Schule schoben sich wie Holzwürmer durch die Zimmer und Flure, und von den Wänden dröhnte Kanye West. Der einzige halbwegs friedliche Ort im ganzen Haus war die Treppe, und dort saß ich. Ungefähr auf halber Höhe. Weder oben noch unten, weder hier noch dort. Und um ehrlich zu sein, fand ich dieses ganze Fünfzehn-Sein gar nicht so einfach zu verarbeiten. Zum Teil mag es an dem warmen Bier gelegen haben, das ich trank, und zum Teil auch daran, dass ich nicht allein auf der Treppe saß. Direkt neben mir saß Matilda Sommer. Sie war schon wieder älter geworden und ihre Haare waren kürzer denn je – und dennoch war sie die gleiche Matilda, die ich schon so ungefähr mein ganzes Leben lang kannte. Wir teilten uns eine Treppenstufe. Und das alles wäre wirklich unheimlich toll gewesen, wenn in meinem Kopf nicht die ganze Zeit dieses riesengroße WENN herumgespukt hätte.

WENN ich Matilda ein Zeichen geben würde, wie sehr ich in Wirklichkeit in sie verliebt bin, würde sie mich dann fallen lassen wie einen Kotzbeutel, oder würde sie mir zeigen, dass es ihr genauso ging?

Diese Frage marterte mich.

Zur Sicherheit hielt ich mich vorerst bedeckt. So saßen wir also eine halbe Ewigkeit da, nippten an unserem ekelhaften Bier und hörten Kanye West. Irgendwann zeigte ich auf meinen Plastikbecher und brüllte – nur um überhaupt irgendwas zu sagen: »Das schmeckt wie Popelwasser. Soll ich mal schauen, ob ich irgendwo eine Limo oder so auftreiben kann?«

Ich musste brüllen. Kanye West gibt es nicht in leise.

»Nein«, schrie Matilda zurück. »Mir schmeckt das Popelwasser.« Sie nahm einen Schluck aus ihrem Becher und lachte. »Meine Freunde in München werden es bestimmt so was von cool finden, dass ich auf einer echten amerikanischen Geburtstagsparty war.«

Mein Herz machte einen kleinen Sprung. Es gefiel ihr also hier. War das vielleicht ein Zeichen? Aus der Etage halb unter uns rappte Kanye West noch lauter. Ich kam mit meinem Mund ganz nah an Matildas Ohr. »Du findest es also nicht schlimm? Hier zu sein? Mit mir?«

Matilda wandte den Kopf, sodass unsere Nasen beinahe zusammenstießen. Ich prallte zurück. Mein Gesicht brannte, und ich drehte den Kopf wieder so, dass ich geradeaus starrte. »Nein.« Matildas Lippen waren so nah an meinem Ohr, dass ich ihren Atem spüren konnte. »Ich dachte mir schon, dass es lustig werden würde.« Wieder machte mein Herz einen Sprung. Sie nahm noch einen Schluck von dem fürchterlichen Bier und rollte mit den Augen. »Aber findest du es nicht auch langweilig? Dass dein Dad uns schon um halb elf abholen kommt? Halb elf! Wer geht denn bitte so früh von einer Party nach Hause!«

Ich biss mir auf die Lippe und lächelte sie an. »Ja, tut mir leid. Er hat da so einen Beschützerinstinkt.«

Matilda verzog das Gesicht und legte die Hand an ihr Ohr. »Was?«

»Er hat einen Be-schüt-zer-in-stinkt!«

Stirnrunzelnd starrte Matilda in ihr Popelwasser. Nach einer gefühlten Ewigkeit kam sie wieder mit ihrem Mund an mein Ohr und rief: »Was? Wegen mir? Etwa weil ich ein Mädchen bin?«

Ich schüttelte hastig den Kopf, dann stutzte ich. Disste sie da etwa gerade meinen Dad? »Nein.« Ich stieß sie mit dem

Ellbogen an. »Eher wegen mir. Weil ich sein Sohn bin, weißt du? Nachts sind hier wirklich ein Haufen Verrückter unterwegs, und er will einfach, dass ich sicher nach Hause komme. Aber jetzt, wo du es erwähnst – er freut sich bestimmt auch, wenn du sicher nach Hause kommst.«

Matildas Ellbogen reagierte sofort. »Die Party ist sowieso langweilig«, rief sie.

Mein Herz raste. Sie fand es langweilig. Langweilig? Ich hätte mit ihr mitten in der Sahara hocken können und würde mich trotzdem nicht langweilen.

Auf einmal wurde Kanye West leiser. Lesters Mum oder Dad hatten es wohl endlich geschafft, sich zum Computer oder iPod durchzukämpfen. Mir war das nur recht. Jetzt mussten wir uns wenigstens nicht mehr anschreien. Matilda drehte ihr Handgelenk und sah auf ihre Uhr. Dabei verschüttete sie etwas von dem ekelhaften Bier auf den Teppich. »Jetzt sind es nur noch dreiunddreißig Minuten, bis dein Dad kommt.« Sie blies gelangweilt die Backen auf. »Und wir haben den ganzen Abend auf dieser Treppe gesessen und über nichts geredet.«

Betreten starrte ich auf meine Turnschuhe. Mein fünfzehnter Geburtstag wurde langsam ein richtiger Knaller.

Matilda kippte den Rest ihres Bieres herunter, zerdrückte den leeren Becher und ließ ihn fallen. »Gar nicht so leicht, was?«

Ich umklammerte mein Bier. »Was?«

»Wie wenn du ein Buch liest und dir ziemlich sicher bist,

was als Nächstes passiert, aber du traust dich nicht, umzublättern, weil du Angst hast, dass es nicht so ist, wie du es dir vorgestellt hast.«

Argwöhnisch beäugte ich sie. War sie etwa betrunken? Sie sah eigentlich gar nicht so aus.

Matilda seufzte. »Du verstehst mich wirklich nicht, oder?«

»Nein«, sagte ich aufrichtig und zog entschuldigend die Schultern hoch.

Matilda drehte sich – so gut es eben auf der engen Treppe ging – noch ein Stück, bis wir uns mehr oder weniger gegenübersaßen. »Glaubst du nicht, dass manches einfach unausweichlich ist?«

Mein Gesicht war wahrscheinlich nur noch ein einziges Fragezeichen. Kanye West sang »Gold Digger« – und Matilda wollte über tiefe, bedeutsame und *unausweichliche* Dinge sprechen. Die Party wurde immer schlimmer. Fast wünschte ich mir, mein Dad würde zu früh kommen und mich retten.

»Ich glaube jedenfalls, dass manche Dinge passieren *werden*, einfach weil sie passieren *sollen*«, fuhr Matilda fort. »Als wäre die Zukunft für uns schon entschieden, als wären wir Figuren in einem Buch.«

»Du bist ja betrunken«, sagte ich.

»Nein, bin ich nicht.« Matilda verdrehte entnervt die Augen. »Gottverdammt noch mal, Dylan, ich versuche dir gerade etwas echt Wichtiges zu sagen.«

Unglücklich stierte ich in mein Bier. Entweder war *sie* betrunken oder *ich*. Ich hatte wirklich keine Ahnung, worauf sie hinauswollte. Ich schüttelte den Kopf. »Also, ich glaube nicht daran. Ich glaube, dass wir in unserem Leben die Kontrolle haben – außer darüber, dass wir geboren werden und sterben, meine ich. Ansonsten wären wir doch nicht mehr als ein paar langweilige Lehmklumpen, oder? Oder irgendwelche Schachfiguren aus Holz.« Ich stellte mein fürchterliches Bier eine Treppenstufe unterhalb ab. »*Ich* bin jedenfalls nicht bloß irgendeine blöde Schachfigur. Ich mag Rockmusik und Gedichte und Bayern München, und ich mag es, hier in Brooklyn zu leben und so viele Curry-Samosas zu essen, wie ich schaffe. Das macht mich zu dem, der ich bin. Und nichts davon hat sich irgendein komischer unsichtbarer Autor für mich ausgedacht. Ich habe es alles selbst entschieden.«

Matilda nickte, als würde das, was ich da sagte, einen Sinn ergeben. Dann fragte sie: »Und was ist mit mir?«

Es war wirklich nicht leicht. Aber wenn ich genauer darüber nachdachte, war es mit Matilda oft nicht leicht. Wie damals im Yu-Yuan-Garten, als sie mir gestanden hatte, dass sie in Li verliebt war. Oder das eine Mal in Barcelona, als sie mich vor ihrer Mum so blamiert hatte. Oder all die vielen anderen Male, über die ich jetzt nicht reden konnte. Ich verschränkte meine Finger und knackte mit den Knöcheln, um Zeit zu schinden. *Knack. Knack. Knack. Knack.* Dann seufzte ich. »Was ist denn mit dir?«

»Magst du mich?«, wollte Matilda wissen.

Ich erstarrte. Wie sollte ich denn so eine Frage beantworten? Nach einer Pause von ungefähr einigen Jahrhunderten entschied ich mich wieder für die Wahrheit. »Natürlich mag ich dich.«

Matilda lächelte. »Du magst mich, und ich mag dich – und hier bin ich, an deinem fünfzehnten Geburtstag, obwohl wir beide auf verschiedenen Kontinenten leben. Findest du das nicht auch schon fast zu perfekt? Als ob irgendetwas, über das wir keine Kontrolle haben, uns immer wieder zusammenbringt?«

Ich biss mir auf die Lippe und nickte. Ich konnte den Blick nicht von ihr wenden. »Hm … Ja«, sagte ich und musste so grinsen, dass ich wahrscheinlich wie ein richtiger Volldepp aussah. »Deine Eltern wollten mal eben nach New York und haben dich mitgeschleift. Darüber haben wir keine Kontrolle.«

Matilda sah mir direkt in die Augen. Es war, als würden wir uns um die Wette anstarren, und wer zuerst blinzelte, hätte verloren. Ich glaube, ich habe wirklich noch nie jemandem so lange in die Augen gesehen, ohne zu blinzeln. »Also gut, sie wollten nach New York fliegen«, gab sie zu. »Aber wie erklärst du dir, dass wir uns überhaupt kennengelernt haben?«

»Das war einfach Zufall.«

Matilda runzelte die Stirn. »Und Papas Abordnungen nach Shanghai und Barcelona?«

»Zufall«, wiederholte ich. »Oder vielleicht stalkt deine Familie meine Familie.«

Matilda knuffte mich in den Arm. Eine Million Megawatt entluden sich zwischen uns. »Du glaubst also nicht, dass es so etwas gibt wie Schicksal?«

»Nein.«

Matilda biss sich auf die Lippe. »Das ist aber schade.« Sie sah wirklich richtig traurig aus. »Ich war mir sicher, dass auf dieser Party etwas *richtig Gutes* passieren würde, weil es eben passieren sollte.«

Mein Gesicht wurde wieder ganz heiß. Offen gestanden wurden auch noch andere Teile meines Körpers heiß. »Was … ähm … was dachtest du denn, dass passieren würde?«

Matilda zuckte die Schultern und wandte den Blick zur Decke. »Keine Ahnung. Vielleicht lag ich auch falsch. Und in dem Fall … Hey, weißt du, was? Es ist egal.«

Jetzt bekam ich richtig Panik. Eine Stimme in meinem Kopf rief *Sag etwas, Dylan, tu etwas!* Denn es ist o. k., wenn man seine Gefühle eine Weile für sich behält, aber man kann sie nicht für immer wegsperren. Manchmal muss man im Leben auch etwas riskieren, auch auf die Gefahr hin, verletzt zu werden. Man kann es meinetwegen auch eine kosmische Pflicht nennen. Also nahm ich meinen ganzen Mut zusammen, streckte die Hand aus und legte sie an Matildas Wange. Sie wandte den Kopf und sah mich an. »Diese Sache, von der du dachtest, dass sie unausweichlich ist«, sagte ich, »war es das?« Damit beugte ich mich vor und küsste sie ganz sanft auf den Mund.

Und dann …

KRACH
BUMM
ZZZISCH
FEUERWERK

… küsste Matilda Sommer mich zurück.

30

Als ich Griff wiederfand, war er schon wieder auf dem Weg bergauf. Hari war nach Hause gegangen, und mein Bruder spazierte auf so eine spezielle Art, wie Leute nur gehen, wenn sie sich unbeobachtet fühlen. Er hatte sich den Gurt seiner Schultasche um die Stirn gelegt und trug die Tasche auf dem Rücken wie ein Baby in einem Tragetuch. Dadurch waren seine Arme frei, die er wie ein paar Antriebskolben vor und zurück schwang, um sich so den Berg hochzutreiben. Ich will ganz ehrlich sein: Er sah aus wie ein Vollidiot. Und wenn ich es ihm hätte sagen können, hätte ich es auf jeden Fall gemacht. Ich weiß, er hätte das Gleiche für mich getan. Dazu sind Brüder schließlich da.

Als wir jedoch nach links in die Mulde im Wald abbogen, hörte Griff auf, mit den Armen zu schwingen, und blieb abrupt stehen. Vor der Pant-y-Coed Nummer 13 stand ein Auto. Normalerweise wäre das kein Grund zum Staunen gewesen, schließlich parkten ständig irgendwelche Leute ihre Autos auf den Gehwegen der Pant-y-Coed. Aber dieses Auto war anders. Denn es hatte ein deutsches Nummernschild.

»Gottverdammt«, flüsterte ich.

»Das glaube ich jetzt nicht«, flüsterte Griff.

Eine Sekunde lang standen wir einfach nur da und starrten fassungslos das fremde Auto an. Schließlich ließ Griff mit einem Kopfnicken den Gurt von seiner Stirn rutschen und fing die Tasche auf. Dann ging er eilig in Richtung Haustür.

Von drinnen waren Stimmen zu hören, die jedoch verstummten, als Griff die Haustür ins Schloss fallen ließ. Einen Herzschlag später rief Dee: »Griff, Liebling, würdest du bitte mal ins Wohnzimmer kommen?«

Griff brachte mit den Händen seine langen Haare in Ordnung, bevor er tief Luft holte und ins Innere des Hauses marschierte. Ich folgte ihm.

Im Wohnzimmer hockte Dee auf der Kante eines Sessels. Ihr gegenüber saßen Silke und Sven Sommer nebeneinander auf dem Sofa. Von Matilda keine Spur. Vor Erleichterung löste ich mich fast in flirrenden Staub auf. Es mag vielleicht seltsam klingen, aber ich war froh, dass sie nicht dabei war. Es wäre einfach nicht richtig gewesen, sie unter diesen Umständen zu sehen. Irgendwie gehaltlos und irreal – ungefähr so, als würde man auf einem Festival die Konzerte nur über dem Bildschirm seines Telefons anschauen.

»Das glaube ich nicht!« Griff strahlte über das ganze Gesicht. »Ich glaube es wirklich nicht!« Zu Dee gewandt erklärte er: »Gerade eben habe ich gegen die Stange am Ende der Promenade getreten. Weil das Glück bringt. Und es hat geklappt, oder? Silke und Sven sind hier.«

Dee lächelte und presste die Handflächen aneinander, fast als würde sie beten. Silke und Sven standen auf. »Griff! Lass dich anschauen«, sagte Silke, die Tränen in den Augen hatte. »Du bist ja richtig groß geworden!« Sie breitete die Arme aus und Griff fiel ihr um den Hals.

Ich stand genau hinter Dee und sah meinem Bruder zu, wie er sich umarmen ließ. Meine eigene Nichtexistenz lastete wie ein Tonnengewicht auf meinen Schultern. Doch als mein Blick auf Dee fiel, die immer noch auf ihrer Sesselkante saß, überkam mich ein anderes Gefühl. Es war Mitleid. Dee sah nämlich aus, als würde sie sich gerade auch ziemlich nichtexistent fühlen.

Silke nahm das Gesicht meines Bruders in die Hände. »Es tut mir so schrecklich leid.«

Griffs Blick huschte nach unten.

Dee stand ebenfalls auf. Und während wir alle so in ihrem Wohnzimmer herumstanden, hatte ich zum ersten Mal den Eindruck, dass alle anderen sich ebenso unwohl fühlten wie ich. »Ich habe versucht, dich anzurufen, Griff«, erklärte Dee. »Und ich habe dir auch ein paar Nachrichten geschickt. Ich wollte dir Bescheid geben, dass wir Besuch haben.«

Griff befreite sich von Silke und machte einen Schritt von ihr weg. »Tut mir leid, ich schaue fast nie auf mein Handy.« Und da fiel es mir wieder ein. Er hatte immer noch das gleiche Telefon, das er zu seinem letzten Geburtstag bekommen hatte. Er trug es immer bei sich – wo er auch hinging. Doch es stimmte – er sah fast nie drauf.

»Wir wären schon eher gekommen, Griff«, erklärte Silke. »Aber wir wussten von nichts. Wir haben zu Weihnachten keine Karte bekommen, und als ich versucht habe anzurufen, gab es die Nummer nicht mehr. Schließlich habe ich im Internet gesucht und … und dann habe ich gelesen, was passiert ist.« Ihre Augen flatterten, bevor sie zu Boden sah und verstummte.

»Also sind wir nach New York geflogen«, übernahm Sven, »und haben dort mit jemandem vom britischen Konsulat gesprochen. Zuerst wollten sie uns gar nicht helfen und uns keine Auskunft geben, weil wir keine Angehörigen sind, aber dann haben wir ihnen Fotos gezeigt, auf denen wir alle zusammen drauf sind – sogar welche aus München, wo du noch ganz klein warst –, und da haben sie uns endlich gesagt, wo wir dich finden. Danach sind wir so schnell gekommen, wie wir konnten.«

Silke sah wieder auf. Ihre Augen waren gerötet und voller Tränen. »Du hättest dich doch bei uns melden können. Wir wären sofort da gewesen.«

Griff war rot angelaufen und starrte auf den Teppich. Er versuchte wahrscheinlich gerade, sich irgendwie zusammenzureißen. Dieser Nachmittag war aber auch eine richtige Achterbahnfahrt. »Darauf bin ich nicht gekommen«, murmelte er.

»Möchte irgendwer noch etwas Tee?«, fragte Dee.

Silke lächelte sie dankbar an. »Ja, gerne.«

Dee fuhr sich mit der Hand durch ihr kurzes Haar. »Mein

Mann kommt bald nach Hause. Owen. Würden Sie zum Abendessen bleiben?«

Diesmal antwortete Sven. »Vielen Dank. Aber wir wollen Ihnen keine Umstände machen.«

»Das macht überhaupt keine Umstände«, erklärte Dee.

»In unserer Hotelübernachtung ist das Abendessen schon mit inbegriffen«, sagte Sven. »Wir wollten eigentlich Griff fragen, ob er gerne dort mit uns essen würde.«

Griff schaute lächelnd auf. Dann warf er einen Blick auf Dee und sah auf einmal nicht mehr ganz so glücklich aus. »Ähm … jaaa … cool«, sagte er.

Dee strich ihm über den Rücken. »Na bitte, dann hätten wir das geklärt. Und ich kann dir jetzt schon garantieren, dass es besser schmecken wird als meine Spaghetti Bolognese. Also, wer möchte jetzt noch einen Tee?«

Silke und Sven nickten. Griff schüttelte den Kopf.

Als Dee in der Küche verschwunden war, fragte Griff: »Wo ist eigentlich Matilda?«

»Wir haben sie in München bei einer Freundin gelassen«, antwortete Silke. »Diesmal ist es ja kein Familienausflug. Sven und ich wollten erst sichergehen, dass es dir auch gut geht.«

Griff nickte und lächelte zaghaft. »Mir gehts gut.«

Silke nahm eine Hand meines Bruders und drückte sie sanft. »Und Matilda ist dann da – wenn wir alle nach Hause kommen … Ich meine … wenn … wenn du mit uns nach Hause kommen willst? Nach München, meine ich. Um Teil unserer Familie zu werden?«

Aus der Küche war der Wasserkessel zu hören und Dee, die mit den Tassen klapperte. Im Wohnzimmer jedoch war die Zeit stehen geblieben.

Griff und ich starrten Silke in fassungslosem Schweigen an.

Schließlich stammelte Griff: »Ich … äh …«

Sven trat einen Schritt vor und berührte ihn am Arm. »Du musst dich nicht sofort entscheiden. Denk in Ruhe darüber nach. Wir bleiben ein paar Tage hier, bevor wir wieder nach Hause fahren. Aber nur damit du es weißt … Es würde uns sehr freuen, wenn du mitkommen würdest. Es wäre nur richtig – Matilda liebt dich doch sowieso schon wie einen kleinen Bruder.«

Die Geräusche aus der Küche waren verstummt und die Tassen klapperten nicht mehr. Es war, als würde das ganze Haus gespannt auf Griffs Antwort warten. Ich presste die Handflächen aneinander und wartete ebenfalls.

Griff legte seine Hand über die von Silke. Dann schüttelte er traurig den Kopf – genau wie Powell nur wenige Stunden zuvor. »Danke euch«, sagte er. »Es tut gut, das zu hören, wirklich.« Er ließ Silkes Hand los und rieb sich mit dem Handballen das Auge. »Aber das kann ich nicht machen. Nicht jetzt. Ich muss hierbleiben. Ich mag Dee und Owen wirklich gerne … und ich habe mich gerade mit Hari angefreundet. Sie ist ein Mädchen, aber nicht meine Freundin oder so … Aber sie ist richtig cool und bringt mir Gitarrespielen bei. Und dann ist da auch noch Bara Brith, die Katze … Sie hat mich sozusagen als Herrchen adoptiert … Und dann gibt es noch diesen alten

Mann, Powell … Und … na ja, ich glaube, er würde mich vermissen, wenn ich nicht mehr da wäre.« Griff drückte sich den Handballen gegen sein anderes Auge und schniefte. »Ich glaube, ich würde auch gerne Walisisch lernen.«

Silke weinte jetzt richtig, nickte und lächelte jedoch durch ihre Tränen hindurch.

»Ich glaube, Walisischlehrer haben wir in München nicht«, sagte Sven. »Dann bist du hier vielleicht wirklich besser aufgehoben.«

»Matilda würde ich aber trotzdem gerne wiedersehen.« Ein breites Lächeln erschien auf Griffs rot geflecktem Gesicht. »Erzählt es ihr nicht weiter – aber ich glaube, mein Bruder war richtig verliebt in sie. Kann ich euch vielleicht mal besuchen kommen?«

»Aber natürlich«, sagte Silke. »Natürlich.«

»Wann immer du möchtest«, fügte Sven hinzu.

Griff lächelte und schniefte noch einmal. »Und ähm … wäre es schlimm, wenn ich heute *nicht* mit euch zum Abendessen komme? Können wir das vielleicht lieber auf morgen verschieben?«

»Natürlich«, sagte Silke.

»Wir können Dee fragen, ob du nicht einen Tag die Schule schwänzen darfst«, schlug Sven vor. »Dann können wir den ganzen Tag zusammen verbringen – falls du magst.«

Griff nickte. »Das wäre schön.«

Dee kam zurück ins Wohnzimmer. Sie balancierte ein Tablett mit vier Tassen darauf und schien viel heiterer als eben noch. »Nach einer Tasse guten walisischen Tees sieht alles immer gleich viel besser aus«, erklärte sie und stellte das Tablett auf den Wohnzimmertisch.

Nachdem Silke und Sven gegangen waren, fragte Dee: »Warum wolltest du denn jetzt nicht mit ihnen fein essen gehen?«

»Ich mag eben deine Spaghetti Bolognese«, sagte Griff.

Dee sah ihn unsicher an. »Jetzt veralberst du mich aber, oder? Ich kann doch überhaupt nicht kochen.«

Griff zuckte die Schultern. »Das konnte meine Mum auch nicht. Vielleicht mag ich dein Essen deshalb so gerne.«

Dee lächelte unter Tränen. »Deine Mam würde dir ein paar hinter die Ohren geben, wenn sie das hören könnte.«

»Ich glaube, sie würde mir sogar zustimmen«, kicherte Griff.

Jetzt musste Dee ebenfalls lachen. Schließlich sagte sie: »Ich habe nicht gelauscht, Liebes – ehrlich. Aber habe ich richtig gehört – du willst morgen die Schule schwänzen?«

Griff biss sich auf die Lippe. »Darf ich? Das Schuljahr ist doch sowieso schon fast vorbei. Wir machen eigentlich nichts Wichtiges mehr.«

»Na, ich denke, ein Tag wird wohl nicht schaden.« Dee verschränkte die Finger. Einen Augenblick dachte ich, sie würde gleich mit den Knöcheln knacken, aber stattdessen sagte sie leise: »Ich hoffe, du überlegst es dir nicht noch mal anders, Liebes.«

Ich brauchte kurz, bis ich verstand, was sie meinte. Ich glaube, Griff brauchte auch einen Moment. Schließlich kapierte er. »Sei doch nicht albern, Dee. Ich will nicht in München leben. Ich will hierbleiben.«

»Bist du dir sicher?«

Griff nickte. »Ganz sicher.« Er stand auf. »Kann ich vor dem Essen noch ein bisschen Musik hören gehen?«

»Ungefähr eine Stunde. O ist ja noch nicht da, nicht wahr?«

Griff nahm seine Schultasche und machte sich auf den Weg in Richtung Flur. An der Tür blieb er noch einmal stehen und sah sich zu Dee um.

Dee lächelte ihn an. »Hast du noch etwas?«

»Ähm … es ist nur …«, Griff kaute auf seiner Lippe und wurde rot. »Na ja … ich finde, Owen und du, ihr seid wirklich die allerbesten Notfall-Eltern, die man sich wünschen kann.«

Einen Augenblick lang sah Dee völlig metagrobolisiert aus. Sie wurde knallrot und starrte meinen Bruder sprachlos an, bevor sie schließlich wieder lächelte. *»Diolch, Griff, cariad.«* Mit einer Handbewegung, als würde sie eine Wespe vertreiben, scheuchte sie ihn aus dem Zimmer und fügte halb lachend und halb weinend hinzu: »Jetzt geh schon und hör deine Musik, sonst ruinierst du mir noch meinen Mascara.«

Zuletzt

Griffs vierzehnter Geburtstag war keine große Sache. Er hatte es so gewollt. Als Dee ihn gefragt hatte, was er an dem Tag gern machen würde, hatte mein Bruder geantwortet: »Nichts Besonderes.« Dann hatte er noch hinterhergeschickt: »Kann ich nicht einfach Hari einladen? Sie hat gesagt, sie will mit den Gitarrenstunden auf die nächste Ebene kommen.«

Hinter seiner Zeitung hatte Owen eine Augenbraue gehoben. »So, so, das hat sie gesagt?«

»Du und deine schmutzige Fantasie«, hatte Griff geantwortet. »Nicht, was du gleich wieder denkst. Es ist ein rein geistiger Austausch.«

Owen hatte geschnaubt und geräuschvoll umgeblättert. »Ein rein geistiger Austausch, he? Das ist ja mal was ganz Neues.«

Also verlief Griffs Geburtstag – der die ganze Zeit wie Gewitterwolken am Horizont gelauert hatte – schließlich ganz unspektakulär. Dee und Owen schenkten ihm eine Gitarre, und ich sah, wie die Sonne in seinem Gesicht aufging. Es kamen auch zwei Pakete mit ausländischen Briefmarken: ein Bayern-München-Trikot von Matilda, Silke und Sven und eine ganz besondere Lieferung mit einer seltenen Originalpressung von Aretha Franklins 1961er-Schallplatte von Blessing, Marlon und Pudders. Blessing muss meinen Bruder wirklich sehr ins Herz geschlossen haben.

Und dann war da noch Haris Geschenk. Wie Blessings Paket hatte es das Format einer Schallplatte, und das braune Packpapier war mit lauter selbst gemalten Plektren verziert.

»Hoffentlich ist es ein Axe-Duschgel«, sagte Griff, als wir oben in seinem Zimmer waren – nur er, Hari, die Katze und ich.

»Du hast es erraten«, sagte Hari.

Als er das Papier ausgewickelt hatte, strahlte Griff. »Oh wow! Vielen, vielen Dank!«

Hari zuckte die Schultern und versuchte, cool auszusehen, aber es war offensichtlich, dass sie sich ebenfalls freute. »Das ist die richtige, oder?«

»Genau die richtige«, sagte Griff. »Beach Boys 20/20. Wie hast du Lew dazu gebracht, dass er sie dir verkauft?« Er ließ die Platte sinken und sah plötzlich besorgt drein. »Du hast ihn doch nicht etwa deine Backenknochen anfassen lassen?«

»Hör auf!«, wehrte Hari angewidert ab. »Lew hatte überhaupt nichts damit zu tun. Ich habe sie im Internet gefunden. Die Hülle ist ein bisschen abgeschabt, aber die Platte ist in Ordnung.«

Griff zog die große schwarze Vinylscheibe aus ihrer Hülle und legte sie vorsichtig auf den Plattenteller seiner altertümlichen Stereoanlage. Dann legte er einen Schalter an der

Wand um, drückte ein paar Knöpfe an dem Retro-Musikgerät und legte die Nadel auf die Platte. Ein lautes Knacken und Knistern war zu hören, dann erfüllte der wunderbare Klang der Beach Boys das Zimmer. Sogar Bara Brith schnurrte und schien zufrieden.

»Es ist schon komisch.« Griff schluckte schwer. »Wahrscheinlich sollte ich diese Platte hassen, denn als ich sie zum ersten Mal gehört habe, wollte ich eigentlich die meiste Zeit einfach nur tot sein. Aber irgendwie … ich weiß auch nicht … Wenn ich das jetzt höre … dann ist es eine dieser winzigen Kleinigkeiten, wegen denen ich gern am Leben bin.« Unsicher sah er Hari an. »Ergibt das irgendeinen Sinn?«

»Total.« Hari nickte, während sie den Reißverschluss ihrer Gitarrenhülle aufzog. »Ich kann mir ein Leben ohne gute Musik gar nicht vorstellen.« Ihre Augen huschten über die Wand. »Du hast ja ein neues Bild aufgehängt.«

Griff und ich drehten uns um. Neben den Beatles auf ihrem Zebrastreifen, Kurt Cobain mit seiner Selbstgedrehten, Beyoncé in ihrem scharfen Einteiler und Dylan Thomas mit seinem peinlichen Pullunder hing ein neues Bild. Ich beugte mich näher heran. Es war ein Foto meiner ganzen Familie.

Griff, ich, Mum und Dad. Wir stehen auf dem Rockefeller Center und lächeln – hoch oben über New York City.

Griff verschränkte die Arme so fest, dass es aussah, als würde er sich selbst umarmen. »Das sind sie«, erklärte er Hari. »Es ist schon ein paar Jahre her, aber ich liebe dieses Bild. Wir waren oben auf dem Rockefeller Center, und ich und Dylan hätten fast gekotzt, weil unsere Eltern rumgeknutscht haben.« Sein Blick wurde verschwommen und weich. »Na ja, eigentlich haben sie gar nicht richtig geknutscht, mein Dad hat meine Mum einfach nur geküsst. Jetzt bin ich froh, dass er das gemacht hat.«

Hari kraulte Bara Brith am Kopf. Dann nahm sie ihre Gitarre und machte sich bereit zum Spielen. »Also, wagen wir uns an die nächste Ebene, oder was?«

Griffs Blick wurde wieder klar. Er griff sich sein eigenes Instrument. »Wenigstens muss ich mir jetzt nicht mehr ständig deine Gitarre leihen, Harold.«

»Das freut uns beide«, stichelte Hari. »Jetzt kannst du deine eigenen Saiten schrotten.« Sie legte die Hand um den Hals ihrer Gitarre, griff einen Akkord und fing an, die Beach Boys zu begleiten. »Also«, sagte sie. »Heute lernen wir Barrégriffe. Dafür brauchst du alle deine Finger, Griffindor.« Wie zur Bekräftigung verrenkte sie ihre Hand in die unangenehmste Stellung, die man sich nur denken kann, um ihm zu zeigen, wie es geht.

Griff versuchte, es nachzumachen. Nach ein paar gescheiterten Versuchen, bei denen er nie alle seine Finger gleichzeitig an den richtigen Stellen hatte, fragte er mürrisch: »Können wir nicht einfach bei dem bleiben, was wir schon können?«

»Klar, wenn du den Rest deines Lebens immer nur ›Wonderwall‹ spielen willst. Oder ›Michael Row the Boat Ashore‹.«

Griffs Gesicht wurde noch mürrischer und er versuchte es noch einmal. Nach ungefähr einer Sekunde blickte er auf.

»Welche Songs kann man denn mit diesen blöden Barrégriffen überhaupt spielen?«

Hari zuckte die Schultern. »Alle, die du willst. Wir könnten zum Beispiel mit ›Smells Like Teen Spirit‹ anfangen.«

Die Zeit blieb einen Augenblick stehen –

doch dann kam sie wieder in den Takt.

Griff runzelte die Stirn. »Vielleicht lieber nicht«, sagte er. »Aber kennst du ›Heart-Shaped Box‹ oder ›About a Girl‹?«

Und plötzlich – genau in dieser Sekunde – hielt ich es dort nicht mehr aus. Es fühlte sich einfach nicht richtig an. Nicht anständig. Ich kam mir vor, als würde ich mich in einen ganz gewöhnlichen besonderen Moment einmischen. Also streckte ich die Hand aus und legte sie meinem Bruder auf den Arm, um ihm mitzuteilen, dass ich nun endlich ging.

Griffs Finger waren noch immer mit seiner Gitarre beschäftigt und sein Kopf war leicht zur Seite gewandt. Zu mir.

»Solange ich hier drin bin«, ich berührte Griffs Stirn, »werde ich immer, immer da sein. So nah bin ich. Es ist ja nicht so, dass ich den Zug nach Shrewsbury oder Birmingham oder sonst wohin nehme. Du musst einfach nur an mich denken, um die Entfernung zu überbrücken.«

Und ich weiß, dass er mich gehört hat, denn er warf Hari plötzlich ein schüchternes Lächeln zu und sagte: »Ich musste gerade an Dyl denken. Ich habe mir vorgestellt, wie beeindruckt er wäre, dass ich tatsächlich Nirvana-Songs auf der Gitarre spielen lerne.«

Hari sah ihn einen Augenblick ernst an, dann breitete sich

ein Lächeln auf ihrem Gesicht aus. So saßen sie beide da – Hari und Griff – und grinsten breit und zufrieden. Und ich lächelte ebenfalls, weil das Leben manchmal einfach schön ist.

Doch für mich war es an der Zeit, zu gehen. Meine Mum und mein Dad warteten auf mich, und ich wollte diese Welt verlassen, um in der nächsten Welt auf Matilda zu warten. Jahre um Jahre um Jahre wollte ich auf sie warten und keine einzige Sekunde weniger. Ich warf einen letzten Blick zurück auf Griff. Es schien, als würde er diesen Barrégriff endlich doch bezwingen. Und während ich auf das Licht zuging, erklang ein neues Stück. Es war das Stück von den Beach Boys. »The Nearest Faraway Place.« Es klang wie die Schlussmusik am Ende eines Films. Bittersüß und hoffnungsvoll, auf immer und ewig.

Griffs Playlist für Powell

1. Gold Digger – Kanye West
2. It's Like That – RUN DMC vs Jason Nevins
3. Song 2 – Blur
4. Star Sign – Teenage Fanclub
5. Whirring – The Joy Formidable*
6. I Say a Little Prayer – Aretha Franklin
7. American Boy – Estella
8. Stutter – Elastica
9. Union City Blue – Blondie
10. About a Girl – Nirvana
11. Empire State of Mind – Alicia Keys
12. Catch the Sun – Doves
13. God! Show Me Magic – Super Furry Animals*
14. When Doves Cry – Prince
15. Indie Cindy – Pixies
16. Halo – Beyoncé
17. Slide Away – Oasis
18. Radioactive – Kings of Leon
19. Here Comes the Sun – Beatles
20. The Nearest Faraway Place – The Beach Boys

* auf Walisisch

Danksagung

»The Nearest Faraway Place« wäre ohne die Unterstützung und Anregung einer ganzen Reihe Menschen nicht zu dem Buch geworden, das es jetzt ist. Zunächst wäre da mein Agent Tim Bates, der meinen Worten – wieder einmal – eine Heimat gefunden und mich währenddessen immer wieder ermutigt hat. Dann Emma Matthewson, meine Verlegerin bei Hot Key Books, für deren stets lohnenswerte Ideen – sowohl zu diesem Buch, ebenso wie schon zu »Sophie Soundso« – ich immer sehr dankbar bin. Riesiger Dank gebührt Talya Baker, die mir sehr dabei geholfen hat, Dylans Stimme erklingen zu lassen, sowie Alexandra Allden für das wirklich bezaubernde Buchcover. Danke auch an das gesamte Team von Hot Key Books. Vielen Dank außerdem an Kerstin von Königskinder und Christine von Gallimard für die schmeichelhaften Worte und dafür, dass sie sich das Manuskript für die deutsche bzw. französische Leserschaft gesichert haben. Danke und Merci!

Und dann ist da noch Gwen Davies in Aberystwyth. Gwen hat eine Katze, die Bara Brith heißt und die geradewegs in die Seiten dieses Romans spaziert ist. Fünf Minuten in Gwens

Gegenwart genügen, um mich daran zu erinnern, was für wunderbare Freunde ich durch die Arbeit mit Worten gewonnen habe. Außerdem danke ich meiner lieben alten Freundin Lynda Jones, die ich schon fast mein ganzes Leben kenne. In unseren regelmäßigen Telefonaten gelingt es ihr jedes Mal mühelos, Kommentare über Albert Einstein und $E = mc^2$ einzustreuen und Dinge zu sagen wie »Die ganze Energie muss doch irgendwohin«. Sie lässt mich einfach … na ja, nachdenken!

Und ganz besonders wichtig: Graham Tomlinson – der mich geheiratet hat und auf dessen Liebe, Geduld und Unterstützung ich nicht verzichten will. Vor nicht allzu langer Zeit hat er mit einer Beach-Boys-CD vor mir herumgewedelt und erklärt: »Hier ist ein Stück drauf, das heißt ›The Nearest Faraway Place‹. Ich glaube, das ist genau die Idee, die du einzufangen versuchst.«

Und nicht zu vergessen: die Beach Boys, Nirvana, Aretha Franklin, Beyoncé und der Dichter Dylan Thomas … Ich liebe euch alle. So wie ich auch euch liebe, meine Leserinnen und Leser. Dafür, dass ihr mich unterstützt, indem ihr dieses Buch lest.

Danke.